은해상단 막내아들 25

초판 1쇄 발행 2025년 6월 23일

지은이 ǀ 향란
발행인 ǀ 최원영
편집장 ǀ 이호준
편집디자인 ǀ 박민솔
영업 ǀ 김민원 조은걸

펴낸곳 ǀ ㈜ 디앤씨미디어
등록 ǀ 2002년 4월 25일 제20-260호
주소 ǀ 서울시 구로구 디지털로32길 30 코오롱디지털타워빌란트 1301-1308호
전화 ǀ 02-333-2513(대표)
팩시밀리 ǀ 02-333-2514
E-mail ǀ papy_dnc@dncmedia.co.kr
블로그 ǀ blog.naver.com/gnpdl7

ISBN 979-11-364-6264-0 04810
ISBN 979-11-364-4602-2 (SET)

※ 저자와 협의하여 인지는 붙이지 않습니다.
※ 이 책은 ㈜ 디앤씨미디어(파피루스)가 저작권자와의 계약에 따라 발행한 것으로 본사와 저자의 허락 없이는 어떠한 형태나 수단으로도 내용을 이용할 수 없습니다.

25

양란 신무협 장편소설

은혜상단 막내아들

123장. 시험 ……………………… 7

124장. 금불상 ……………………… 93

125장. 신이변용술 ………………… 137

126장. 대박 한 번 나 보세 ………… 199

127장. 무림대연회 ………………… 285

123장. 시험

시험

 나는 저 멀리 보이는 은해상단 북경지부를 보며 미소 지었다.
 "드디어 왔네."
 "좋으십니까?"
 팔갑의 물음에 나는 선선히 고개를 끄덕였다.
 "당연하지. 여정의 끝이라는 의미잖아."
 "그렇긴 합니다요."
 "물론 돌아가면 내가 처리해야 할 것들이 산더미처럼 쌓여 있겠지. 그래도 내가 있어야 할 곳에 있다는 그 안정감이 중요한 거야."
 내 말에 서우 무사가 적극 동의했다.
 "주군의 말씀대로 입니다. 저도 주군 옆에 있으면 그런 안정감이 듭니다."

다른 이들도 고개를 주억거리는 그 모습에 나는 뺨을 긁적이며 말했다.
"그리 생각해 주시니 감사하네요. 그래도 가족들 곁이 가장 좋긴 하겠죠."
"하하하."
서우 무사는 멋쩍게 웃었다.
솔직히 이번에 호북성에 간 김에 본단에 들러서 가족들을 보고 싶긴 했다.
그러나 밀린 일도 많고 바로 해야 할 일들이 있었기 때문에 눈물을 머금고 북경으로 향할 수밖에 없었다.
다음에는 꼭 들러 봐야지.
곧 우리는 북경지부에 도착했다.
"어서 오십시오!"
문지기들이 나를 알아보고 얼른 길을 열어 주었고, 우리는 차장 안으로 들어갔다.
"어서 오십시오."
차장 안에 있던 행수들이 우리를 맞이해 주었다.
"북경지부에 별일은 없었습니까?"
"네. 별다른 일은 없습니다."
"다행이네요. 정호 형은요?"
내 물음에 차장에 있던 문 대행수가 대답했다.
"집무실 안에 계십니다."
"그렇군요."
"아, 그리고 세을경가의 가주가 찾아왔었습니다.

"네?"

내가 고개를 갸웃하자 문 대행수가 말했다.

"절벽에 떨어진 마차에서 세을경가의 아이를 구해 주셨다고 하시던데, 아니십니까?"

나는 배시시 웃으며 대답했다.

"아! 그런 일이 있었죠."

"그런 일을 잊고 있으셨다니요!"

문 대행수가 어이가 없다는 듯 웃으며 말했다.

"셋째 소단주님답기는 합니다. 보상을 바라고 한 일이 아니니 그냥 잊고 계셨던 거겠죠."

"사실, 그렇습니다."

"붙잡아서 죄송합니다. 어서 첫째 소단주님께 가 보십시오."

"네."

나는 팔갑에게 제갈천두 공자 일행을 처소로 안내해 주라고 하고는 정호 형의 집무실로 향했다.

"아! 돌아오셨습니까?"

문 앞에 서 있던 정호 형의 호위무사가 나를 알아보고 얼른 포권하여 인사했다.

"무사히 다녀왔습니다. 형 안에 있죠?"

"네, 안에 계십니다."

나는 안을 향해 말했다.

"정호 형! 나 서호 왔어."

"들어와라."

그런데 정호 형의 목소리가 심상치 않았다.

다 죽어 가는 목소리.

나는 다급히 문을 열고 안으로 들어가려다가, 나도 모르게 멈칫했다.

"혀, 형……? 괜찮아?"

정호 형에게서 뭔가 검은 기운이 스멀스멀 피어오르는 듯한 기분이 드는 건 내 착각이겠지?

"왔구나."

"응. 그런데 정말 괜찮은 거 맞아?"

"아직 쓰러지지 않으셨으니 아직 괜찮으신 거 아닐까요?"

반가운 또 다른 목소리에 고개를 돌려보니 서향 소저가 자리에서 일어나고 있었다.

죽어 가는 정호 형과 달리 서향 소저는 아직 생생하다.

그 옆의 갈현 부관의 모습은 정호 형과 별반 다르지 않은 것을 보니 서향 소저가 특이한 건가?

아무래도 천류공을 익힌 덕분일 수도 있겠군.

사실 천류공은 쉽게 지치지 않게 해 주는 공능이 있으니까.

"그렇게 해야 할 일이 많았어?"

내 물음에 정호 형은 고개를 끄덕였다.

아…… 설명할 기운도 없구나.

형을 대신하여 서향 소저가 설명해 주었다.

"이번에 공 장인께서 새로 만드신 대작풍기가 무척 인기라서요."

대작풍기는 엄청나게 큰 작풍기로 주로 작업장 같은 곳에서 단체로 일하는 이들을 위해 만든 것이지.

"그런데 아시다시피 대작풍기는 만들 수 있는 수가 한정되어 있으니까요."

"그렇긴 하죠."

"그래서 신청을 받아 순차적으로 납품해 주겠다고 공고를 냈는데, 신청서가 쇄도해서 그거 정리하는 데 시간이 제법 걸렸어요."

"그렇군요."

그렇다면 다른 현풍국 직원들의 상태는 안 봐도 뻔하군. 정호 형이 저 모양이니까.

나는 형에게 말했다.

"이후로는 내가 처리할게."

"이제 자유구나! 하하하하!"

갑자기 환해지는 정호 형의 얼굴.

"이번 여정에는 별일 없었지?"

"빨리도 물어본다. 우선 모두 건강해."

"다행이네. 아, 세을경가의 가주님께서 오셨었다."

"응, 문 대행수님께 들었어."

"장한 일을 했다. 덕분에 차남의 대가 끊기지 않을 수 있었다고 하시더구나."

"살아 있는 아이를 그냥 두고 갈 수가 없어서······."

"뭐, 그랬겠지. 그건 그렇고 가주님께서 네가 돌아오면 알려 달라고 하셨다. 직접 오시겠다고."

시험 〈13〉

"그러실 필요는 없는데."

"그분의 마음은 또 다를 테니까. 그건 그렇고, 내가 모르는 다른 사고는 안 쳤고?"

그 말에 나도 모르게 고개를 돌렸다.

"……뭐냐? 왜 대답이 없어?"

나는 헛기침을 했다.

"험험, 그러니까 내가 원해서 그런 건 아니고…… 어쩌다 보니 그리되었거든……."

나는 이번에 있었던 일을 간단하게 설명했다.

"그래서 그분들을 구했고, 무림맹에게 요청하여 흑묘문을 처리한 거지."

"……뭔가 어마어마한 일이 있었구나."

정호 형은 허허 웃었다.

"뭐, 말은 그렇게 했지만 네게 사건 사고가 없을 거라는 생각은 안 했지. 아무튼, 건강히 돌아왔으니 됐다."

형이 말을 이었다.

"그럼 선협미랑이라는 명호도 지킨 거네?"

"응."

"잘했다."

역시 정호 형이다.

이런 성격이니 지난 삶에서 호북의 현덕이라 불린 것.

그리고 나는 정호 형이 좋다.

그날 오후.

나는 정호 형에게 제갈천두 공자 일행을 소개해 주었다. 그리고 황태자에게 제갈천두 공자를 초빙하였음을 알렸다.

황태자는 다음 날 바로 북경지부로 찾아왔고, 그에게 제갈천두 공자를 소개해 주었다.

그는 무척 흡족해했고, 곧바로 무관을 세우기 위한 밑그림을 그리는 작업을 시작했다.

그럼 나는 당분간 내 본연의 일에 집중할 수 있겠군.

원래는 곧바로 다른 문파나 세가로 가서 교관으로 쓸 만한 인재를 데려올 계획이었지만, 밑그림이 완성된 후에 그에 맞는 그림대로 인재를 데려오는 게 나을 것 같으니까.

* * *

무림맹주의 집무실.

맹주는 최근 복귀한 호정대주 건만석의 보고를 듣고 있었다.

"……하여 흑묘문은 완전히 정리되었습니다."

"증거는?"

"증거라고 하시면?"

"흑묘문의 문주는 교묘한 토끼 같은 자이다. 교토삼굴이라고 했지. 분명 무언가를 남겼을 것이야."

"흑묘문은 완전히 불타 사라졌습니다. 남아 있는 것은

없습니다. 몇 번이고 확인했습니다."

"그렇다면 다행이지만……."

맹주는 잠시 생각에 잠겼다가 이내 눈을 뜨고 그에게 물었다.

"은서호라는 자가 구출했다는 이들은 자신들이 무엇 때문에 갇혀 있던 것인지 알고 있었나?"

"아닙니다."

건만석 대주는 고개를 저었다.

"여러 차례 물었지만, 전혀 감을 잡지 못하고 있었습니다."

"일부러 모른다고 했을 가능성은?"

"없습니다. 다양하게 캐물어 봤지만, 전혀 모르는 기색이었습니다. 흑묘문이 일을 잘 했다는 방증입니다."

그 말에 맹주는 한숨을 내쉬었다.

"그래서 더더욱 아깝군. 그런 이들을 또 구하는 것도 그리 쉽지 않은데 말이지."

그는 다시 물었다.

"그런데 은서호 그자는 대체 어떻게 그 뇌옥을 발견했던 것이지?"

"아, 그건 정말 우연이었습니다."

"우연?"

"네."

건만석 대주는 은서호에게 들은 대로 설명했다.

"하여 그 버섯에 대해 호기심을 느낀 것이 그 뇌옥까지 이어진 것입니다."

"정말 우연이라면 신경 쓸 일은 아닌데 말이지."

하지만 왠지 은서호라는 자가 계속해서 신경이 쓰였다.

아주 오래전, 호북성에 무림맹의 비밀지부를 설치하려고 했던 적이 있었다.

하여 도운상단이라는 어용상단을 통해 일을 진행하던 중, 그 일은 예상치 못한 결과로 끝났다.

은해상단에서 연화루를 손에 넣은 것.

그때부터 은서호라는 이름은 잊을 만하면 그의 귀에 들렸다.

그것도 무림맹의 일을 방해하는 쪽으로 말이다.

하지만 자신들에 대해 알지 못하는 이상, 그럴 이유가 없다.

그래서 계속 신경이 쓰이는 것.

"그를 너무 신경 쓰시는 것 아닙니까? 그는 용봉비무회에서 저희에게 도움을 주었습니다."

"그랬지."

그 상황에서 은서호 덕분에 무림맹은 큰 망신과 손해를 면할 수 있었으니까.

맹주는 속내가 복잡했다.

호정대주의 말과 달리 은서호가 자신의 비밀을 눈치챘을 거라는 직감이 들었으니까.

문제는 특별한 행동이 없다는 것.

그와 무림맹을 적대한다는 느낌이 전혀 없다.

'비밀을 눈치챈 것 치고는 낌새가 없단 말이지.'

고민하는 그에게 건만석이 말했다.

"정 그리 신경이 쓰이신다면 제거하면 되지 않겠습니까? 무림맹의 대의를 위해서라면 미심쩍은 건 그냥 놔두어서는 안 된다고 생각합니다."

그 말에 맹주는 고개를 저었다.

"아니, 그를 지금 당장 제거하는 건 현실적으로 힘들다."

"어째서입니까?"

"황제가 총애하고 있으니까. 게다가 은해상단이라는 배경과 선협미랑이라는 이름값도 무시할 수 없고."

그는 말을 이었다.

"그런 만큼 섣불리 손을 썼다가는 본 맹의 계획에 차질이 생기게 된다. 그리고 아까운 인재니까."

"그렇긴 합니다."

그간 봐 온 은서호의 능력은 진짜였으니까.

"그런 자가 대의를 위해 봉사해 준다면 참으로 기쁠 터인데 말이지."

"확실히, 그렇습니다."

건만석 대주는 고개를 주억였다.

이번에 은서호를 관찰하며 그가 매우 뛰어난 인재라는 것을 알아차렸으니까.

그 역시 한 부대를 지휘하고 있었으니, 상대방이 사람을 부리는 것만 봐도 그 능력을 파악할 수 있다.

"그 전에, 그 녀석이 본 맹을 방해하는 의도를 파악하는 것이 먼저다. 정말 우연이라면 영입해야겠지."

"역시, 맹주님이십니다. 인재를 아끼시는 그 마음에 소인은 다시금 탄복했습니다."

"허허허, 낯간지러운 말은 그쯤 하게."

"그런데 그 의도를 어찌 확인해 보실 생각이십니까?"

그 말에 고민하던 맹주의 눈에 서탁 위에 놓인 서류들이 보였다.

그는 그것을 들어 보이며 말했다.

"그에게 이 일을 맡기면 되겠군."

"현명하신 결정입니다."

"이만 나가 보도록."

"그럼 이만 물러가겠습니다."

맹주는 건만석 대주가 나간 문을 바라보았다.

건만석 대주는 현재 자신이 하는 일이 무림맹의 대의를 의한 일이라고 생각하고 있었다.

자신이 그렇게 세뇌했으니까.

'맹목적인 신념에 가득 찬 이를 이용하는 것보다 쉬운 일도 없지.'

이에 큰 기술은 필요 없었다.

그저 살짝, 그 신념의 방향만 제시하면 되는 일이니까.

그렇기에 아직 온전치 않은 기술만으로도 그를 세뇌할 수 있었던 것이다.

맹주는 혀로 입술을 핥았다.

그에게는 은서호가 자신의 비밀을 알아차렸는지가 중

요했다.

그가 본 은서호는 총명한 데다가 무공의 재능도 뛰어났다.

만약 그가 비밀을 알아차렸다면 두 가지 선택지가 있었다.

회유하거나 제거하거나.

반면에 비밀을 알아차리지 못했다면 그땐 한 가지 선택지뿐이다.

건만석 대주처럼 세뇌하여 이용하는 것.

'잠깐…… 그가 극천검의 절기를 이어받았었지? 젠장!'

문득 문제가 생겼다는 것을 깨달았다.

극천검 곽훈의 절기인 천류빙공을 익힌 자는 세뇌가 통하지 않는다.

자신이 멸문시켜 버린 설풍궁처럼.

단지 그뿐이었기에 딱히 손을 쓰지 않은 것이지만.

'비밀을 알아차렸는지 알아보는 것이 우선이다. 그를 어찌할 것인지는 그 뒤에 결정해야겠군.'

그는 서탁에 앉아 서신을 작성했고, 밖의 사람을 불렀다.

"밖에 누구 있느냐?"

"부르셨습니까?"

"원 조장을 부르게."

"네."

* * *

나는 세을경가의 가주님을 만나고 있었다.
나는 내 귀가를 알리지 않으려고 했는데 어찌 아셨는지 찾아오신 것이다.
"그 일은 정말이지, 안타까운 일이었네."
가주님의 눈에는 슬픔이 가득했다.
당연한 일이다.
자신의 둘째 아들과 며느리가 죽은 일인데 슬프지 않을 리가 없지.
"심심한 위로의 말씀을 드립니다."
"그래도 자네 덕분에 나는 그 시신을 거두어 장례라도 치를 수 있었네. 손자의 목숨도 구할 수 있었고."
"제가 도움이 되어서 다행이라 생각할 따름입니다."
내 말에 가주님이 고개를 저었다.
"그리 말하지 말게. 이 은혜를 어찌 갚아야 할지 모를 정도로 고마우니 말이네."
나는 대답 대신 살짝 고개를 숙였다.
"하여 감사의 의미로 우리 가문에서 사용되는 물건 중 가능한 건 모두 은해상단의 물품으로 사용하려 하네."
"정말 감사한 일입니다만, 일부러 그러실 필요는 없습니다. 다른 상단도 먹고 살아야지요. 갑자기 거래를 끊으면 그들도 힘들어질 것입니다."
제안은 고맙지만, 그러면 괜히 다른 상단의 원한을 살

수 있다.

"음, 그럴 수도 있겠군."

"그리고 저는 그때 그곳의 이들에게 말했듯이 제가 구한 아이가 바르고 밝게 살아간다면 그것이 제게 큰 보답입니다."

솔직히 내가 세을경가에 도움을 주긴 했지만, 이를 통해 무언가를 얻어 낼 생각은 없다.

이미 아들과 며느리를 잃은 이들에게 뭔가를 받아 낸다는 건 솔직히 좀 그렇잖아.

그저 이 슬픔을 견디고 행복하게 살아갈 수 있으면 만족한다.

"그러니 부디 제 마음을 알아주셨으면 합니다."

그렇게 나는 간신히 그를 설득하여 돌려보냈다.

"후, 힘들다."

내가 한숨을 내쉴 때 내 주변에 있던 호위들이 뭔가 감동한 눈으로 나를 보았다.

"왜 그렇게 보십니까?"

"주군을 모시게 되어 영광이라는 생각을 했습니다."

명종 무사의 말에 나는 피식 웃었다.

"도련님!"

그때 팔갑이 다급히 나를 부르며 달려왔다.

"무슨 일이야?"

"무림맹에서 사람이 왔습니다요."

팔갑의 그 말에 나는 긴장할 수밖에 없었다.

"뭐? 무림맹?"
"네. 그렇습니다요. 지금 접빈실에 계십니다요."
나는 접빈실로 향하며 마음을 진정시키려 애썼다.
상대는 설풍궁을 멸문시킨 흉수다.
게다가 무척이나 용의주도하게 움직이는 이들인 만큼 아무 이유 없이 나에게 사람을 보내지는 않았을 터.
대체 무슨 꿍꿍이지?
아, 그러고 보니 조심해야 할 사람들이 있지.
나는 명종 무사에게 전음을 보냈다.
- 진유 무사와 서향 소저에게 방에 들어가 있으라고 하십시오.
명종 무사는 조용히 고개를 끄덕이고는 움직였다.
나는 그걸 보곤 팔갑에게 전음으로 물었다.
- 혹시 진유 무사와 서향 소저를 무림맹의 사람이 보지는 않았지?
"보지 않았습니다요. 곧바로 접빈실로 데리고 갔습니다요."
그럼 우선 다행이군.
문득 전에 사부님께서 말씀하신 변용술이 생각났다.
이번 가을의 무림대연회도 그렇고, 앞으로 그게 필요할 것 같군.
이에 대해 사부님께 요청 드려야겠다.
곧 나는 접빈실에 도착했다.
접빈실에서 나를 기다린 사람은 처음 보는 젊은 청년이

었다.

그의 허리에는 검이 매여 있었는데, 무언가 이상했다.

아, 저 검은 연막이군.

그의 주무기는 허리띠 속에 숨겨진 연검이다.

어머니의 가문인 감숙성의 영선민가 말고도, 연검으로 유명한 가문이 어디가 있었지?

"소상 은서호가, 무림맹의 대협을 뵙습니다."

"하하, 자네 선협미랑도 대협으로 불리지 않나! 너무 과한 예는 필요 없네."

말은 번지르르하지만 이미 싸가지를 물 말아 먹었다.

나와 나이 차이도 별로 나지 않을 텐데, 초면부터 하대라니.

호칭만 대협이지, 이미 나를 자신보다 아래로 보고 있는 셈이다.

"실례지만, 대협의 존함을 듣고 싶습니다."

"아, 내 소개가 늦었군. 내 이름은 원업이라고 하네. 혹시 황산을 아는가?"

"제국의 사람으로서 황산을 모르는 자도 있습니까?"

"그 황산을 마당으로 삼은 곳이 바로 우리 가문, 황산원문이네."

"그러시군요."

그에게서는 자신의 가문에 대한 자부심이 대단해 보였다. 어디 가문인지 묻지도 않았는데 장황하게 설명하는 것을 보면 말이지.

아니면 가문을 높이고 싶은 마음일지도 모르지.
"내가 이리 온 이유는 맹주님께서 서신을 전해 주라고 명하셨기 때문이라네."
그리고 나에게 서신을 하나 내밀었다.
"받게나."
나는 그 서신을 공손하게 받았다.
"읽어 봐도 되겠습니까?"
"물론이네."
그나저나 이 새끼, 나에게 앉으라는 말도 안 하네. 보통 이쯤 되면 앉으라고 할 법도 한데 말이지.
나는 서신을 읽어보았다.

[무림의 영웅이자, 용봉비무회의 영웅 선협미랑 대협은 보게나.]

서두부터 띄워 주는 것이 뭔가 찝찝한데?

[내 자네에게 긴히 부탁할 것이 있어 이리 서신을 보내네. 실은 산동성에 내가 맡겨 놓은 물건이 있다네. 그 물건을 내게 가져다주게. 원 조장과 함께 움직이면 될 것이네.]

산동성에 맹주가 맡겨 놓은 물건이 있다고?
그걸 나에게 가져다 달라니, 대체 무슨 꿍꿍이지?

시험 〈25〉

다른 사람에게 부탁해도 충분한 일을 굳이 내게 부탁한다는 건, 뭔가 이유가 있을 거다.

[내 그대가 바쁜 건 알지만, 이 일은 무림의 안녕을 위해 필요한 일이고 자네의 이름을 드높일 수 있는 일이니 거절하지 않았으면 하네.]

즉, '거절은 거절한다'는 것.
지금 바빠 죽겠는데 이게 무슨 민폐야.
후, 나는 서신을 다시 접어 봉투 안에 넣었다.
이번 일에 대한 연유가 짐작이 갔다.
이번에 내가 흑묘문의 뇌옥에 갇혀 있던 이들을 구한 일 때문일 거다.
내가 무림맹의 비밀을 알고 구한 것인지, 그냥 우연인지 확신이 필요한 것이다.
생각해 보니 내가 무림맹의 일을 제법 많이 방해하긴 했구나.
이제 슬슬 내 존재가 거슬릴 때가 되긴 했다.
그러나 내가 몸을 사리기 위해 무림맹의 행사를 보고만 있을 수는 없는 것이, 내 이번 생의 목적은 분명했기 때문이다.
백천상단과 무림맹에 대한 복수.
최대한 티 내지 않고 움직였지만, 결국 거슬리게 되는 건 어쩔 수 없다.

그래서 맹주는 나에 대한 판단을 확실하게 할 필요성을 느낀 것이다.

내가 무림맹의 비밀을 알고 방해하는 것인지 아닌지를.

그러니 이번 제안은 거절할 수가 없다.

그랬다가는 나나 은해상단에 피해가 갈 수 있을 테지.

복수도 복수지만 그 전에 나와 우리 가족이 행복하게 무병장수하는 것도 이번 생의 내 목표니까.

제기랄.

이거 산동으로 안 갈 수가 없잖아.

나는 원업 조장에게 말했다.

"맹주님께서는 제가 원 조장님과 함께 움직이기를 원하십니다."

"왜 자네에게 가 보라고 했나 했는데, 그 때문이었군."

"그런 듯합니다. 실례지만, 원 조장님께서 맹주님께 받은 명이 무엇인지 알 수 있겠습니까?"

"아, 태산에 있는 한 문파가 보관하고 있는 금불상을 가지고 오는 일이네."

"금불상이요?"

"자네도 알다시피 이번 가을에 무림대연회가 열리지 않나?"

"네. 알고 있습니다."

"혹시라도 저번 용봉비무회와 같은 일이 일어나지 않도록 비무대의 보호 진법을 강화하기 위해 그 금불상이 필요하네. 그 금불상에 진법의 효능을 증폭시키고 강화하는 공능이 있거든."

"그렇다면 그 금불상을 노리는 자가 제법 많겠군요."

"그렇다네. 그래서 무림맹의 뛰어난 인재인 나를 보내시는 거지. 하하하."

"……."

나는 어처구니가 없어서 말문이 막혔지만, 그는 개의치 않는 듯 말을 이었다.

"맹주님도 참, 나에게만 맡기면 되는 일인데 뭐가 그리 걱정이 많으셔서 자네의 도움을 받으라고 하시는지 모르겠군."

나는 애써 웃으며 말했다.

"그만큼 신중을 기하시는 것이 아니겠습니까?"

"그렇겠지. 우리는 내일 아침에 산동성으로 출발할 예정이네."

"그에 맞추어 준비하겠습니다."

그나저나 이 새끼, 끝까지 앉으라고 안 하네?

뭐, 상관없지.

우리의 서열에 대해 깨닫게 할 기회는 얼마든지 있으니까.

"그럼 숙소로 안내해 주게."

내가 그들의 숙소를 준비하는 것이 당연하다는 듯한 태도에 순간 당황했다.

"여기 북경지부에서 머무실 생각이십니까?"

"당연하지! 이 북경에서 알아주는 부자인 자네 아닌가?

하하하. 설마 길바닥에 재우려고?"

후, 뻔뻔하기는.

마음 같아서는 그러고 싶다.

솔직히 무림맹의 사람이 이 북경지부에 들어온 것 자체가 마음에 안 들거든.

접빈실이니까 지금 참고 있는 거지, 내 허락 없이 더 안으로 들어왔다면…….

후.

아무튼, 나는 그를 이 북경지부에서 머물게 하고 싶지 않다.

원 조장뿐만 아니라 그와 함께 온 다른 이들이 북경지부를 염탐할 수도 있다.

또한, 지부의 사람들에게 손을 댈 수도 있고.

그건 못 참지.

"근처에 괜찮은 객잔이 있습니다. 그곳에서 묵으실 수 있도록 준비하겠습니다."

"응? 이곳이 아니라?"

바랄 것을 바라라. 이 새끼야.

나는 그 말을 삼키고는 웃으며 대답했다.

"이곳 은해상단 북경지부는 원 조장님 같은 무림맹의 손님을 머물게 하기엔 부족합니다. 그리고 원 조장님같이 무공이 고강하신 분은 감각이 예민하다고 들었습니다."

"음, 그렇긴 하지."

"온종일 상단의 마차가 들락거리는데 제대로 된 휴식

이 되겠습니까?"
"아! 그렇겠군."
"걱정하지 마십시오. 제가 이 북경에서 알아주는 부자인데 허름한 객잔에서 주무시게 하겠습니까?"
"그렇지. 하하하!"
나는 그를 유련객잔에 머물게 할 생각이다.
겉으로 봐서는 모르겠지만 그 실체는 금의위가 정보를 수집하는 객잔이다.
그 객잔의 모든 점소이들이 금의위에 소속된 이들이기도 하고.
이렇게 호랑이 굴 안으로 제 발로 들어왔는데, 곱게 내보낼 수야 없지.
털 수 있는 건 다 털어야지 않겠어?
알고 있는 모든 정보까지 싹 다.
아, 이건 물론 끝까지 자리에 앉으라고 한 것에 대한 복수도 아니고 초면부터 나에게 하대한 것에 대한 복수도 아니다.
내가 그리 쪼잔한 사람은 아니니까.
.
.
.

유련객잔으로 원 조장 일행을 안내해 주라고 명한 후 내 집무실로 돌아왔다.
그리고 맹주가 보낸 서신을 꺼내 다시 읽어 보았다.

"후……."

나는 한숨을 내쉬었다.

이건 맹주의 시험이 분명하다. 그리고 이 시험이 앞으로를 좌우하게 될 것이다.

최대한 맹주에게 내가 위험한 사람이 아니라는 것을 보여 주어야 했다.

솔직히 대놓고 검을 들이밀고 싶지만, 아직은 두부로 바위 치기다.

이 상황이 마음에 들지 않지만, 복수를 위해서는 쓸개를 핥을 정도의 독심이 있어야지.

나는 씩 웃었다.

맹주는 나를 시험하려 하지 말았어야 했다.

나는 이 시험을 통해 내가 두부라고 생각하게 할 것이다. 사실 그 두부 안에는 바위를 갈라 버릴 만년한철로 만든 단검이 숨겨져 있지만.

그리고 나는 그 단검을 슥슥 갈아야지.

문이 열리고 팔갑이 들어왔다.

"도련님, 그들을 유련객잔에 모셔다 드렸습니다요."

"수고했어. 객잔주에게 서신을 몰래 전해 주는 것도 잊지 않았지?"

"물론입니다요."

객잔주가 실적 올릴 수 있다며 아주 좋아하겠네.

그리고 따로 이필 무사를 통해 진영 대협에게도 서신을 보냈다.

지금 상황에 대한 내용을 적은 서신으로, 황제에게 보고하기 위함이다.
"짐 싸자."
"알겠습니다요."
"그리고 호위무사들에게 모두 모이라고 해."

잠시 후.
내 방으로 호위무사들이 모두 모였다.
"부르셨습니까?"
서우 무사의 말에 나는 고개를 주억였고, 말을 꺼냈다.
"내일 태산으로 떠나게 되었습니다. 그리고 이번에는 서우 무사님과 여응암 무사님, 그리고 이필 무사님만 움직입니다."
내 말에 호위무사들이 고개를 끄덕였다.
그들도 알고 있는 것이다.
왜 세 무사를 빼고 가는 것인지.
우선 진유 무사는 그 정체가 드러나면 안 된다.
명종 무사와 창운 무사는 용봉비무회의 일로 인해 무림에 죄를 지은 죄인의 신분.
무림맹의 무사들이 이죽거리고 조롱하는 것을 견디는 건 힘들 터.
"주군."
명종 무사가 조심스럽게 말을 꺼냈다.
"저희를 생각하시는 건 압니다만, 저희는 괜찮습니다."

"맞습니다. 주군을 지키는 일을 위해서라면 그 어떤 모욕도 감수할 수 있습니다."

이에 나는 고개를 저었다.

"아뇨. 감수할 수 없습니다."

"정말 저희는……."

"제가 감수할 수 없습니다."

"네?"

"두 분은 제 호위무사입니다만, 그 전에 제 소중한 사람이기도 합니다. 그런 두 분을 모욕한다? 제가 참을 수 없습니다."

"주군……."

"크흡!"

두 무사는 감동한 표정으로 울먹였다.

이게 그리 감동할 말인가? 그냥 당연한 거잖아.

"아무튼, 그러니 세 분은 그동안 휴가라고 생각하고 지내시면 됩니다."

"명을 따릅니다."

그때 팔갑이 물었다.

"그런데 호위무사를 세 명만 데리고 가는 것에 대해 뭐라고 할 수 있지 않습니까요?"

"좋은 지적이야."

나는 세 무사에게 말했다.

"그래서 적당한 핑계를 생각해 두었습니다. 세 무사님이 실수를 저질러서 벌을 주고 있다고 할 생각입니다."

시험 〈33〉

"알겠습니다."

그때 진유 무사가 말했다.

"지금 이 상황에서 이런 말씀을 드리는 것이 뭣하지만, 조언을 구할 것이 있습니다."

"무엇입니까?"

"지금 저희에게 가장 필요한 수련이 무엇이라고 생각하십니까?"

"네?"

"뜬금없는 질문이라는 건 압니다만……."

나는 진유 무사를 보았다. 그 눈은 무척이나 간절해 보였다.

그렇다면 나 역시 진심으로 답해 줘야겠지.

"제 사부님께서는 무사의 경지가 상승하는 건 심신이 균형을 잡아가는 과정이라고 하셨습니다."

"그 말씀은?"

"솔직히 그동안 저를 보필하기 위해 사방팔방을 다니면서 몸은 충분히 움직였지만 이를 정리하는 시간이 부족했을 듯합니다."

"참선 같은 것을 말씀하시는 겁니까?"

"맞습니다. 스스로를 관조하고 돌아보는 시간 말입니다."

"그런 거라면 틈을 내서 꾸준히 했습니다."

"충분한 시간을 가지고 깊이 들어가 보신 적은요?"

"……."

"이번 기회에, 충분한 시간을 가지고 깊이 관조해 보

는 시간을 가지도록 하십시오. 두 무사님도 마찬가지입니다. 그렇다면 이번 휴가는 세 분에게 큰 도움이 될 것입니다."

.
.
.

그날 밤.
나는 생각을 정리하기 위해 후원을 거닐었다.
"어?"
그러던 중 후원에서 한 여인과 마주쳤다.
서향 소저다.
"오셨네요."
빙긋 웃는 것이, 내가 오늘 밤 이곳에 올 것을 미리 알고 있었구나.
"아름다운 밤입니다."
"달이 안 떴는데요."
"험험, 그냥 그렇다는 말입니다."
그녀의 미소에 나도 마주 웃었다.
"이리 나오신 것을 보니, 저에게 하실 말씀이 있으신 것 같습니다."
"네."
그녀는 고개를 끄덕였다.
"사실 저는 아주 오래전부터 무림맹에 관련된 미래를 봤어요. 아마도 저에 대한 위협은 제가 무림맹에 대한 미래를 봤기 때문이겠죠."

총명한 그녀다.

몇 가지 단서만 있으면 그 정도는 얼마든지 추측할 수 있겠지.

"저도 궁금하긴 합니다. 대체 무엇을 보셨기에 그렇게까지 무림맹을 두려워하시는 겁니까?"

"두려움이 아니에요."

그녀는 말을 이었다.

"화가 났어요. 무림맹은 무림에 분쟁의 씨앗을 뿌리고 있으니까요. 무림을 하나로 모아도 모자란데 대체 무엇을 위해 그리하는지 모르겠어요."

"그렇군요. 확실히 이상하군요."

"그러니 부디 조심하세요. 그리고……."

그녀는 나에게 다가왔고, 귓속말했다.

왠지 얼굴이 붉어지는 건 그녀와 너무 가깝기 때문이겠지.

그러나 곧 나는 두 눈을 깜박일 수밖에 없었다.

서향 소저의 말에 당황했기 때문이다.

하지만 곧 표정을 관리하고는 미소 지으며 포권했다.

그만큼 그녀의 조언은 중요한 내용이었으니까.

"감사합니다. 곽 부관님."

그녀의 조언이 없었다면 개고생할 뻔했다.

.
.
.

다음 날.

나는 차장에서 떠날 준비를 하고 있었다.

"이제 가는 거냐?"

고개를 들어 보니, 정호 형이다.

"응."

"에휴. 이제 자유라고 외친 지 며칠이나 지났다고 또 나가는 거냐?"

"나도 가기 싫어. 그런데 어쩌겠어? 무림맹에서 나 보고 가라는데."

내 말에 정호 형이 혀를 찼다.

"너무 뛰어나도 이게 문제라니까. 사방에서 가만 놔두지를 않아."

나는 멋쩍게 웃었다.

어떻게 지금 내가 하고 싶은 말만 골라 하는지.

"걱정하지 마. 사고 안 치고 얌전하게 있다가 올게."

내 말에 정호 형은 피식 웃었다.

"이제는 사고 치지 않겠다는 네 말은 믿지 않기로 했다."

"응?"

"사고가 너를 항상 따라다니는데, 인간의 힘으로 어찌할 수 있겠느냐? 그게 바로 불가항력이라는 거지."

장난기 가득한 미소가 걸린 얼굴.

"그 와중에 너와 동행하는 사람이 곤란에 빠지더라도 그 역시 불가항력이지 않겠냐?"

"ㅎㅎㅎ. 그렇지."

나는 정호 형의 말뜻을 단번에 알아차렸다.

정호 형도 무림맹에 쌓인 것이 제법 많았나 보다.

"그럼 잘 다녀와라."

"응."

그렇게 나는 팔갑과 세 명의 호위무사만을 데리고 북경지부를 나섰다.

그러면서 어젯밤 진영 대협을 통해 받았던 황제의 답장을 떠올렸다.

[너는 짐의 신하임을 기억해라.]

단 한 줄의 문장.

다른 이들에게는 '너는 내 것이니 도망갈 생각은 하지 말라'는 경고의 의미겠지만, 내게는 다른 의미로 다가왔다.

'너는 짐의 신하이니, 무림맹을 족치는 데 필요한 것이 있으면 지원해 주마.'

나는 그 서신을 떠올리며 피식 웃었다.

"가기 싫다고 하셨지 않습니까요? 그런데 왜 갑자기 싱글싱글 웃으시는 겁니까요?"

"그런 게 있어."

적당히 대답을 얼버무리자, 팔갑은 고개를 갸웃했다.

"그런 눈으로 보지 말고. 나 아주 멀쩡하거든."

"아, 네."
곧 우리는 유련객잔에 당도했다.
무림맹 소속으로 보이는 무인들이 각자의 짐을 챙겨 떠날 준비를 하고 있었다.
"대협들을 뵙습니다. 원 조장님께서는 안에 계십니까?"
내 물음에 그들은 고개를 끄덕였다.
"안에 계시네."
"알려 주셔서 감사합니다."
그 조장에 그 수하인가? 그들 역시 만만치 않게 오만해 보였다.
나에게 대답해 준 자는 무척 젊어 보였는데도 나를 대하는데 말이 짧은 것을 보니 말이다.
나이를 떠나서 초면이면 그래도 좀 예의 바르게 대해야 하는 거 아닌가?
그나저나…….
중요한 임무라는 것 치고 다들 너무 젊어 보인다.
왜지?
나는 그런 의문을 가진 채 안으로 들어갔다.
"어! 자네 왔는가?"
여전히 말이 짧은 원업 조장이다.
"평안한 밤 되셨는지요?"
"물론이네. 하하하. 무척이나 만족스러운 밤이었지."
나는 이쪽을 보고 있는 접객 담당 점소이를 흘깃 바라보았다.

그는 만족스러운 얼굴로 고래를 끄덕였다.

기대대로 정보를 탈탈 털었군.

"지금 출발하시는 겁니까?"

"그럴 생각이네."

나는 조심스레 물었다.

"그런데 조장님과 조원들께서 이런 장거리 임무는 몇 번째 맡으시는지 여쭤봐도 되겠습니까?"

"아, 이번이 세 번째네."

"……."

이번이 겨우 세 번째라…… 초짜로군.

상단이나 표국에서는 장거리 임무 경험이 열 번도 되지 않으면 초짜로 취급한다.

그만큼 돌발 상황에 대처하는 능력이 떨어지기 때문.

설마 맹주가 나에게 이 일을 맡긴 것이, 시험인 동시에 이 새끼들 뒤치다꺼리 좀 해 달라는 의미가 아닌가 하는 의심이 들었다.

후…… 그나저나 역시 무림맹은 무림맹인가?

보통 어떤 임무를 맡기면 그에 대한 보상이 따라야 마땅하다.

하지만.

[이 일은 무림의 안녕을 위해 필요한 일이고 자네의 이름을 드높일 수 있는 일이니 거절하지 않았으면 하네.]

서신의 내용으로 보아 맹주가 제시한 보상은 무림의 안녕과 명성.

나는 상인이다. 상인은 돈으로 움직이는 존재.

그래서 더더욱 마음에 들지 않았다.

하지만 어쩌겠어. 나와 은해상단의 안녕이 걸린 일이니 할 수 없이 움직이는 거다.

그러나 내가 누군가?

늪에 빠져도 동전을 줍는 은서호다.

"나나 조원들이나 이런 경험은 충분하네. 그리 어려운 일도 아니니까."

"아무렴요. 그럼 저는 대협의 뒤만 따라 다녀도 되겠습니까? 소상과 일행은 맹주님의 명은 처음이라 어찌해야 할지 잘 모르겠어서 말입니다."

"걱정하지 말게. 우리가 지켜 줄 터이니. 하하하하!"

나는 포권하여 감사를 표하며 소매로 슬쩍 올라가려는 입꼬리를 잡아 내렸다.

맹주의 명으로 강제로 움직이는 것도 짜증 나는데, 우리가 괜히 희생을 감수할 필요는 없지.

그래서 우린 저들에게 업혀 가기로 했다.

.

.

.

따그닥, 따그닥.

말발굽 소리가 경쾌하게 울렸다.

나는 앞서가는 일행들의 모습을 살폈다.

조장 원업을 포함해서 총 열 명.

듣기로 나머지 반은 부조장과 함께 무림맹에 있다고 했다.

그들은 무림맹 용아대 육 조 소속.

무력대 일 개 조의 절반만 보낸 것을 보면 맹주는 이번 임무를 그리 어렵게 생각하지 않은 듯했다.

하지만 나는 서향 소저의 조언 덕분에 알게 되었다.

이번 일은 그리 쉬운 일이 아님을.

아마 그건 맹주도 몰랐을 거다.

알았다면 조원 전체나 그 이상을 보냈겠지.

그런데 단순히 금불상을 가져오는 일이 왜 나를 향한 시험인 거지?

서향 소저로부터 조언을 받기는 했지만, 아직 확실치는 않다.

상황에 맞춰 침착하게 대응하면 될 터.

그렇게 우리는 며칠을 이동했고, 오늘은 야숙을 하게 되었다.

"저희는 저희가 알아서 야숙 준비도 하고 저녁 준비도 하겠습니다. 다른 대협들에게 폐를 끼칠 순 없죠."

야숙이라는 것이 안 그래도 피곤한 건데, 저들이 챙겨 주는 야숙터에서 야숙을 하다가는 피로가 더 쌓일 것 같았다.

내 말에 원 조장은 흔쾌히 승낙했다.

다행이군.

우리는 신속하게 야숙 준비를 했고, 팔갑이 저녁을 만들어 주는 것을 기다리고 있었다.

그들이 야숙을 준비하는 것을 보자 피식 웃음이 나왔다.

예상대로 야숙을 준비하는 게 어설프기 짝이 없었다.

심지어 아직 불을 피우지 못한 곳도 있었다.

상황에 따라 다르겠지만, 일반적으로 야숙을 할 때 가장 중요한 건 불을 피우는 거다.

불이 있어야 체온도 유지할 수 있고, 산짐승을 쫓을 수 있으며 식사도 할 수 있으니까.

그런 만큼 불을 피우는 것은 야숙 훈련의 필수이자 기본일 텐데.

"도와줘야 하는 거 아닙니까?"

이필 무사의 물음에 나는 고개를 저었다.

"우리가 먼저 나서서 도와준다면, 저들은 우리를 만만하게 볼 겁니다."

"확실히, 지금까지의 저들의 행동을 보면 그럴 가능성이 높겠군요."

"네. 보통 그러면 고마워하는 게 당연하죠. 그러나 저들은 그런 보통의 사람은 아닙니다."

나는 말을 이었다.

"아직 세상 물정 모르는 자들입니다. 자신들을 떠받드는 게 당연한 삶을 살아온 이들이죠."

"어쩐지, 그래 보이긴 했습니다."

나는 저들과 함께하며 그 구성을 파악했다.

무림맹에 우호적인 무가의 자제들로 편성한 조다.

비교적 쉽지만 중요한 임무로 그들의 입지를 넓히려는 거겠고.

여응암 무사가 말했다.

"그런데도 용케 두 번이나 장거리 임무를 했었군요."

"그러게 말입니다."

뭐, 객잔에서만 묵거나 했겠지.

"그러니 저들이 우리에게 부탁이라는 것을 하기 전에는 우리도 움직이지 않을 겁니다."

"알겠습니다."

곧 팔갑이 만든 죽이 완성되었다.

우리가 죽을 먹고 있을 때 누군가 다가왔다.

"험험, 나도 한 그릇 주게나."

원 조장이다.

배가 고픈데 옆에서는 맛있게 먹고 있으니 참을 수가 없었겠지. 내 예상대로다.

"아, 죄송합니다. 딱 맞게 만들어서 여분이 없습니다."

당혹스러운 얼굴.

"뭣하면 먹던 거라도 드시겠습니까?"

"돼, 됐네! 내가 거지인 줄 아나?"

"그럴 리가요. 그리고 거지는 이것도 못 먹습니다."

그러자 그가 투덜거렸다.

"그나저나 너무한 거 아닌가? 식사 준비를 할 거라면 우리한테도 의향을 물어봐야 하는 거 아닌가?"

"물어봤습니다만."

"언제?"

"아까 분명 말씀드렸습니다. 저희는 저희가 알아서 야숙 준비도 하고 저녁 준비도 하겠다고요. 그러니까 뭐라고 하셨습니까? 그렇게 하라고 하셨지 않습니까? 만약 대협들도 식사를 함께하고 싶으셨다면 그때 부탁을 하셨어야죠. 안 그렇습니까?"

원 조장은 말문이 막힌 듯했다.

그러다가 뭐가 생각났다는 듯이 말했다.

"그러고 보니 자네들 야숙이 처음이 아니군."

"네. 처음이 아닙니다."

"그런데 어째서 거짓말을 한 거지?"

"저희가 언제 거짓말을 했습니까?"

"분명 처음이라고……."

"제가 처음이라고 한 건 맹주님의 명은 처음이라고 했지 야숙이 처음이라고는 말하지 않았습니다만?"

"……."

할 말이 궁해졌는지 그는 버럭 소리쳤다.

"아, 앞으로는 자네들이 알아서 하게! 우리는 자네들을 보호해 주지 않을 것이니!"

"그럼, 따로 행동하자는 말씀이시군요."

나는 미소 지으며 물었다.

"괜찮으시겠습니까?"
"뭐가 말인가?"
"맹주님께서는 분명 '같이 움직이라'고 하셨는데 말입니다."
"그럼 앞으로 함께 다니되, 서로의 일에 일절 관계하지 말도록 하지!"
"좋습니다. 그럼 도움을 주고받는 것은요?"
"사양하겠네! 우리도 도움을 주지 않을 터이니!"
"알겠습니다. 그리 말씀하시니 할 수 없죠."
"에힝!"
그는 분을 이기지 못하고 몸을 돌렸다.
쯧, 옹졸하기는.
원 조장은 조원들을 닦달하기 시작했다.
"괜찮으시겠습니까?"
서우 무사의 걱정스러운 표정.
저들이 앞으로 우리에게 어떤 패악질을 할지 우려하기 때문이겠지.
"괜찮습니다."
나는 씨익 웃었고, 이필 무사에게 전음을 보냈다.
내 전음에 이필 무사는 피식 웃었다.
"저도 마음에 안 들던 참이었습니다."
그는 슬그머니 숲 안으로 들어갔다가 돌아와 내 앞에 약초 한 뿌리를 내려놓았다.
역시 사천당가 출신답다.

내가 원하는 약초를 이리 쉽게 가져오다니 말이야.
- 금령아.
- 꾸이!
- 이걸 저들의 솥에 넣고 올래?
- 꾸이!

금령이는 곧바로 그 약초들을 저들의 솥에 골고루 넣었다.

워낙 빠르게 움직이는 녀석이다.

저들이 금령이의 움직임을 눈치챌 리가 없지.

내 예상대로 그들은 솥 안에 약초가 들어갔음을 전혀 모른 채 식사를 하기 시작했다.

"오! 내가 만들었지만, 엄청 맛있어!"
"우오오!"
"허! 맛있군!"

그들은 맛있다는 말을 연발하며 식사를 했고, 나와 이필 무사는 기대된다는 표정으로 그들을 바라보았다.

그래, 맛있게 먹어라. 흐흐흐.

곧 살려 달라고 외치게 될 거다.

내가 이필 무사에게 부탁한 약초는 생으로 먹거나 피부에 바르면 진통 효과가 있다.

하지만 열을 가하면 독초로 바뀐다.

그렇다고 목숨을 앗아 가거나 몸이 상할 정도는 아니고, 극심한 복통만 앓게 되는 정도.

야숙을 하는 도중에 아군에게 일부러 복통을 일으키는

게 제정신인가 싶은 자도 있겠지만 나는 제정신이다.
 나와 일행들만 있어도 안전은 충분하니까.
 게다가 그 해독도 매우 단순하다.
 그들이 먹은 약초를 그대로 생으로 먹으면 된다.
 재미있는 약초지.
 그걸 넣고 끓이면 음식 맛이 기가 막히게 좋아지니 뭐 잠시는 즐거울 거다.
 그 후는 지옥이겠지만.
 나는 이필 무사를 제외한 일행들에게 전음으로 상황을 설명했다.
 - 제가 너무 악당 같습니까?
 내 물음에 일행 모두 고개를 저었다.
 - 저도 속이 시원하군요.
 - 크으! 좋습니다!
 내 일행들도 감정이 많이 쌓이긴 했구나.

.

.

.

 그렇게 식사를 끝내고 반 시진 후.
 "으······."
 "으으으······ 배, 배가······."
 드디어 시작되었다.
 원업 조장부터 그 조원들은 전부 배를 움켜쥐고 끙끙 앓기 시작했다.

식은땀을 흘리는 것을 보니 진짜 죽을 만큼 고통스러운 듯했다.

그러나 우리는 안타까운 표정을 지으며 그들을 보고만 있을 뿐.

원 조장이 우리에게 다가왔다.

"어, 어찌하여 보고만 있는 것인가? 당장 의원이라도 불러야 하는 거 아닌가?"

쯧쯧, 자신이 아까 한 말도 기억 못 하시네.

나는 안타까운 표정을 유지하며 말했다.

"제가 돕고 싶어도, 아까 말씀하신 것이 있기에 함부로 손을 댈 수가 없습니다."

"뭐?"

"분명 아까 서로 일절 관계하지 말고. 도움도 주고받지 않아야 한다고 하지 않으셨습니까?"

"……그, 그건……."

"제가 어찌 대협의 추상같은 명을 어길 수 있겠습니까?"

그는 힘겹게 떠듬떠듬 말했다.

"사, 상황이 다르지 않은가?"

"아까 하신 말씀에, 상황이 달라지면 그 발언 역시 철회된다고 말씀하신 건 없지 않습니까? 저는 감히 대협의 그 명을 거절할 수 없습니다."

"……."

나는 한숨을 내쉬었다.

"그리고 솔직히 저와 일행은 마음의 상처를 크게 입었

습니다. 저희가 대협들의 식사를 준비하고 싶지 않아서 그리했겠습니까?"

물론, 준비하고 싶지 않아서 그리하긴 했지.

"그 전에 한 말이 있으니, 그렇게 행동했을 뿐인데 이를 가지고 그렇게 막무가내로 몰아붙이시니…… 에휴."

그는 고민하다가 결국 나에게 사과를 했다.

그만큼 고통스럽다는 거겠지.

"그, 그건, 미, 미안하게 되었네. 본의 아니게 오해를 해서……."

"받아들이겠습니다."

속이 조금 시원해졌지만, 아직이다.

"제발 우리 좀 도와주게나."

"진맥을 해 보겠습니다."

나는 원 조장의 손목을 잡고 진맥하는 척했다.

"저희 상단이 약초를 주로 취급하는지라 짐작이 가는 부분이 있습니다. 증상과 상황을 보니 뭘 잘못 드신 것 같습니다."

"사, 살려 주게나!"

나는 고개를 저었다.

"괜찮습니다. 지금은 거동이 힘들 정도로 아프시겠지만, 목숨에는 전혀 지장이 없을 겁니다."

"정말인가?"

"네. 한 닷새 정도 복통이 지속되겠지만, 그 이후로는 괜찮아질 겁니다. 대 무림맹의 대협들인데 그 정도는 참으실 수 있지 않습니까?"
"다, 닷새?"
"네."
"그, 그걸 어떻게 참나!"
그는 고통스럽게 외쳤고, 나는 씨익 웃으며 대답했다.
"물론 해독하는 방법은 있습니다."
내 말에 원업 조장이 물었다.
"그, 그게 정말인가?"
"네."
"그 해독 방법이라는 것이 무엇인가?"
"그게……."
내가 대답을 하지 못하고 머뭇거리자, 그가 다급하게 물었다.
"왜 그러는가? 대체 왜 말을 하려다가 마는 건가?"
"해독 방법이 좀 그래서 말입니다. 이게 해독 방법은 맞습니다만, 제가 대협들을 우롱하는 것처럼 여겨질 수도 있습니다."
나는 한숨을 내쉬었다.
"그러면 서로가 얼굴 보는 것이 민망해질 터이니 고통스럽지만, 그냥 닷새 동안 참는 게 좋겠습니다."
내 말에 그가 다급히 내 소매를 잡았다.
"으윽! 자, 자네가 우리를 해독해 주기 위해 말해 주는 것인데, 어찌 우리가 그런 오해를 하겠는가?"
"정말입니까?"

"정말이네!"

"하긴 그렇죠. 치료 방법을 말해 준 것을 가지고 앙심을 품는다면, 무림맹에 적을 둘 자격도 없지요."

"그, 그렇고말고!"

나는 다른 조원들을 보며 물었다.

"여러분들도 그리 생각하시나요?"

"그, 그러네."

"하라는 건 다 할 테니 제발 이 복통 좀 어떻게 해 주게나."

"끄으윽! 죽을 것 같네."

그들은 배를 부여잡은 채 간절한 눈으로 나를 바라보았다.

"그렇다면 알겠습니다. 우선 모두 바닥에 누우십시오."

내 말에 모두 순순히 바닥에 정자로 누웠다.

"좌로 세 번 구르십시오."

"……뭐라고?"

"왼쪽으로 세 번 구르십시오. 그다음에 오른쪽으로 다시 세 번 구르시고요."

내 지시에 한 조원이 버럭했다.

"이건 덜떨어진 녀석들이나 하는 정신교육이지 않나?"

나는 한숨을 내쉬었다.

"후, 그럴 줄 알았습니다. 그러니 제가 그냥 닷새 동안 참으라고 한 겁니다. 벌써 이렇게 나오시는데 제가 어찌 해독에 도움을 드릴 수 있겠습니까?"

"……."

"그러고도 여러분이 무림맹 소속이라고 할 수 있습니까? 정파의 대표라고 자부하시는 분들이 그런 의심을 한다니요."

"미, 미안하네."

"됐습니다. 저는 그냥 여기서 관두겠습니다. 비록 닷새 동안 죽을 만큼 고통스러우시겠지만 그게 서로 오해가 없을 듯합니다. 저는 그런 오해를 받아 일찍 죽기 싫습니다."

그리고 미련 없이 몸을 돌리자, 그들은 얼굴을 찡그린 채 힘겹게 다가와 싹싹 빌기 시작했다.

"우, 우리가 잘못했네!"

"저, 정말 미안하네."

나는 우울한 표정을 지었다.

"이게 지금 할 말은 아니지만, 계속해서 제게 하대하시는 것을 보니 저를 같은 무림인으로 인정하실 생각이 없는 듯합니다. 맹주님께서는 제게 선협미랑이라는 명호를 내리고, 이번 임무를 같이 하라고 하셨는데 말입니다."

"……."

"뭐, 맹주님의 생각에 동의할 수 없다는 거겠죠."

"그, 그건 아니…… 아닙니다."

"절대 아닙니다."

좋아, 말 꼬리가 길어졌군.

진즉에 이랬어야지.

지금 고통 때문에 정신이 없어서 그런지 단번에 존대가 나오는군.

"그러니 제발 해독을 부탁드립니다."

"닷새 동안이나 이 고통을 참고 있기에는 너무 괴롭습니다."

"그리고 혹시라도 불온한 자들을 만나면 큰일 납니다."

"괜찮습니다."

나는 그들에게 말했다.

"저와 일행의 실력도 제법 되니, 충분히 여러분들을 지킬 수 있습니다."

"시, 실력이 얼마나 된다고 그러나?"

나는 원 조장을 바라보았고, 내 시선에 그는 헛기침하며 말을 고쳤다.

"실력이 얼마나 된다고 그러십니까?"

하긴, 저런 오만한 자들이 내 경지를 기억할 리가 없지.

"저와 옆의 서우 무사는 절정입니다. 그리고 여응암 무사 역시 최근 절정에 올랐습니다."

"그, 그럼 절정 무사가 셋……."

"네. 또한 이렇게 대놓고 무림맹의 깃발을 들고 있는데 어떤 골 빈 자들이, 평생 추포당할 것을 감수하고 습격하겠습니까?"

내 말이 이어질수록 그들의 표정은 급격하게 안 좋아졌다.

즉, 내가 지금 굳이 그들을 해독하지 않아도 될 이유가 충분했기 때문이다.
"그러니 좀 고통스럽긴 하겠지만, 마음 편히 계셔도 됩니다."
털썩.
내 말에 그들은 무릎까지 꿇었다.
"제, 제발 부탁드리겠습니다."
"허튼 오해 따위는 절대 하지 않을 터이니, 제발 살려 주십시오!"
"이러다가 정말 죽을 것 같습니다!"
원 조장을 비롯한 모두가 그리 애원하는 모습을 보며 나는 속으로 씨익 웃었다.
"알겠습니다. 한 번만 더 대협들을 믿어 보겠습니다."
내 말에 그들은 연신 고개를 끄덕였다.
저러다가 목이 꺾이지 않을까 싶을 정도로.
"그럼 모두 바닥에 누워 좌로 세 번, 우로 세 번 구르십시오."
그들은 군말 없이 내 지시에 따랐다.
"다시 좌로 다섯 바퀴, 우로 다섯 바퀴 구르십시오."
"앉아서 제자리 뛰기, 동서남북을 바라보며 열 번씩!"
내 지시가 이어질 때마다 원 조장과 조원들은 흙투성이가 되어 갔다.
아! 속이 다 시원하네!
뒤를 힐끔 보니 내 일행도 체기가 뻥 뚫린 듯한 표정이었다.

시험 〈55〉

그렇게 약 반 시진 정도 저들을 굴린 나는 그제야 이필무사에게 말했다.
"제가 말씀드린 약초는 가지고 오셨나요?"
"네. 여기 있습니다."
나는 그 약초를 원 조장과 조원들에게 내밀며 말했다.
"이제 이 약초를 씹어 드시면 됩니다."
"알겠습니다."
그들은 약초를 받아 씹어 먹기 시작했고, 이내 고통이 사라진 듯 신기하다는 표정을 지었다.
"어? 배가 안 아프네?"
"허! 진짜 나았어!"
"거참! 신통하네!"
그때 누군가 나에게 말했다.
"그런데 처음부터 이 약초를 먹으면 안 되는 것이었습니까?"
"대체 왜 이 약초를 처음부터 먹지 않고 힘들게 몸을 움직이게 한 겁니까?"
예상했던 질문이고, 대비도 되어 있지.
나는 일부러 한숨을 내쉬었다.
"후, 꼭 있더라고요. 물에 빠진 사람 살려놨더니 왜 비단이 아니라 동아줄을 내밀었냐는 사람이."
나는 말을 이었다.
"약이라는 건 그 상황에 따라 독초가 될 수도 있고 약초가 될 수도 있는 것입니다. 만약 대협들이 그 약초를 아무 준비 없이 먹었다면 제대로 해독되지 않았을 겁니다. 제가 대협들의 몸을 움직이게 한 건 단번에 해독이 되도록 하기 위한 준비 과정이었습니다."

"……."

내 대답에 그들은 민망한 표정을 지었다.

"제가 아까 그렇게나 설명을 했는데도 그런 의문을 제기하는 분이 계시다니! 정말이지 이 무림의 앞날이 걱정됩니다."

그들은 쥐구멍에라도 들어가고 싶은 표정으로 우물쭈물했다.

그때 팔갑이 말했다.

"뒷간에 갈 때와 나올 때 다르다더니…… 도련님께서는 이분들을 믿는 게 아니었습니다요!"

"나 역시 그렇게 생각해. 참 많이 슬퍼지네. 무림의 후기지수라는 이들이…… 아니다. 내가 무슨 말을 하겠냐?"

나는 그렇게 한탄하며 힐끔 원 조장과 조원들의 모습을 살폈다.

모두 부끄러워하는 표정.

"그럼 저희는 이만 돌아가겠습니다. 밤이 늦었으니 어서 주무십시오."

"네, 안녕히 주무십시오."

원 조장은 허겁지겁 인사했고, 나는 말없이 포권하며 우리의 야숙터로 돌아갔다.

"무척 시원해 보이십니다."

서우 무사의 말에 나는 고개를 끄덕였고, 씨익 웃었다.
"말해 뭐 합니까?"
우리의 야숙터는 저들의 야숙터와 좀 떨어져 있었기에 잘 보이지 않았다.
그리고 기로 막을 쳐 두었기에 저기까지 소리가 들리지도 않는다.
이필 무사가 말했다.
"그 약초로 이런 수를 생각하시다니! 정말이지 감탄만 나옵니다."
"이필 무사님 덕분이지요."
여응암 무사가 말했다.
"이제 저들은 우리에게 함부로 대하지 못할 겁니다."
"네, 그러라고 일부러 죄책감도 심어 준 겁니다."
팔갑이 고개를 절레절레 저었다.
"저는 절대 도련님과 원수 짓지 않을 겁니다요. 저는 제 명대로 평생 잘 먹고 잘 살고 싶습니다요."
그 말에 내 일행들 모두 무의식적으로 고개를 끄덕이다가 나와 눈이 마주쳤다.
그리고 멋쩍게 웃었다.
"솔직히 제 사람이니까 제 이런 면을 보여 주는 거지. 만약 제 사람이 아니라면 저는 좋은 면만 보여 줬을 겁니다."
"그만큼 저희를 신뢰한다는 말씀입니까요?"
팔갑의 말에 나는 피식 웃었다.

"마음대로 생각해."

.

.

.

날이 밝았다.

우리는 아침을 해 먹은 후 출발 준비를 끝냈다. 그런 나에게 원 조장이 다가왔다.

"간밤에 잠은 잘 주무셨습니까?"

"네. 복통이 사라진 덕분에 아주 푹 잘 잤습니다."

오늘 아침에 씻느라 분주했었지.

간밤에 씻지도 못하고 흙투성이가 된 채로 잘 자던데.

달밤에 데굴데굴 구르느라 제법 힘들었나 보다.

그리고 원 조장은 아주 자연스럽게 나를 존대하고 있었다.

간밤의 정신교육이 효과가 좋았나 보군.

"일각 후에 출발할 예정입니다."

"알겠습니다."

"저, 그리고……."

그는 뺨을 긁적이며 말을 이었다.

"간밤에는 제가 너무 옹졸했습니다. 사과드립니다."

"사과 받아들이겠습니다."

지금의 사과가 진짜 본인이 옹졸했음을 깨달았기 때문인지, 간밤의 일 때문인지, 아니면 내 경지가 절정임을 알게 되었기 때문인지는 모른다.

그러나 중요한 건 사과를 받았다는 것이지.
 딱히 오래 볼 사이도 아니니 사과에 진정성이 담겨 있는지는 중요하지 않다.
 중요한 건 내가 앞으로 남은 일정을 편하게 보낼 수 있느냐일 뿐.

 잠시 후.
 우리는 다시 태산을 향해 출발했다.
 왠지 태산으로 향하는 우리 말들의 발걸음이 가볍게 느껴졌다.
 아, 이 녀석들도 제법 쌓인 게 많았구나.
 하긴. 우리가 이 녀석들의 주인이니까.
 태산까지의 여정은 매우 평화롭고 편안했다.
 그들에게는 내가 은인이면서 동시에 죄책감의 대상이었기에 잘 대해 주었으니까.
 병 주고 약 준 것이지만, 결과가 좋으면 됐지, 뭐.
 그렇게 며칠을 더 이동했고 곧 우리는 제남에 다다랐다.
 "오늘 이곳에서 쉬었다가 내일 태산의 문파에 방문하는 것으로 하겠습니다."
 "네."
 "혹시 이 근처에서 머물기에 적당한 객잔을 아십니까?"
 그 물음에 나는 손으로 어딘가를 가리키며 말했다.
 "저기, 청산객잔이 괜찮습니다."
 그곳은 내가 이전에 백염상단이 주최하는 백대상단 회

합을 위해 이곳에 왔을 때 묵었던 객잔이다.
 제법 괜찮았지.
 우리는 그곳에 방을 구하고 짐을 풀었다.
 "저는 잠시 근처를 둘러보고 오겠습니다."
 "네. 그렇게 하십시오."
 나와 일행은 객잔을 나왔다.
 제남에 온 김에 저잣거리의 상점들을 둘러볼 생각이다.
 제남은 외국과의 교역이 활발한 곳.
 그렇기에 문물이 활발하게 왕래하며 제국 유행을 선도하는 곳 중 하나다.
 이 유행이 북경으로 전해지며 더욱 발전하는 거지.
 즉, 제남의 상점들만 잘 봐도 북경에서 뭐가 유행하게 될지 반 정도는 맞힐 수 있다.
 그러니 이곳을 둘러보는 건 상인으로서 아주 중요한 일이다.
 "음, 제법 흥미로운 것들이 많네."
 그렇게 저자를 관찰하며 돌아다니던 중 무언가 눈에 띄는 게 있었다.
 나는 그곳으로 다가갔다.
 "이건 연지 그릇 아닙니까요?"
 "맞아."
 산동 역시 철기만큼이나 도자기가 유명한 곳이다.
 도자기를 만드는 데 쓰이는 좋은 흙이 있기 때문.
 제법 세밀한 그림에 금사를 입힌 것이 참으로 예뻐 보

였다.

"이거 하나 사야겠어."

내 말에 팔갑이 알겠다는 듯한 표정으로 말했다.

"이왕 연지 그릇을 사는 거, 곽 부관님에게 맞는 연지색을 골라서 채워서 드리는 것도 괜찮을 것 같습니다요."

"그것도 좋은 방법…… 어? 나는 누구에게 준다고 말한 적 없는데?"

"저, 도련님 시종입니다. 척하면 척이죠. 흐흐흐."

뭔가 민망해지네.

팔갑의 말대로 연지 그릇은 서향 소저를 위한 선물이다.

정체를 숨기기 위해 계속 수수한 차림을 해야 하는 것도 그렇고, 여러 가지로 미안하면서도 마음이 짠했기 때문이다.

그때 서우 무사가 말했다.

"저는 이 연지 그릇을 사야겠습니다. 제 부인에게 주면 좋아할 것 같군요."

여응암 무사가 뒤이어 말했다.

"저는 이게 예뻐 보이는군요. 제 내자도 좋아할 겁니다. 하하하."

나는 피식 웃었다.

"그럼, 근처 연지 파는 곳으로 함께 가죠."

연지를 파는 곳의 손님은 대부분이 여자들이었다.

하지만 단체의 힘은 위대하다고 했던가?

덕분에 우리는 민망하지 않게 연지까지 살 수 있었다.

재밌는 건 우리가 연지를 산 곳은 은해상단에서 연지를 납품받는 곳이라는 거다.

마음만 먹으면 값을 치르지 않고 연지를 살 수 있지만, 그건 제 살 깎아 먹기밖에 되지 않지.

그렇게 연지를 파는 상점에서 나와 숙소로 향할 때 나를 부르는 소리가 들렸다.

"이게 누구십니까? 은해상단의 은서호 소단주 아닙니까?"

몸을 돌리자 반가운 얼굴이 보였다.

백염상단의 호경 공자다.

"아, 호 공자님!"

"반갑습니다, 은 소단주. 여긴 어쩐 일이십니까?"

"잠시 일이 있어 들렀습니다. 그런데 이전에 뵈었을 때보다 키가 더 커지신 것 같군요."

"하하하! 네. 좀 더 컸습니다."

하긴, 내 기억에 의하면 지금보다 좀 더 커서 내가 올려다봐야 할 정도였지.

"저번 회합 때는 첫째 소단주가 참석하셨더군요."

"네. 원래 그게 맞는 겁니다. 그동안은 제가 대신 참석했었고요."

"후계가 정해졌군요."

"이미 정해져 있었습니다."

이런저런 이야기를 나누다가 호경 공자가 말했다.

"은 소단주, 저는 아직 그때의 은혜를 잊지 않고 있습

니다."

 백천상단이 수작을 부려 호경 공자를 해하려고 했을 때 내가 그를 구한 일에 대해서다.

 "잊으셔도 되는데 말입니다."

 "절대 그럴 수는 없죠. 언젠가 그 비수가 반드시 쓰이길 바랍니다."

 목숨을 걸고 나를 돕겠다는 맹세의 증표인 비수를 말하는 거군.

 "알겠습니다."

 언젠가 쓰일 때가 있겠지.

 "지금 어디에 머물고 계십니까?"

 "청산객잔에 있습니다."

 "그러면 저희 상단에서 머무시는 건 어떻습니까?"

 나는 정중히 사양했다.

 "제안은 감사하지만, 그러면 무림맹의 사람들까지 상단 안에 들이셔야 합니다."

 "네?"

 나는 미소 지으며 말했다.

 "사실 맹주님의 명으로 무림맹의 이들을 모시고 임무를 수행 중에 있습니다."

 단번에 차가워지는 눈.

 "설마, 무림맹과 함께 하시는 겁니까?"

 저 반응······.

 그도 알고 있는 거군. 지난번에 그를 해하려 한 자들이 무림맹 산하의 백천상단이라는 것을.

내가 넌지시 말해 주었던 단서를 토대로 조사해서 파악한 것이겠지.

역시 산동 지방을 꽉 잡고 있는 상단이다.

나는 피식 웃었다.

"이미 저에 대해 아시면서 그리 물으시는군요."

그리고 나에 대해 조사를 하지 않았을 리가 없지.

냉혹하지만, 그게 현실이다.

내 입장에서는 그게 더 나을 수도 있다.

그리고 솔직히, 우리 은해상단 역시 다른 상단의 인물들을 조사하니까 공평하다고 할 수 있지.

"사람의 상황이란 언제든 바뀔 수 있습니다."

"맞는 말입니다. 하지만 맹주님께 명을 받았으니, 어찌 따르지 않을 수 있겠습니까?"

나는 말을 이었다.

"아시잖습니까? 이 제국에서 상인들이 척져서는 안 되는 곳들이 있다는 것을."

"황궁, 그리고…… 무림맹이죠."

"후, 그렇습니다."

동시에 나는 한숨을 내쉬며 그에게 전음을 보냈다.

- 바빠 죽겠는데 이게 뭔 짓인지 모르겠군요.

그는 잠시 당황한 듯하더니 이내 표정을 관리하며 고개를 숙였다.

"잠시나마 그런 생각을 하다니! 이거 송구합니다."

"괜찮습니다."

나는 웃으며 손을 내저었다.

그러고 보니, 호경 공자는 이 산동 지방을 꽉 쥐고 있는 백염상단의 차차기 후계자.

"바쁘지 않으시면 잠시 차라도 한잔하시겠습니까?"

"물론입니다."

.

.

.

호경 공자를 만나고 청산 객잔으로 돌아온 나는 저녁을 먹은 후 잠시 쉬다가 잠자리에 들었다.

내일부터 분주하게 뛰어다닐 터이니 푹 자 두어야 한다.

다음 날 아침 태산으로 출발했다.

우리가 찾아갈 문파는 태산 중턱에 있는 구암문이라는 곳이다.

아홉 개의 바위라는 의미의 문파로, 원 조장의 설명에 의하면 태산을 누비며 살아서 그런지 경공과 권법이 뛰어나다고 했다.

"그곳의 문주는 맹주님께 은혜를 입었다고 합니다. 하여 맹주님의 부탁으로 금불상을 보관하고 있지요."

"큰 문파입니까?"

"아닙니다. 그리 크진 않습니다. 중소문파쯤 됩니다."

"그런데 어찌 그런 귀한 기물을 보관하고 있는 겁니까?"
"그건, 직접 가 보시면 알 겁니다."
우리는 태산을 오르기 시작했고 얼마 지나지 않아 원 조장의 말을 이해할 수 있었다.
"헉, 헉, 헉."
숨을 몰아쉬는 조원들.
태산의 험한 산세는 정말이지 고된 여정이었다.
"이래서 말을 객잔에 맡겨 놓고 온 거군요."
"맞습니다. 하하하."
원 조장이 말을 이었다.
"구암문은 말 그대로 아홉 개의 바위산을 넘어야 한다는 의미기도 합니다. 금불상을 훔친다고 해도 태산을 마당처럼 뛰노는 문파의 이들에게 금방 잡히는 건 물론이고 큰 곤욕을 치를 겁니다."
"확실히 그만큼 험하군요. 그런데 처음 가 보시는 건 아니군요."
"네. 일전에 한 번 가 본 적이 있습니다."
그나저나 이 사람, 조원들에 비해 훨씬 멀쩡해 보이네.
"그런데 안 힘드십니까?"
"제가 말씀드리지 않았습니까? 제가 황산을 마당으로 삼은 황산원문의 사람이라고요."
가문에 대한 자부심.
숨도 헐떡이지 않는 것을 보면 황산을 마당으로 삼았다는 말이 허풍은 아닌 듯했다.

시험 〈67〉

이래서 맹주가 이자를 보낸 건가?

"그러는 선협미랑 대협께서도 체력이 좋으신 듯합니다."

"체력은 무인의 근본이니까요. 최대한 빼먹지 않고 있습니다."

"호위무사들도 전혀 지쳐 보이지 않는군요. 그런데……."

그는 뒤를 힐끗 보더니 혀를 찼다.

"후. 평소에 그렇게 체력 훈련을 게을리하지 말라고 했는데, 놀기에 바빴던 것이 이렇게 드러나는군요."

"언젠가 깨닫게 될 겁니다."

조원이 마음에 안 드는 모양인가?

나는 슬슬 그를 건드려 보았다.

"조원들이 말을 잘 듣지 않나 봅니다."

"에휴, 말해 뭐 합니까?"

그동안 조원들에게 쌓인 것이 있었는지, 아니면 날 믿는 것인지 술술 털어놓았다.

"다들 가문에서 제멋대로 살던 놈들인데, 제 말을 듣겠습니까?"

"고충이 많으시겠군요."

나는 그리 말하며 속으로는 피식 웃었다.

이거, 균열이 보이는군.

아홉 개의 바위산을 넘는 건 참으로 힘든 일.

아침에 출발한 우리는 구암문에 도착하지 못하고 중간 지점에서 야숙을 해야 했다.

그만큼 길이 험한 탓에 시간을 많이 잡아먹었기 때문이다.

물론, 나와 일행들만이었다면 더 빨랐겠지만, 조원들의 체력 문제가 컸다.

다들 지쳐서 야숙 준비도 못 하고 있을 정도.

쉬운 임무라고 생각했는데 아니었던 건가?

맹주가 저들을 엿 먹이려고 이 임무를 준 게 아닐까 하는 의심이 들었다.

하지만 문제는 맹주가 그럴 이유가 없다는 것이지.

그나저나 날씨가 생각보다 춥다.

산동 지역이 더운 지역도 아닌 데다가, 태산이 높은 탓이다.

불도 피우지 않고 저대로 야숙했다가는 얼어 죽을지도 모르지.

할 수 없군.

"팔갑아."

"네. 도련님."

"모닥불 좀 피워 주자. 저들이 얼어 죽으면 그거 처리하는 게 더 골치 아프니까."

"알겠습니다요."

그렇게 우리는 그들을 위해 불을 피우고, 식사까지 만들어 주었다.

"저, 정말 감사합니다."

"이 은혜 잊지 않겠습니다."

그들의 눈빛이나 표정은 며칠 전과 완전히 달라져 있었다.

그렇게 무사히 밤을 지내고, 다음 날 아침 일찍 구암문으로 출발했다.

하지만 조원들은 여전히 힘들어했고, 원 조장은 영 탐탁지 않은 표정.

"서둘러야 제 시간에 도착할 수 있을 거다."

"압니다만, 힘든 걸 어떻게 합니까?"

"저희는 산을 타는 건 젬병이라고요."

"모두가 조장처럼 그렇게 산을 잘 타는 건 아님을 아십시오. 좀."

나는 속으로 피식 웃었다.

조원들의 눈에 조장을 존중하는 기색이 전혀 없다.

콩가루가 따로 없군.

여하튼 계속 재촉한 덕분에 간신히 산문이 보이기 시작했다.

"후, 이제 얼마 남지 않았습니다."

우리를 발견한 것인지 산문에서 누군가가 우리 쪽을 향해 달려왔다.

탁!

타앗.

험준한 길이었지만 마치 평지처럼 편안하게 달려오는 모습, 그리고 가벼운 착지까지.

괜히 구암문도가 아니군.

그들은 우리에게 포권했다.
"무림맹의 대협들을 뵙습니다."
"구암문에 오신 것을 환영합니다."
그들의 인사에 원업 조장이 대표로 답했다.
"환대에 감사하네. 나는 무림맹 용아대 육조장 원업이라고 하네. 그리고 옆에는 선협미랑 대협과 그 일행이며, 뒤에는 내 조원들이네."
"제자 건구입니다."
"제자 상연입니다."
그리고 건구라고 한 자가 말을 이었다.
"제가 안내하겠습니다. 저를 따라오십시오."
그렇게 우리는 건구 제자를 따라 구암문의 산문을 넘어 문파 안으로 들어갔다.
"잠시만 기다려 주십시오. 그리고 두 분은 접빈실로 모시겠습니다."
일행은 마당에서 잠시 기다리기로 하고, 나와 원 조장만 접빈실로 향했다.
접빈실에 앉아 차를 마시며 기다리자, 누군가가 가까워지는 기척이 느껴졌다.
상당히 맑은 기운.
이 정도로 맑은 기운도 흔하지 않은데 말이지.
곧 문이 열리고 한 노인이 들어왔다.
원 조장이 얼른 일어나 그에게 포권했다.
"무림맹 용아대 육조장이 장문인을 뵙습니다."

아, 이분이 장문인이시구나.

나 역시 포권하여 예를 갖추었다.

"은해상단의 소단주 은서호가 장문인을 뵙습니다."

"구암문의 장문인 현암일세. 자리에 앉게나."

"감사합니다."

우리는 다시 자리에 앉았고, 장문인이 나에게 물었다.

"선협미랑 대협이 왔다 들었는데, 어찌하여 자네는 스스로를 상인으로 소개하는가?"

이에 나는 미소 지으며 대답했다.

"제 스스로가 선협미랑이라는 명호를 감당하기엔 부족하다고 생각하기 때문입니다."

"음, 그런가……."

"소상의 담대하지 않음을 꾸짖으셔도 할 말은 없습니다."

내 말에 그는 고개를 저었다.

"아니네. 내가 무슨 자격으로 자네를 꾸짖는단 말인가? 단지 궁금했을 뿐이네."

그리 말하며 미소를 지었는데, 그 미소에 담긴 의미가 뭔지는 아직 알 수 없었다.

"그건 그렇고."

장문인은 고개를 돌려 원 조장을 보았다.

"이곳까지 어쩐 일인가?"

"다음이 아니라, 맹주님의 명을 받아 왔습니다. 이곳에서 보관하고 있는 금불상을 가지고 오라고 하셨습니다."

"그 금불상을?"

"네. 여기 맹주님의 서신입니다."

그는 품에서 서신을 꺼내어 장문인에게 내밀었다.

장문인은 서신을 읽은 후 고개를 끄덕이며 서신을 품속에 넣었다.

"그 금불상이 많은 이들을 보호하는 데 사용된다면 참으로 좋은 일이지."

"그렇습니다."

"알겠네. 금불상을 꺼내서 가져갈 수 있게 할 테니, 오늘밤은 푹 쉬도록 하게."

"배려 감사합니다."

"쉴 곳을 마련해 주겠네."

우리는 접빈실을 나왔고, 마당에 있던 일행들과 같이 빈객당으로 안내받았다.

씻고 저녁을 먹은 나는 잠시 밖으로 나왔다.

저 하늘에는 둥근달이 떠 있었는데, 이 위에서 보는 아래쪽의 경치가 참 아름다웠다.

밤에도 이런데, 낮에는 더 멋지겠지.

역시 이래서 태산이 수많은 시인에게 영감을 주는구나 싶었다.

그나저나…… 나는 조금 혼란스러웠다.

서향 소저의 조언 때문이다.

내가 본 장문인은 절대 그럴 사람이 아닌데, 대체 어찌 된 사정인지.

 일단 금불상의 실물을 보고 판단해 봐야겠군.

 다음 날.

 아침을 먹은 나와 원 조장은 장문인의 부름을 받고 문파 내부로 들어왔다.

 그리고 잠시 기다리니, 장문인이 나오셨다.

 "오래 기다리게 해서 미안하네."

 "아닙니다."

 "이쪽으로 오게나."

 그는 우리를 한 전각으로 안내했다.

 그 전각은 매우 특이한 구조였는데, 커다란 바위를 벽으로 삼아 지은 듯했다.

 "금불상은 이곳에 있네."

 그 바위에는 문처럼 사각형의 선이 그려져 있었다.

 하지만 손잡이 같은 게 없는데 저걸 어떻게 여나 싶었다.

 "허업!"

 장문인은 손에 기운을 모았고, 바위를 향해 내밀었다.

 그러자 바위는 마치 장문인의 손에 달라붙는 듯이 딸려 나왔다.

 드드드드.

 권법이 특기라더니, 흡자결을 쓰신 거구나.

 장문인은 뚜껑 역할을 했던 바위 조각을 옆에 두고, 바위 안에 손을 넣었다.

곧 바위에서 빼낸 손에는 금불상이 들려 있었다.

사람 얼굴 크기의 두 배 정도.

내 예상과 달리 그리 크지는 않았다.

"여기 있네."

"감사합니다."

원 조장은 그 금불상을 받았다.

왜 도가 계열의 문파에서 금불상을 보관하고 있는 것인지 살짝 의문이었지만 뭐 그게 문제 될 건 아니다.

"그 불상을 노리는 자들이 많으니, 부디 조심하도록 하시게나."

"네. 알겠습니다."

그렇게 우리는 불상을 가지고 전각에서 나왔다.

"그럼 이제, 출발하는 것인가?"

"네. 그렇습니다. 정비를 마치면 곧바로 출발할 계획입니다."

그렇게 대화를 나누며 빈객당 쪽으로 향할 때, 한 무사가 달려왔다.

원 조장이 이끈 조원 중 하나다.

"조장님!"

"무슨 일이냐?"

"문제가 생겼습니다."

"문제라니?"

"조원 몇몇이 아직 일어나지 못하고 있습니다."

"일어나지 못하고 있다니? 그게 무슨 말이냐?"
"그게, 저도 잘 모르겠습니다."
나는 손을 들며 그에게 말했다.
"잠시 제가 봐도 되겠습니까?"
"물론입니다. 부탁드립니다."
일전에 복통으로 고생했을 때, 내가 무사히 해독해 준 덕분인지 그는 망설임 없이 내 요청을 받아들였다.
나는 즉시 그 조원의 방으로 향했고, 침상에 누워 있는 무사에게 다가갔다.
그리고 가만히 진맥했다.
아니, 진맥하는 척했다.
사실 지금 이 무사를 비롯한 몇몇이 정신을 차리지 못하고 있는 건 나 때문이니까.
간밤에 몰래 수면제를 썼거든.
일전에 황제가 항구에 도착한 선원들을 재우라고 명하시면서 내어주신 수면제가 조금 남았고 그걸 사용한 것.
한 사흘 정도는 일어나지 못할 거다.
어제 체력이 부족하여 제일 힘들어 보였던 이들을 푹 쉬도록 할 겸 수면제를 사용한 것이다.
나는 심각한 표정을 지으며 말했다.
"이거, 돌림병일 수도 있습니다."
"네?"
"돌림병이라고 하셨습니까?"
"그렇습니다."

나는 고개를 끄덕였다.

"예전에 이렇게 갑자기 의식을 찾지 못하는 증상을 지닌 돌림병에 대해 들어 본 적이 있습니다."

"허! 돌림병이라니!"

언제 따라왔는지 우리 옆에는 장문인도 계셨다.

"네. 혹시 모르니 태산을 내려가는 건 자제해야 할 듯합니다."

"그렇지. 돌림병이 마을에 퍼진다면 더 큰 피해를 불러올 수도 있을 터."

"제가 계속 살펴보도록 하겠습니다. 며칠 뒤 무사히 깨어나고 같은 증상을 보이지 않는다면 그때는 안심해도 됩니다."

내 말에 원 조장이 미간을 찌푸리며 말했다.

"후, 알겠습니다."

그러고는 장문인에게 포권하며 부탁했다.

"상황이 상황인지라, 며칠 더 머무는 것을 허락해 주십시오."

"물론이네. 아픈 이들을 데리고 움직여서는 안 되지. 며칠 더 머물도록 하게."

그렇게 일련의 조치를 한 후, 우리는 밖으로 나갔다.

그리고 원 조장이 다른 조원들에게 향하는 것을 보고, 나는 장문인에게 다가갔다.

"장문인께 여쭙고 싶은 것이 있습니다."

"무엇인가?"

"왜 가짜 금불상을 내주신 것입니까?"
"그게 무슨 소리인가?"
시치미를 뚝 떼는 모습에 나는 피식 웃었다.
"저는 거상이라 불릴 정도의 상단의 소단주입니다. 나름 물건을 보는 안목이 뛰어나다고 자부합니다."
"……."
그렇다.
장문인이 내준 금불상은 가짜다.
그것이 바로 이번에 서향 소저가 나에게 조언해 준 것이다.

"그 금불상, 가짜랍니다."

만약 가짜 금불상을 가지고 갔다면 정말이지, 개고생할 뻔했지.
하지만 뭔가 이유가 있는 듯해서 일단 출발을 미루고자 몇 명의 조원들을 재워 놓은 것이다.
나는 장문인에게 다시 물었다.
"그 이유가 무엇입니까?"
내 물음에 장문인이 놀랐다는 표정으로 말했다.
"허! 그 금불상이 가짜란 말인가? 허허! 어떻게 이런 일이!"
"장문인께서는 어디 가셔서 연기하시면 안 되겠습니다."
"……조언 고맙네."

내 말을 순순히 수긍한 장문인이 뒤를 힐끔 보고는 속삭이듯 물었다.

"혹시 함께 온 일행이 보이는 저 증상, 자네의 짓인가?"
"네. 그냥 잠든 것뿐입니다."
나는 숨기지 않고 대답했고, 이에 그는 한숨을 내쉬며 말했다.
"그렇군. 왜 내가 그리했는지 이유를 듣고자 함인가?"
"그렇게 보셔도 무방합니다."
"잠시 이야기 좀 하지. 따라오게."
나는 장문인을 따랐다.
그가 나를 이끈 곳은, 문파 안이 아닌 그 옆의 산이었다.
제법 험한 산길을 거침없이 나아가던 장문인은 아차 싶었는지 뒤를 돌아보았다.
그리고 살짝 놀란 표정을 지었다.
"왜 그러십니까?"
"생각보다 산을 잘 타는군."
"저에게 산 타는 재능이 있었나 봅니다."
"그렇군. 어서 가지."
그렇게 우리가 도착한 곳은 구암문 뒤쪽의 한 봉우리였다.
구암문의 전경이 한눈에 들어왔다.
"참으로 멋진 풍경입니다."
어젯밤에 보았던 풍경보다 훨씬 더 멋진 풍경이다.
- 꾸이!

응? 너도 이곳이 마음에 든다고?

"뭔가 고민이 생길 때면 나는 이곳에서 저 모습을 바라본다네."

장문인의 말에 나는 얼른 그에게 정신을 집중했다.

"그럼 해결이 되십니까?"

"어느 정도는 결론이 나더군."

"그 결론들은 구암문에게 좋은 쪽으로 내리는 결론들이시겠군요."

"뭐, 그렇지. 장문인이 하는 일이 뭔가? 문파에 이익이 되는 결정을 내리는 자가 아닌가?"

그러곤 장문인이 너털웃음을 지었다.

"그나저나 자네는 겁도 없군. 가짜 금불상을 내준 것에 대해 입막음을 시도할지도 모르는데, 무슨 생각으로 나를 따라온 건가?"

"그런 분으로 보이지 않았습니다."

그에게서 느껴지는 기운은 매우 맑고 정순했으니까.

물론 장문인의 말이 맞다.

이런 상황에서 혼자 범인의 뒤를 따라가는 것은 좋은 선택이 아니지.

그러나 여기에는 서향 소저의 조언이 있었다.

내가 명확하게 이해하지 못했던 그녀의 조언이 바로 "장문인을 믿고, 소단주님도 진심으로 대하셔야 해요."라는 조언이었다.

하여 나는 그녀의 조언대로, 장문인을 믿기로 한 거다.

또한 그에게서 시종일관 느껴지는 맑은 기운은 그에게 나쁜 의도가 없다는 것을 짐작케 했다.
 그래서 그 누구도 내 뒤를 따르지 않도록 한 것이기도 하다.
 그게 아니라면 진유 무사나 서우 무사에게 은밀히 내 뒤를 따르라고 했겠지.
 장문인께서는 이를 알고 나에게 겁도 없다고 하셨고.
 나는 본론으로 들어갔다.
 "그래서, 이유가 뭡니까?"
 "……."
 장문인은 한숨을 내쉬고는 입을 열었다.
 "아주 오래전, 그러니까 내가 장문인이 되기 전, 우리 구암문은 무척 곤란한 상황이었네."
 갑자기 나오는 수십 년 전 이야기에 속으로 의아했지만, 묵묵히 이야기를 들었다.
 "인근의 세력 싸움에서 패한 녹림들이 이 구암문을 자신들의 새로운 거주지로 삼기 위해 습격을 감행했거든. 그때 맹주님께 도움을 받았네."
 그러고 보니 이곳에 오면서 원 조장이 그랬지.
 장문인이 맹주님께 은혜를 입어 금불상을 보관하는 일을 맡게 되었다고.
 그때의 이야기인 모양이다.
 "당시 맹주님은 아직 맹주가 아니셨네. 남궁세가의 후기지수 중 하나로서 무림맹의 무력대 중 하나를 이끄는 분이셨지. 당시 그분은 산동에서의 임무를 마치고 복귀하시던 중이었네."

"……."

"당시 장문인은 나를 보내어 누구에게든지 도움을 요청하라 하셨고, 막 태산에서 내려온 나는 당시 대주였던 맹주님을 만났지. 하여 눈물로 애원했네. 맹주님은 망설임 없이 나서셨고, 우리 구암문을 구해 주셨네."

바람에 스치는 나뭇잎 소리가 들려온다.

"당시 큰 부상을 입으셨던 선대 장문인께서 타계하시고, 내가 뒤를 이어 장문인이 되었지. 그리고 얼마 지나지 않아 맹주가 되시기 전 나를 찾아와 금불상을 맡겼다네."

"그럼 그걸 맡으신 지 제법 오래 되셨군요."

"십 년이 넘었지."

그런데 어째서 가짜 금불상을 내주신 거지?

"자네는 무림맹에서 그 금불상을 원하는 이유가 뭐라고 알고 있는가?"

"이번 무림대연회 때 사용된다고 알고 있습니다. 관람객들을 보호하는 진법의 힘을 증폭시키기 위해서 말입니다."

장문인은 고개를 주억이며 말씀하셨다.

"그랬지. 그런데 사실 금불상의 공능은 그것만이 아니라네."

"네?"

"당시 맹주님께서는 그 금불상을 주면서 말씀하셨네. 우연히 손에 넣게 된 기물인데, 모든 힘을 증폭시키는 공능이 있다고."

"모든 힘이라고 하시면?"

"말 그대로 모든 힘이네."

잠깐, 모든 힘이라면…… 그거 생각보다 더 어마어마한 거잖아?

그리고 그 힘이라는 건, 좋은 힘만 있는 것이 아니라 나쁜 힘도 있다.

"만약 이 금불상이 불제자의 손에 들어간다면 불력을 증폭시킬 수 있지. 도사의 손에 들어간다면 도력을 증폭시킬 수 있고. 마찬가지로 마교도의 손에 들어간다면……."

"마기를 증폭시킬 수 있겠군요."

"그렇다네."

그는 고개를 끄덕였다.

"어찌 쓰이냐에 달라지지. 그리고 그때 당시 맹주께서는 이리 말씀하셨네. 이는 영원히 봉인해야 하는 요물이라고."

나는 의문을 표할 수밖에 없었다.

"그 말씀은, 맹주님께서 장문인께 그 금불상을 맡기신 것은 봉인해 달라는 의미였던 것입니까?"

"그렇다네."

"그러면 차라리 그냥 없애 버리시지 왜 번거롭게 보관하고 계시는 겁니까?"

"없앨 수 있었다면 진즉에 없앴겠지. 하지만 그 어떤 방법으로도 없앨 수 없었네."

"……."

"아무튼, 그런 분이 갑자기 그 금불상을 내어 달라고 하니 나로서는 의심이 들 수밖에 없지."

"확실히 이상하군요."

그 금불상은 위험하다.

그런 위험한 것을 수많은 이들이 모인 곳에서 사용한다라…….

게다가 그것을 도둑맞는다면 한층 더 큰 일이다.

그게 어떤 위험한 자들에게 들어갈지 모르니까.

아무리 무림맹에서 철저하게 지킨다고 해도, 열 포졸이 도둑 하나 막는 것은 어려운 일이다.

"맹주님이 왜 그런 명령을 내렸는지 알 수 없지만, 나는 그것으로 인해 무림이 혼란스러워지는 건 볼 수가 없었네. 맹주님의 말대로라면 더더욱 세상으로 나가서는 아니 되는 것!"

아…….

나는 문득 떠오른 생각에 입술을 깨물었다.

"설마, 저희가 가짜를 가지고 산을 내려가면 목숨을 끊으실 생각이었습니까?"

가짜 금불상을 전달하면 맹주가 이를 모를 리 없다.

그리고 진짜 금불상이 있는 곳은 오직 장문인만 알고 있고.

"……."

대답하지 못하시는 것을 보니, 내 생각이 맞는 모양이다.

후…….

확실히 이건 맹주의 시험이 맞네.

내가 금불상이 정말 기물이 맞는지 의심을 가지게 되고, 이에 장문인을 추궁하여 진실을 알게 되는 것까지 맹주는 예측한 것이다.

여기서 내가 순순히 진짜를 놔두고 가짜를 가져간다면, 맹주는 내가 그의 흑심을 알아차리고 있다는 것을 확신하게 된다.

그러면 가져온 금불상이 가짜라는 빌미로 나를 제거하려고 하겠지.

나는 무조건 진짜를 가져가야 한다.

문제는 진짜를 가져가면 그게 나쁜 일에 쓰일 게 분명하다는 것.

진퇴양난이네. 젠장.

이번 일은 나에 대한 시험임과 동시에 구암문 장문인에 대한 시험이기도 하다.

아마 장문인이 맹주에 대해 뭔가 눈치챈 것이 아닌가 의심하고 있는 거겠지.

내가 가짜를 가져가면 구암문도 사라질 터.

이전 삶에서 구암문은 녹림들에 의해 사라진 비운의 문파였다.

시험 〈85〉

당시에는 별 생각이 없었는데, 이제 보니 무림맹에서 손을 쓴 것이 분명했다.

 이 태산에서 구암문을 상대할 만한 녹림은 없고, 있다고 해도 상당한 출혈을 감수해야 하거든.

 그나저나 대체 무슨 짓을 벌이고 있기에 의심스러운 사람을 색출해 제거하는 건지 모르겠군.

 진짜 어렵네.

 맹주 본인의 입으로 봉인하라고 한 금불상을 달라고 한 것도 그렇고.

 혹시 맹주가 맹주 본인이 아닌 건가?

 문득 그런 생각이 들었지만, 이내 그 생각을 지웠다.

 아니, 그냥 사람이 변한 거겠지.

 사람은 쉽게 변하지 않지만, 무슨 일이 있다면 쉽게 변할 수도 있는 것이 사람이니까.

 "장문인. 저에게 진짜 금불상을 주십시오."

 "내가 자네의 무엇을 믿고?"

 "저를 믿으셨으니 진실을 털어놓으신 거 아닙니까?"

 "내가 한 말이 진실이라 믿는 건가?"

 "네. 장문인께서는 일부러 이곳까지 저를 데려와서 그런 이야기를 해 주셨습니다. 그렇게 번거롭게 거짓말을 할 이유가 있겠습니까?"

 "……."

 "장문인께서 진실을 말씀해 주셨으니, 저 역시 진실을 말씀드리겠습니다."

나는 고개를 돌려 장문인을 보며 말했다.

"저는 무림맹이 싫습니다."

"하지만 자네는 무림맹의 조장과 함께……."

"맹주님이 그리 명하셨으니까요. 그 명을 따르지 않으면 죽을 것 같아서 그에 따를 뿐입니다."

내 말에 장문인의 얼굴이 어두워졌다.

"협박을 당하고 있는 건가?"

"협박이라기보다는 시험입니다. 저는 이곳저곳을 오가면서 맹주님이 행한 일을 알게 되었습니다. 결코 좋은 일은 아니었습니다."

나는 말을 이었다.

"그리고 맹주님은 제가 이를 알아차렸는지 확인하고자 저에게 이번 일을 지시한 것입니다."

"……."

"제가 진짜를 가지고 가지 않으면, 이는 제가 맹주님의 꿍꿍이를 알아차렸다는 의미! 그럼 저는 많이 곤란해질 것입니다."

내 말에 장문인은 입술을 깨물었다.

"그리고 이 구암문 역시 저와 마찬가지 신세가 될 것입니다."

장문인은 무거운 표정으로 말했다.

"나는 죽음을 각오했네."

"문도들도 그러합니까?"

"……."

흔들리는 장문인의 눈빛.

당연히 그럴 리가 없겠지.

"아니잖습니까?"

"……."

"장문인께서는 죽음을 각오하셨다고 하지만, 그래도 앞길 창창한 문도들은 지키셔야 하지 않습니까?"

"하지만, 그 금불상이 어디에 어떻게 쓰일 줄 알고 그것을 내준단 말인가?"

"장문인. 저도 막무가내로 이러는 거 아닙니다. 저에게 생각이 있습니다."

"생각이 있다라?"

"네."

나는 확신을 담아 말을 이었다.

"저는 그 금불상이 나쁜 일에 쓰이는 일이 없도록 할 생각입니다. 그러니, 저를 믿고 진짜 금불상을 내주십시오."

"……."

"장문인께서는 이곳에서, 구암문을 위한 결정을 하셨다고 하셨습니다. 그러니 부디, 문파를 위한 결정을 부탁드립니다."

나는 고개를 숙여 포권했다.

장문인이 내 뒤통수를 바라보는 것이 느껴졌다.

그렇게 시간이 흐르고, 장고하던 장문인이 나에게 말했다.

"자네의 기운, 참으로 맑군."

"……."

"그 기운을 믿어 보겠네."

됐다!

나는 고개를 들며 물었다.

"진짜 금불상은 어디에 있습니까?"

내 말에 장문인은 손가락으로 바닥을 가리켰다.

"네?"

"여기 있네."

"여기라면?"

"자네 발밑에 있네. 아마 두 자는 파야 할 거네."

진짜 봉인해 놓으셨군.

아까 금령이가 이곳이 마음에 든다고 한 이유가 이거였다.

"그러면 무사들을 불러서 땅을 파라고 하겠습니다."

"아닐세. 그 누굴 믿는단 말인가? 자네가 직접 파게나."

"제, 제가 말입니까?"

"그럼 내가 파나? 이 늙은이에게 삽질을 시키다니! 쯧쯧……."

"제가 파겠습니다."

나는 한숨을 내쉬며 열심히 땅을 팠고, 결국 금불상을 꺼내는 데 성공했다.

에효, 내 팔자야.

.
.
.
며칠이 지났다.
내가 재워 놨던 이들은 개운한 표정으로 눈을 떴다.
"다행히 돌림병은 아니었던 것 같습니다. 혹시 밤에 나갔던 적이 있으십니까?"
"아, 네."
"잠깐 산책을 다녀왔던 것 같기도 합니다."
"아마도 그때, 태산에서만 자생하는 영초의 꽃가루로 인해 잠이 드신 듯합니다."
내 말에 원 조장이 고개를 끄덕였다.
"그렇다면 다행입니다. 그럼 서둘러 출발해야 할 듯합니다. 시일이 많이 지체되었습니다."
"그리합니다."
우리는 곧바로 장문인께 인사를 드리고, 산을 내려가기 시작했다.
원 조장의 말에는 보퉁이 하나가 매여 있었다.
가짜 금불상이다.
혹시라도 가는 길에 금불상을 도둑맞는다면, 내 계획은 수포로 돌아간다.
하여 진짜 금불상은 내가 내 비고에 보관해 놓았다.
그건 대체불가한 것이니까.
물론, 가짜 금불상도 내 계획의 일부이니 잘 지켜야겠지.

"조심히 가게나."
"네, 잘 머물다 갑니다."
"부디 강녕하십시오."
장문인이 나에게 전음을 보냈다.
- 부디 잘 부탁하네.
- 네, 걱정하실 일 없도록 하겠습니다.
그렇게 우리는 다시 태산을 내려와 제남에 도착했다.
제남에서 배를 타고 낙양까지 갈 계획이다.
황하를 거슬러 올라가면 육로보다 훨씬 빠르니까.
"객잔에서 쉬었다 가면 될 것 같습니다."
"아닙니다."
원 조장의 말에 나는 단호하게 말했다.
"저희가 이곳에 머무는 시간이 많으면 많을수록 벌레가 꼬일 겁니다. 지금 즉시 배를 타야 합니다."
"하지만 배가 그리 금방 잡히는 것도 아니잖습니까?"
"미리 잡아 놨습니다."
"네?"
"지금 대기하고 있을 겁니다. 가시죠."
그렇게 나루터에 도착하여 백염상단의 물건을 수송하는 일을 맡은 곳으로 향했다.
"아! 은서호 소단주님!"
그곳의 행수는 나를 단번에 알아보았다.
"기다리고 있었습니다. 이쪽으로 오시죠."
내가 저번에 호경 공자에게 부탁한 것이 바로 낙양으로

가는 배를 준비해 달라는 것이었다.
 그래서 우리는 제남에 도착하자마자 배를 타고 낙양으로 출발할 수 있었다.
 "허……."
 원 조장은 얼떨떨한 표정이다.
 "이게, 이렇게도 되는군요."
 "이게 바로 준비성이라는 겁니다. 그리고 제가 많이 바빠서 말입니다."
 나는 한숨을 내쉬며 앞을 바라보았다.
 드디어 맹주를 만나게 된다.
 맹주 뒤통수를 칠 생각을 하니, 좀 떨리네.

금불상

우리가 탄 배가 점점 느려지기 시작했다.

그때 배의 선장이 다가와 말했다.

"이제 반 시진 후에 낙양입니다."

미리 알려 주는 건, 미리 짐을 챙기라는 의미이기도 하다.

내릴 때가 다 되어서 허둥지둥 짐을 챙기다 보면 늦게 내리거나 무언가를 빼놓고 내리게 되니까.

"덕분에 편안한 여정이 되었습니다."

"하하하, 별말씀을요. 저희 공자님을 구해 주신 은혜를 어찌 말로 다 할 수 있겠습니까?"

나는 멋쩍게 웃었다.

"그리고, 저희 공자님께서 보내시는 전언이 있습니다."

그는 나에게 서신 하나를 내밀었다.

나는 그것을 받아 펼쳐 보았고. 빙그레 웃었다.

조심하라는 걱정 가득한 당부와 함께 혹시라도 자신의 도움이 필요하면 낙양의 백염상단 지부를 통하라는 내용의 서신이다.

참 좋은 사람이라니까.

우리가 탄 배는 곧 낙양의 나루터에 도착했다.

"수고 많으셨습니다."

"조심히 가십시오."

우리가 탄 배는 오직 우리 일행만 있었기에, 마음 편하게 올 수 있었다.

하지만 이제부터 긴장해야지.

"여기서 하루 쉬었다가 맹으로 복귀하도록 하겠습니다."

원 조장의 말에 나는 고개를 끄덕였다.

"알겠습니다."

마음 같아서는 서둘러 무림맹으로 가고 싶었지만, 날도 늦었고 말의 상태를 봐야 했기 때문이다.

물론, 나와 일행의 주강마는 생생해서 지금이라도 당장 출발할 수 있지만 말이지.

어느 객잔에서 머물까 고민하다가 문득 떠오른 생각에 바로 결정했다.

어차피 우리는 맹주의 지시로 일을 하는 중이니 그의 눈과 귀가 있어도 상관이 없다.

아니, 오히려 그걸 이용할 생각이다.

"다들 피곤할 테니 저기서 묵죠."

내 손이 가리키는 곳을 본 원 조장은 흠칫했다. 그곳은 이 낙양의 나루에서 가장 비싼 객잔이다.

그는 나에게 작은 목소리로 말했다.

"험, 험험. 저도 저곳이 좋아 보이긴 합니다만…… 다른 곳이 어떻습니까?"

나는 그가 무엇을 걱정하는지 알고 있다.

"객잔비라면 걱정하지 않으셔도 됩니다. 제가 지불하죠."

"하, 하지만……."

"너무 신경 쓰지 마십시오. 오늘 하루만 묵는 것이니까요. 맹에서 받은 활동비가 그리 많지는 않을 것 아닙니까?"

"험험. 그건 그렇습니다."

아무리 무림맹이 돈이 많다고는 해도, 그만큼 나갈 곳도 많다.

활동비를 넉넉하게 지급하긴 하겠지만, 이런 호화로운 객잔에서 머물러도 될 정도는 아니겠지.

"여러분들은 어떠십니까?"

내 물음에 조원들은 침을 꿀꺽 삼키며 원 조장의 눈치만을 보고 있었다.

내가 고른 객잔은 부유한 상단이나 가문의 주요한 사람들이나 이용할 만한 객잔이니까.

그들로서는 내 제안을 받아들이고 싶겠지만, 상관의 눈치를 볼 수밖에 없다.

나는 그 모습을 보며 속으로 피식 웃었다.

"그동안 고생하셨으니 이런 곳에서 하루 정도는 묵어야 피곤이 풀리지 않겠습니까? 그리고 그동안 저를 살펴주신 대협들께 이럴 때 대접해 드리지 언제 대접해 드릴 수 있겠습니까?"

결국, 원 조장은 내 설득에 넘어갔다.

"험, 험험. 그럼 감사히 받아들이겠습니다."

그 말에 조원들은 환호성을 질렀다.

원 조장은 자존심 때문에 거절하고 싶어도 이런 상황에서 거절했다가는 조원들의 신임을 더 잃어버릴 터.

내 제안을 거절할 수가 없을 거다.

본인도 이런 객잔에서 하루 정도는 묵고 싶겠지.

그렇게 우리는 낙양의 나루터 인근에서 가장 비싼 고급 객잔인 금빈객잔으로 들어갔다.

"어서 오십시오."

"하룻밤 묵고 가려고 합니다."

내가 이 객잔을 선택한 건 단순히 좋은 객잔에 쉬고 싶어서가 아니다.

여러 이유가 있지.

그중 하나가 아무래도 최고급 객잔인 만큼 이곳을 지키는 무인들의 수준이 높았고, 머무는 손님들도 신원이 확실한 자들이 대부분이기 때문이다.

금불상을 맹주에게 가져다주기 전까지는 안심할 수 없다.

진짜는 내 비고에 있지만, 가짜가 원 조장에게 있는 만큼 이를 안전하게 보관해야 한다.

가짜 금불상 역시 내 계획의 일부니까.

잃어버리면 새로 구해도 되긴 하지만, 귀찮잖아.

아마 이곳은 무림맹의 눈과 귀가 있는 곳일 터, 우리가 도착했다는 소식은 맹주의 귀에 들어갔을 거다.

그래도 이곳에서만큼은 그가 어떤 흉계도 꾸미지 않을 것이다.

이런 객잔에서 절도 사건이 일어났는데 범인을 잡지 못한다면, 객잔의 명성과 신뢰가 바닥으로 떨어질 테니까.

그럼 더는 이곳에서 거물들의 정보를 모을 수 없다.

호랑이 소굴에 들어가기 전에는 몸 편하게 쉬어야지.

그나저나 우리가 이곳에 머무는 것을 들은 맹주는 과연 무슨 표정을 지을까?

* * *

그날 밤.

맹주는 보고를 듣고 있었다.

"그러니까 원 조장과 은서호 소단주 일행이 낙양에 도착했다는 것인가?"

"네. 그렇습니다."

"시간도 늦고 말도 안정을 취해야 하니 나루터 근처의 객잔에서 머무나 보군. 어느 객잔에서 머물고 있나?"

"금빈객잔입니다."
"……뭐?"
"금빈객잔입니다. 그 엄청 비싼 객잔 말입니다."
그가 눈썹을 찌푸리며 물었다.
"원 조장 일행이 그 객잔에 머물 만큼 여비를 넉넉하게 지급했나?"
"그건 아닙니다. 원래 임무의 기준에 따라 지급했습니다."
"그럼 어떻게 그 객잔에 머물고 있는 것인가?"
"금빈객잔의 점소이 말에 의하면 은서호 소단주가 숙박비 전액을 지불했다고 합니다."
"……그렇군."
그렇다면 내일이나 내일모레에 도착할 터.
"내일 외부 일정이 있었지?"
그건 금방 돌아올 수 있는 거리에서의 일정이 아니다.
"일단 그건 며칠 미루도록 하지."
"알겠습니다."
맹주의 부관이 나가고, 그는 자리에서 일어나 창문 너머를 바라보았다.
열어 놓은 창문을 통해 들어오는 바람에 습기가 섞여 있었다.
이제 곧 장마가 시작될 터.
'과연 그자는 내가 낸 질문에 뭐라고 답을 할지 기대되는군.'

그 대답 여하에 따라 그에 대한 결정이 달라질 터.
가짜라면 가짜인 대로 그쪽을 처리하면 될 것이고, 만약 진짜 금불상을 가져온다면 두 팔 벌려 환영할 일이다.
그 금불상은 자신이 겪고 있는 문제를 해결해 줄 수 있는 물건이니까.
순조롭게 흘러가는 상황에 맹주는 흐뭇하게 웃었다.
'그나저나 보고받은 대로군. 고급 객잔을 꽤나 좋아한다더니……'

* * *

날이 밝았다.
나는 아침을 먹기 위해 일 층으로 내려갔다.
내가 일행들과 같이 내려가자 점소이가 공손하게 인사를 해 왔다.
"좋은 밤 되셨습니까?"
"네. 덕분에 좋은 밤을 보냈습니다."
"자리 안내해 드리겠습니다."
점소이의 안내에 따라 우리는 식탁에 나눠 앉았다.
이미 원 조장과 몇몇 조원들은 근처의 식탁에서 아침을 먹고 있었다.
나는 그들과 간단히 인사를 했다.
"아침 식사는 무엇을 드릴까요?"
점소이는 아침으로 먹을 수 있는 것들이 적힌, 빳빳한

종이를 건넸다.

 나와 일행은 각자 원하는 아침을 골랐다.

 "저는 죽을 주십시오."

 "저는 국수로······."

 이 객잔은 식사 역시 객잔비에 포함되어 있다. 주문을 받은 점소이가 주방으로 향하자 원 조장이 말했다.

 "고급 객잔이 좋긴 좋군요."

 "네. 그래서 제가 고급 객잔을 좋아합니다."

 "아침 식사를 하고 출발하면 될 듯합니다. 하지만 도착해서도 대기를 할 수도 있습니다. 맹주님께서는 바쁘신 분이니까요."

 "그렇겠지요."

 그렇게 대답했지만, 생각은 전혀 달랐다.

 아마 맹에 도착하면 곧바로 맹주가 우리를 부를 거다.

 그러기 위해서 이 객잔에 머무는 것이기도 하거든.

 이 객잔은 무림맹에서도 나름 신경 쓰는 객잔 중에 하나.

 우리가 이 객잔에 머문다는 것은 이미 맹주에게 보고가 들어갔을 거다.

 그 말은 즉, 우리가 언제 무림맹에 도착할지도 파악하고 있다는 거지.

 맹주는 아직 내가 진짜 금불상을 가지고 가는지, 가짜 금불상을 가지고 가는지 모른다.

 만약 내가 가지고 가는 것이 진짜 금불상이라면 무척이

나 고대하던 것이다.

그런 만큼 지체할 이유가 없지.

"조장님."

"네. 말씀하십시오."

"무림맹까지 가는 길에 혹시라도 누군가 금불상을 노리고 습격할 수도 있다고 생각합니다. 물론 용맹하신 대협들이 있으니 그들에게 당하지는 않겠지만, 금불상이 걱정입니다. 그래서 말인데 이렇게 해 보면 어떻겠습니까?"

"말씀하십시오."

"그것과 같은 모양의 가짜를 마련하는 겁니다. 그리고 그 가짜를 제가 가지고 움직이겠습니다."

"양동작전입니까?"

"그런 셈입니다."

잠시 생각하던 원 조장이 대답했다.

"좋은 생각입니다. 그런데 지금 당장 그걸 구할 수 있습니까?"

"물론입니다. 그리 어렵지 않습니다."

"그렇다면 그렇게 합시다."

원 조장이 흔쾌히 승낙한 덕분에 나는 진짜 금불상을 꺼낼 명분을 얻게 되었다.

"그러면 어서 그것을 구해 오겠습니다."

내 말에 조원들이 말했다.

"호위가 필요하시면 저희가 호위하겠습니다."

"저희가 이 낙양 바닥은 꿰뚫고 있으니까요."

내가 최고급 객잔에서 머물게 해 준 덕분인지 그들은 한층 더 내게 호의를 보이고 있었다.

 하지만 그들과 같이 나가면 곤란하지.

 "괜찮습니다. 대협들은 이 객잔을 좀 더 누리십시오."

 그렇게 나는 내 일행과 함께 객잔을 나섰고, 잠시 후 돌아오는 내 등에는 금불상이 매여 있었다.

 이는 비고에서 꺼낸 진짜다.

 "그게 새로 구해 온 것입니까?"

 "그렇습니다. 이 정도면 충분하지 않겠습니까?"

 "그래 보이는군요. 잠시 봐도 되겠습니까?"

 "물론입니다."

 나는 비고에서 꺼낸, 진짜 금불상을 감싼 천을 풀어 보여 주었다. 그걸 본 원 조장은 감탄했다.

 "대단하군요. 이 짧은 시간에 이런 금불상을 구해 오다니, 이게 더 진짜 같습니다."

 사실 원 조장은 가짜 금불상을 보고도 그게 진짜인 줄 알고 있었다.

 그걸 구분할 수 있을 정도의 경지는 되지 않으니까.

 그런데 이걸 보고 그리 말하다니, 어쩌면 감이 좋은 건지도 모르겠군.

 "그럼 이제 출발해도 되겠습니까?"

 "물론입니다."

 그렇게 우리는 금빈객잔을 나서 무림맹으로 출발했다.

 무림맹의 무력대임을 뜻하는 깃발을 들고 달리니 방해

하는 게 없어서 빠르게 무림맹에 도착할 수 있었다.

우리는 무림맹 앞에 말을 멈추었고, 위사가 나와 우리를 맞이했다.
"잠시 정지. 신분 확인을 하겠습니다."
"용아대 육조장 원업이네."
그는 품에서 신분패를 꺼내어 내밀었다.
"본인을 포함하여 총 열 명, 무사히 귀환하였네!"
"네. 확인되셨습니다."
위사는 신분패를 돌려주고는 포권하며 말했다.
"귀환을 축하드립니다."
"고맙네."
"그런데 옆의 일행 분은?"
이에 원 조장이 말했다.
"이분들은 선협미랑 은서호 대협 일행이네. 맹주님의 명을 받아 나와 함께 했지."
"알겠습니다. 그럼 들어가시지요."
그렇게 우리는 무림맹 안으로 들어갔다.
나는 말고삐를 쥔 손에 힘을 주었다. 솔직히 무림맹에 처음 온 건 아니다.
용봉비무회 때 왔었으니까.
하지만 이번에는 상황이 좀 다르다. 나는 이제부터 맹주의 뒤통수를 쳐야 하니까.
천지신명께서 나를 보살펴 주시는 거라면, 중간에 일이

틀어지는 것 없이 진행할 수 있겠지.
 우리는 한 건물 앞에 도착했고, 말에서 내렸다.
 말을 타고 내부 깊숙이 들어갈 수는 없으니까.
 "어서 오십시오."
 우리가 말에서 내리자마자 뒤에서 누군가의 목소리가 들렸다.
 뒤를 돌아보자 한 젊은 남자가 우리를 맞이했다. 이에 원 조장이 슬쩍 언질했다.
 "맹주님의 시종입니다."
 "그렇군요."
 그는 우리에게 다가와 포권했다.
 "모두 고생하셨습니다. 맹주님께서 두 분을 바로 모시라고 하셨습니다."
 "우리가 지금 도착할 것을 맹주님께서 이미 알고 계셨다는 겁니까?"
 "네. 맹주님께서는 이미 알고 기다리고 계셨습니다."
 그 말에 나는 웃음이 나올 뻔했다.
 내 생각대로니까.
 "다른 분들께서는 잠시 대기해 주십시오."
 그렇게 우리는 그 시종을 따라서 안으로 들어갔다.
 후, 점점 긴장되는군.
 곧 우리는 맹주전 앞에 도착했다.
 "맹주님, 원 조장님과 선협미랑 대협을 모셔왔습니다."
 "들라 하게."

그 시종이 고개를 돌리며 말했다.

"드시지요."

그러곤 직접 문을 열어 주었고, 우리는 그 안으로 들어갔다.

맹주가 우리를 인자한 표정으로 기다리고 있었다.

용봉비무회 때 봤던 것과 별반 다르지 않은 모습.

우리는 그 앞에 공손하게 예를 갖추었다.

"용아대 육조장 원업이 맹주님을 뵙습니다. 맹주님의 명을 마치고 귀환했습니다."

"은해상단의 은서호가 맹주님을 뵙습니다. 맹주님의 명을 수행할 수 있어 영광이었습니다."

"수고 많았네. 자리에 앉게나."

"감사합니다."

우리는 맹주의 맞은편에 앉았다.

다탁이 크고 의자가 많은 것을 보니 이곳에서 중진들을 모아 회의도 하겠군.

"이번 여정에서 힘든 일은 없었나?"

이에 원 조장이 말했다.

"중간에 독초를 잘못 먹어서 크게 곤란할 뻔했지만, 여기 선협미랑 대협 덕분에 큰 탈을 면했습니다."

"그런 일이 있었나? 고맙네."

"아닙니다. 제 변변찮은 재주가 도움이 되어 오히려 제가 기쁠 따름입니다."

"그 밖에 곤란한 일은 없었나?"

"네. 없었습니다."
"다행이로군. 그러면 금불상을 주게나."
그 말에 원 조장은 금불상을 꺼내어 다탁 위에 올려놓았다.
그와 동시에 나 역시 금불상을 꺼내어 올려놓았다.
"여기 있습니다."
진짜 금불상과 가짜 금불상.
두 개를 동시에 꺼내 놓는 모습에 맹주는 당황한 표정을 숨기지 못했다.
"왜 금불상이 두 개인가?"
이에 내가 대답했다.
"혹시라도 이를 노리는 자가 있을까 싶어, 하나를 더 준비했습니다."
"그 말은 즉, 하나는 진짜이고 하나는 가짜라는 의미인가?"
"그렇습니다."
자, 그렇다면 저는 진짜 금불상을 가지고 온 걸까요? 가짜 금불상을 가지고 온 걸까요?
맹주는 금불상을 보며 침음성을 흘렸다.
"음…… 그래서 두 개의 불상을 가지고 온 것이군."
"그렇습니다."
"그럼 가짜 불상은 누가 준비한 것인가?"
이에 내가 손을 들며 말했다.
"제가 준비했습니다. 백염상단에 부탁하여 만든 것입

니다."

"무척이나 정교하군."

"실력이 좋은 곳이니까요."

물론, 이 역시 호경 공자에게 부탁한 것으로 내가 이를 부탁하여 만들었다는 증거를 다 만들어 놨을 거다.

"그런데 왜 두 개의 불상을 모두 꺼낸 것인가? 진짜 불상 하나만 꺼내 주면 되는 것을?"

"제가 가짜 불상도 꺼낸 이유는, 맹주님께서도 이게 필요하실 때가 있지 않을까 해서입니다."

내 말을 이해한 듯 맹주가 고개를 주억거렸다.

"과연, 가짜 불상을 활용한다면 기물을 노리는 자에게서 이걸 지킬 수 있겠군."

"그렇습니다."

"이렇게 사후의 일까지 생각해 주다니! 고맙네."

"별말씀을요."

"그런데 구암문의 장문인은 이 불상을 선뜻 내주었는가?"

이에 원 쪼장이 대답했다.

"그렇습니다."

"그랬군. 수고 많았네. 여독이 쌓였을 텐데 가서 쉬도록 하게."

그 말에 나는 미소 지었다.

아직 자리를 뜰 때가 아니다.

"맹주님. 이 일은 무림대연회를 위한 일이라고 알고 있습니다."

"맞네."

"하지만 저는 무림맹 소속이 아닙니다. 그럼에도 이 무림을 위해 움직였습니다. 게다가 옆의 원 조장님은 활동비를 받아 임무를 수행했지만, 저는 제 사비로 임무를 수행했습니다."

"무슨 말을 하고 싶은 건가?"

"맹주님, 저는 무림인이 아니라 상인입니다. 제가 한 임무에 걸맞은 대가를 받고 싶습니다."

"대가라고 했는가?"

"네."

나는 고개를 끄덕였다.

"명예 같은 것이 아닌, 실질적으로 눈에 보이고 손에 만져지는 대가 말입니다."

잠시 생각하던 맹주가 나를 보았다.

"사실 나는 자네에게 무공을 하나 전수해 주려고 했는데 굳이 상인의 길을 걷겠다면 어쩔 수 없지."

맹주님. 어디서 약을 치십니까?

"무공이라! 참 감사한 말씀이지만, 사양하겠습니다. 방금 말씀드렸듯이, 상인에게 최고는 눈에 보이고 손에 만져지는 것입니다. 저는 그 이상의 것은 욕심내지 않습니다."

"알겠네. 그렇다면 얼마를 주면 되나?"

"구체적인 돈의 액수를 논하시는 건 맹주님의 격에 맞지 않으십니다."

"격에 맞지 않는다?"

"네."

왜 이러십니까? 제가 돈을 부르면 부르는 대로 주실 것도 아니면서요.

나는 내가 원하는 바를 꺼냈다.

"제가 원하는 건, 이번 무림대연회 때 상인 구역에서 제가 원하는 자리를 고를 수 있는 권한입니다."

"정녕 그것이면 되는가?"

"그렇습니다."

이에 원 조장이 말했다.

"대협, 이번에 대협께서 얼마나 고생하셨는데 고작 그것으로 되겠습니까?"

"충분합니다. 목 좋은 곳은 그만큼 많은 이문을 얻을 수 있으니까요."

"그런데 아까 자네가 그러지 않았나? 눈에 보이고 손에 만져지는 것을 달라고."

"맞습니다."

나는 여전히 미소를 잃지 않고 말했다.

"그러니 이에 대한 맹주님의 공증이 담긴 문서. 그거면 됩니다."

"굳이 문서를 받아야겠는가?"

"저희 같은 장사치들은 확실한 것을 좋아합니다. 맹주님의 공증이 담긴 문서가 꼭 필요합니다."

* * *

 은서호 일행이 나가고, 맹주는 은서호가 앉아 있던 자리를 보며 골똘히 생각에 잠겼다.
 그가 자신에게 요구한 건 무림대연회 때 상인 구역에서 원하는 자리를 고를 수 있는 권한.
 게다가 이에 대한 공증까지 요구하여, 그는 직접 문서를 적어 줄 수밖에 없었다.
 그 문서 한 장에 은서호는 그간의 모든 고생은 싹 씻겨 나갔다는 듯, 환하게 웃었다.
 '내 뒷배를 얻고 싶다는 건가? 아니면 돈이 먼저라는 건가?'
 맹주도 알고 있다.
 상인 구역에서 목이 좋은 자리와 그렇지 못한 자리의 수익 차이가 제법 난다는 것을.
 그가 목 좋은 자리에서 장사한다면, 이번 태산행으로 지출한 돈은 벌충하고도 남을 터.
 참으로 수완이 대단한 자였다.
 '그나저나……'
 그는 고개를 돌려 두 개의 불상을 살폈다.
 '그자가 진짜를 내주다니!'
 그는 구암문의 장문인이 자신에 대해 이상함을 눈치챘다고 여기고 있었다.
 그래서 가짜를 내어 줄 것이라 예상했다.

그리고 은서호는 그게 가짜임을 눈치채고 장문인을 추궁해서 그에게 사정을 듣고 선택을 할 터.

하지만 자신의 예상과 달랐다.

'일단 구암문의 장문인은 크게 신경 쓰지 않아도 될 터.'

남은 것은 은서호에 대한 평가와 그에 대한 결론이다.

그의 예상을 벗어난 일이기에 살짝 당혹스러웠지만, 오늘 보니 확실한 건 하나 있었다.

은서호가 그동안 자신이 해 놓았던 일을 발견한 것도, 방해한 것도 모두 우연이었다는 것이다.

우연이 아닌, 자신의 속셈을 눈치채고 의도적으로 움직인 것이었다면 구암문의 장문인이 진짜 금불상을 주었다고 해도 그걸 이렇게 내놓지 않았을 테니까.

그렇다면 그를 구슬려서 자신의 편으로 만드는 게 최선이지만, 쉬워 보이지 않았다.

우선, 그는 욕심이 너무 많았다.

머리가 좋지만, 오로지 돈을 위해 그 머리를 사용하는 인물이라는 게 그의 평가였다.

돈을 좋아하니, 이를 미끼로 하여 구슬리면 되지 않겠느냐고 할 수도 있지만 아니다.

'그는 천상 상인이다. 그런 자에게 돈을 미끼로 쓴다는 것은 생각보다 까다롭지.'

즉, 모든 것을 거래라고 생각하는 자이며 그 거래가 틀어지면 언제든지 돌아설 수 있다는 것이다.

'더군다나 그렇게 똑똑한 자라면 혼자만 죽지 않겠지.'

지금은 신중하고 조심해야 하는 시기.

괜히 그를 끌어들였다가 문제가 생기면 골치가 아프다.

맹주는 혀를 차며 고개를 흔들었다.

"천류공을 익힌 자가 그리 욕심이 많다니! 그것도 참 역설이군."

그는 결정을 내렸다.

자신의 속셈을 눈치채고 방해하는 게 아니라면, 위험을 무릅쓰고 그를 제거할 필요는 없다.

그리고 그를 적극적으로 끌어들일 필요도 없고.

그는 철저히 자신을 거래 대상으로 여기는 듯했으니까.

그는 결정을 내리고 금불상을 향해 손을 내밀려다가 이내 멈추었다.

'아니, 아직이다.'

이곳, 무림맹에서 이것을 사용할 수는 없다.

며칠 후에 외부 일정이 있으니 그때 사용해도 될 터.

지금 당장 금불상을 들고 나가, 이를 사용하고 싶어도 그럴 수 없는 것이…….

"후……."

그가 처리해야 할 서류가 쌓여 있었기 때문이다.

아직 자신은 이 자리를 유지해야 했다. 그렇기에 어쩔 수 없이 서류를 처리해야 했다.

'맹주라는 자리가 날로 먹는 자리가 아니었어…… 젠장.'

* * *

 맹주전에서 물러난 나는 원 조장 일행과 작별 인사를 나누었다.
"고생 많으셨습니다."
"별말씀을 다 하십니다. 선협미랑 대협 덕분에 무사히 임무를 마칠 수 있었습니다."
"제 얼굴이 간지럽습니다. 그럼 다음에 다시 만나게 되길 기대하겠습니다."
"바로 가시는 겁니까?"
"네. 해야 할 일이 많아서 더 이상 지체하기 어렵습니다. 대협들께서도 여독이 쌓였으니 푹 쉬셔야지요."
"배려 감사합니다. 저희는 대협께서 베푸신 은혜를 잊지 않을 것입니다."
 솔직히 여정 중에 당한 고난은 나로 인한 것이니 좀 민망하긴 했다.
 하지만 그 원인제공은 저들이니까. 뭐.
 처음부터 나에게 예의를 갖추었다면 나도 굳이 그러지는 않았을 터.
 나는 정중히 인사하고 돌아섰다.
"그럼 저는 이만."
"살펴 가십시오."
 그렇게 나와 일행은 무림맹을 나섰다.
"그럼 곧바로 북경으로 가시는 겁니까?"

서우 무사의 말에 나는 고개를 저었다.

"아뇨. 당분간 더 머무를 계획입니다."

내가 준비한 계획을 위해서는 아직 낙양을 벗어나면 안 된다.

나는 생각해 둔 객잔으로 가면서 속으로 미소를 지었다.

맹주에게 과할 정도로 돈에 집착하는 모습은 일부러 연출한 것이다.

지금 맹주는 나에 관한 판단을 내리는 것이 살짝 혼란스러운 상황일 거다.

나는 가짜와 진짜를 두 개 다 가지고 왔으니까.

하지만 내가 순순히 진짜도 내놓았으니, 내가 위험하지 않다고 판단했겠지.

그렇다면 그가 생각하는 최선은 나를 포섭하는 것일 터.

이게 위험했다.

내가 포섭당하지 않으면, 맹주는 자신의 속내를 알게 된 나를 가만두지 않을 테니까.

그래서 먼저 선수를 친 것이다.

일부러 욕심이 그득한 상인의 모습을 보임으로써 맹주가 나를 포섭할 생각을 단념하도록 한 것.

맹주는 똑똑하다.

그러니 내가 맹주를 거래의 대상으로 생각하고 있음을 알아차렸을 거다.

거래의 대상을 포섭하는 것이 맹목적인 신념을 가진 이를 포섭하는 것보다 더 어렵지.

나는 내 품의 맹주가 써 준 공증이 담긴 문서를 떠올리며 피식 웃었다.

이 문서가 바로 맹주가 나를 그리 판단했음을 증명하는 것이다.

비록 맹주의 시험 때문에 개고생하긴 했지만, 나는 만족스러웠다.

이 문서의 가치는 어떻게 쓰느냐에 따라 천차만별이거든.

그나저나 내가 흑묘문의 뇌옥에서 구한 이들에 대한 안부는 한 마디도 안 물어보네.

하긴 일부러라도 그에 대한 언급은 피하고 싶으려나.

우리 일행은 무림맹 근처의 객잔에 방을 잡았다.

이번에도 제법 좋은 객잔으로, 이전에 용봉비무회 때 머물렀던 곳이다.

"오랜만에 뵙습니다. 다시금 이리 저희 객잔을 찾아 주시니 감사합니다."

객잔주가 나를 반갑게 맞아 주었다.

"하하하, 왠지 여기가 마음이 편해서 말입니다."

"이번에도 최선을 다해 모시겠습니다."

우리는 객실에 짐을 풀고 내 방으로 모두 모였다.

"오셨군요."

"네."

나는 기를 둘러 우리의 소리가 밖으로 새어 나가지 못

하도록 했다.

"오늘 밤, 저는 금불상을 훔칠 생각입니다."

"그럼 저희는 무엇을 하면 됩니까?"

서우 무사가 물었다.

보통 금불상을 훔친다는 말에 깜짝 놀라거나 우려를 표하거나 할 터.

하지만 전혀 그런 반응 없이, 담담하게 무슨 일을 해야 하는지 묻는 모습.

그만큼 나를 믿는다는 의미일 터.

"이유 정도는 물을 줄 알았는데 말입니다."

"주군께서 하시는 건 반드시 그래야 하는 이유가 있기 때문이라고 생각합니다."

"고맙네요."

나는 부드럽게 웃으며 답했다.

나를 믿어 주는 것은 고맙지만, 이유 정도는 말해 줘야지.

꼭 숨겨야 하는 게 아닌 이상, 그게 나를 믿어 주는 이들에 대한 예의다.

"사실 그 금불상은 모든 기운을 증폭시키는 공능이 있습니다."

"모든 기운이라고 하면……."

"네. 모든 기운입니다. 그리고 제가 볼 때 그 금불상은 무림대연회가 아닌, 다른 이유를 위해 필요한 것입니다."

"다른 이유가 무엇입니까?"

"저도 정확히는 모릅니다. 하지만 그게 맹주의 손에서 좋은 의도로 쓰이지는 않을 겁니다."

"그렇군요."

"그래서 여러분의 도움이 필요합니다."

"뭐든 말씀하십시오."

"따르겠습니다."

여응암 무사와 이필 무사가 포권하며 고개를 숙였고, 팔갑이 씩 웃으며 말했다.

"걱정일랑 붙들어 매셔도 됩니다요!"

"그래, 알았어."

나는 피식 웃었다.

여응암 무사가 걱정스럽게 물었다.

"그런데 그 정도로 중요한 물건이라면 그쪽에서도 신경 써서 숨기지 않겠습니까?"

"물론이죠. 하지만 준비는 이미 해 두었습니다. 전에 이필 무사님이 만들어 주신 추종향을 진짜 금불상에 발라 놨습니다."

"그럼, 제가 그걸 찾으면 되겠군요."

"맞습니다."

이에 팔갑이 물었다.

"그 추종향은 당가의 추종향이 아닙니까? 그럼 이 무림맹에 있는 당가의 누군가가 그 추종향의 향을 알아차리지 않겠습니까?"

"그건 걱정하지 않아도 됩니다. 팔갑 소이."

이필 무사가 말을 이었다.

"제가 주군께 만들어 드린 추종향은 제가 개량한 것으로 오직 저만이 알아차릴 수 있습니다."

서우 무사가 손을 들며 말했다.

"하지만 그 위치를 안다고 해도, 지키는 자가 없을 리가 없습니다."

"그렇죠. 하지만 그건 걱정하지 않으셔도 됩니다. 이후로는 금령이가 수고해 줄 겁니다."

"꾸이?"

금령이는 자신을 언급하는 소리에 고개를 내밀며 꾸이거렸다.

비록 금령이에게 심부름 값을 거하게 줘야겠지만, 그게 가장 편하고 안전한 길이다.

"그리고 저는, 여정이 힘들어서 잠들었다는 것으로 하겠습니다."

"하지만 이를 믿게 하려면……."

팔갑의 말에 나는 그에게 허매경을 주며 말했다.

"그건 이걸로 해결하자."

허매경은 허상을 만드는 기물.

"아! 이거면 문제 없습니다요!"

.

.

.

해가 지고 주변이 깜깜해진 밤.

나와 이필 무사는 몰래 객잔을 나왔다.

우리의 목적지는 진짜 금불상이 있는 곳.

"부탁드립니다."

내 말에 이필 무사는 고개를 끄덕였다. 그리고 눈을 감고 잠시 집중하는 듯하더니 손으로 앞을 가리켰다.

"이쪽 방향입니다."

"네. 먼저 가시죠."

나는 이필 무사를 따라 이동했고, 곧 우리는 무림맹에 도착했다.

"저 안에 있습니다."

역시 아직은 바깥으로 빼내지 않았군.

하긴 가장 안전한 곳이긴 하겠지.

이필 무사가 무림맹 쪽을 살펴보고는 조용히 말했다.

"경계가 꽤나 삼엄합니다. 은밀히 들어가는 건 힘들 듯합니다."

"이쪽으로 오십시오."

이번에는 내가 이필 무사를 안내했다.

어느 곳이든 개구멍은 있기 마련이고 나는 무림맹의 개구멍을 알고 있다.

사실 이곳은 이전 삶에서 은해상단의 정보대를 통해 알게 된 것으로, 주로 무림맹의 무사들이 이용하는 곳이지.

덤불에 숨겨져 있어 겉에서는 잘 보이지 않는 곳.

"여긴 어찌 아시는 겁니까?"

"다 방법이 있습니다."

나는 대수롭지 않다는 듯 둘러대고는 앞장서서 안으로 들어갔다.

그리고 이필 무사는 추종향을 추적해 나갔다.

"저곳입니다."

이필 무사가 가리킨 곳은 맹주의 침소로 보이는 곳.

이제 금령이 활약할 때다.

- 가라! 금령!

- 꾸이!

- 금자 세 개짜리다!

- 꾸, 꾸이잇!

허…… 너무 좋아하는데?

.

.

.

잠시 후 금령이 돌아왔다.

- 수고했어!

- 꾸이!

- 내가 지시한 대로 했지?

- 꾸이꾸이! 꾸이!

지시한 대로 했으니까 걱정하지 말고 금자나 줄 준비하라고?

어, 그래.

나는 피식 웃으며 이필 무사에게 전음을 보냈다.

- 이제 객잔으로 돌아가면 됩니다.

돌아가는 길에도 개구멍을 이용했는데, 아까와는 다른 개구멍이었다.

이게 비밀통로 같은 게 아니기 때문에 개구멍마다 이용할 수 있는 시간이 달랐고, 지금은 다른 쪽의 개구멍을 이용해야 했다.

우리는 개구멍을 통해 조용히 무림맹을 빠져나왔고, 객잔에 도착했다.

지붕 쪽에서 망을 보고 있던 서우 무사가 우리를 보고는 얼른 밧줄을 내려 주었다.

우리는 밧줄을 타고 올라가 객실의 창문을 통해 안으로 들어왔다.

침상 위에는 누군가가 누워 있었지만, 나는 당황하지 않았다.

그건 허매경으로 만든 내 허상이었으니까.

나는 허상을 거두지 않고 곧바로 비고 안으로 들어갔다.

비고 바닥에는 금불상이 놓여 있었다.

그 금불상에서 느껴지는 기운에 나는 미소 지었다.

진짜 금불상 기물이다.

즉, 금령이가 성공했다는 의미지.

금불상이 조금만 더 컸어도 힘들 뻔했다.

금령이가 엄청 기특하다니까.

다시금 느끼지만 금령이를 만 난 것은 내가 이번 생에 만난 행운 중 최고의 행운이다.

* * *

날이 밝았다.

나는 아침을 먹기 위해 일 층으로 내려왔다.

"좋은 밤 되셨습니까?"

"네. 아주 좋은 밤이었습니다."

무척이나 흡족한 밤이었지.

나는 점소이의 인사에 응해 주고, 식탁 앞에 앉았다.

"아침으로는 죽을 드신다고 들었습니다. 준비해 드릴까요?"

"네. 부탁드립니다."

곧 점소이가 인원수에 맞게 죽을 가져왔고, 우리는 가볍게 배를 채웠다.

"오전 중에 출발할 예정입니다."

"알겠습니다."

그나저나 맹주는 언제쯤 금불상이 사라진 것을 알아채려나?

그때 내가 묵고 있는 객잔 안으로 한 무리의 이들이 들어왔다.

허리춤의 표식을 보니 무림맹의 무사들이군.

호랑이도 제 말 하면 온다더니.

그들이 내부를 둘러보다가 나를 보고는 다가왔다.

"은서호 소단주인가?"

"그렇습니다만."

"몇 가지 물어볼 것이 있어서 그런데 함께 맹으로 가지."
"무슨 일로 그러십니까?"
"가 보면 알 거네."
후…… 짜증 나게 하네.
왜 데려가는지는 알고 있지만, 나를 아랫사람이라고 여기고 강요하는 고압적인 태도.
내가 선협미랑이라는 것을 알 텐데도 이러는 건 내가 상인이기 때문이겠지.
이런 자들을 대하는 방법은 간단하지.
나는 포권하며 말했다.
"제가 도움을 드릴 수 있다면 그리해야지요."
그러면서 어제 받은, 맹주의 공증이 담긴 문서를 슬쩍 떨어트렸다.
"아이쿠! 이 소중한 것을!"
내가 얼른 그 문서를 잡으려 하자, 그가 발로 문서를 밟으며 말했다.
"내가 먼저 확인하지."
"그건 상관없지만, 저…… 괜찮으시겠습니까?"
"괜찮지 않을 것이라도 있나?"
"그 문서는 어제 맹주님께서 직접 저에게 적어 주신 문서입니다. 즉, 지금 대협께서는 맹주님의 친필 문서를 발로 밟았다는 거죠."
그 순간 그자의 얼굴이 새하얗게 질렸다.
그때 뒤에서 한 무림맹 무사가 말했다.

"일개 상인이 맹주님의 친필 문서를 지니고 있다니! 거짓말일 겁니다."

"믿지 못하시겠다면 직접 확인해 보시지요."

그들은 발자국이 찍힌 그 문서를 주워 들어 펼쳤다.

곧 그들의 얼굴은 사색이 되었다.

당연하지.

내가 그들에게 내민 문서는 맹주님이 작성하고 직인까지 찍은 진짜 공증 문서니까.

나는 한숨을 내쉬었다.

"맹주님의 권위가 이렇게나 땅에 떨어졌다니! 이거야말로 통탄할 일이군요!"

그가 침을 꿀꺽 삼키고는 물었다.

"그런데 이 문서를 어째서 그대가 가지고 있는 것입니까?"

이제야 존댓말이 나오는군.

"맹주님의 명을 받아 태산에 다녀왔고, 그 대가로 받은 것입니다. 그러니 이제 그만 문서를 돌려주시겠습니까? 비록 발로 밟아 자국이 남았지만, 그래도 소중한 문서이니 말입니다."

"아, 죄, 죄송합니다."

그는 얼른 그 문서를 나에게 돌려주었다.

"그래서 무슨 문제가 있기에 나를 무림맹으로 데리고 가려고 했던 것입니까?"

"그것이……."

그는 주변을 둘러보고는 나에게 작은 목소리로 말했다.
"사실, 맹에 도둑이 들었습니다."
"도둑이요?"
"네. 맹주님의 침소에 보관되어 있던 기물이 사라져서 지금 맹 전체가 발칵 뒤집혔습니다. 그리고 그 기물이 맹에 도착했던 것이 어제이므로 어제 출입했던 이들을 대상으로 대대적인 조사를 벌이는 중이었습니다."

그 기물, 지금 제 비고에 있습니다.

하지만 나는 안타까운 표정을 지었다.
"그런! 무림맹에서 감히 그런 일이 벌어지다니요."
"그래서 지금 이 난리가 난 것이지요."

그는 땅이 꺼져라 한숨을 내쉬었다.

나는 이해했다는 듯 흔쾌히 고개를 끄덕였다.
"사태가 그렇다니 협조하겠습니다. 다만 제가 급하게 북경으로 돌아가야 하기에 시간을 많이 내지는 못합니다."
"감사합니다. 그리 오래 걸리지는 않을 겁니다."

나는 그를 따라 무림맹으로 향했다.

무림맹의 분위기는 무척이나 어수선했다.

나는 한 공간으로 들어갔고, 그곳에는 한 조사관이 앉아 있었다.

나를 데리고 온 자는 그에게 말했다.
"선협미랑 은서호 대협이십니다. 어제 맹주님의 명을 받아 맹에 들어왔다고 합니다."
"그렇군요. 나머지는 제가 살펴보겠습니다."

나를 데려온 자는 포권하고 방을 나갔고, 조사관은 내게 말했다.

"앉으십시오."

나는 그 앞에 앉았고, 조사관이 물었다.

"어제 맹주님의 명을 받아 맹에 출입했다고 하던데, 무슨 일입니까?"

"그것은 말씀드릴 수 없습니다."

조사관의 미간이 찌푸려졌다.

"어째서입니까?"

"맹주님께서 내리신 임무를 함부로 발설하는 것은 예의가 아닌 듯합니다. 맹주님의 허락을 받아 오신다면 말씀드리겠습니다."

* * *

무림맹 안 맹주전.

현재 맹주는 상당히 심기가 좋지 않았다.

자신의 침소에 보관해 두었던 금불상 기물이 감쪽같이 사라졌기 때문이다.

자신의 침소는 경계가 삼엄한 곳으로 함부로 들어오는 건 불가능한 곳이다.

게다가 이중 삼중으로 기관진식이 설치된 금고 안에 넣어 두었으니 그걸 훔치는 건 귀신이어야 가능했다.

오늘 아침 금불상의 상태를 확인하기 위해 들어갔다가

그것이 사라졌음을 확인하고 얼마나 당황했는지 모른다.

그곳에는 금불상 대신 돌멩이 하나와 서신 하나가 남아 있었다.

돌멩이를 통해 기운을 읽어 범인을 찾으려 했지만, 워낙 많은 사람들의 기운에 노출되었던 돌멩이였기에 그 역시 여의치 않았다.

돌멩이를 놓아둔 것은 자신을 조롱하기 위한 의미가 분명하다.

하여 심기가 더욱 불편한 것.

돌멩이로 눌러 놓았던 서신은 예고장으로, 다음 범행을 예고하고 있었다.

한 달 후, 남궁세가의 보물 윤슬(瀹瑟)을 가지러 가겠다.

하여 남궁세가에 맹의 무력대를 파견했다.

그리고 호정대를 불러 당장 범인을 찾을 것을 명했다. 하여 지금 전방위적으로 조사 중이었다.

범행은 오늘 새벽에 저질러졌을 테니, 아직 낙양을 떠나지 않았을 가능성이 높았기 때문이다.

"저, 맹주님."

"무슨 일이냐?"

"지금 공 조사관이 맹주님을 뵙고자 합니다."

"들라 해라."

곧 문이 열리고 공 조사관이 들어왔다.

"무슨 일인가?"

"저, 지금 그 일에 대해 조사 중입니다. 우선 어제 맹을 출입했던 이들을 불러와 조사 중인데 그중 선협미랑 은서호 대협이 있어서 말입니다."

어제 은서호는 자신에게 금불상을 주러 무림맹에 들어왔었으니 당연히 출입기록이 남아 있었을 터.

"그래서 맹에 들어온 이유에 대해 조사를 하려는데, 그 이유에 대해서는 맹주님께 허락을 받아야만 입을 열겠다고 합니다."

그의 말에 맹주는 흡족한 미소를 지었다.

단순히 능력이 뛰어나고 욕심이 많은 상인이라고 생각했는데, 신의가 두터운 인물이라는 의미였으니까.

"그자는 조사하지 않아도 되네."

"네?"

"그자가 바로 도둑맞은 기물을 가져온 자니까."

"아, 그렇군요."

"이번에 용아대 육조 원 조장과 함께 이번 임무를 수행했지."

"하지만 확인은 해야 하지 않겠습니까? 그 기물의 존재를 알고 있으니 말입니다."

"그 말도 일리가 있군. 그럼 어젯밤의 행적에 관해서만 조사해 보게나. 그러면 되지 않겠나?"

"알겠습니다."

* * *

나는 조사실에서 다과를 대접받으며 잠시 기다리고 있었다.

그나저나 이 과자 맛있네?

차를 우린 솜씨는 별로지만 말이지.

과자를 다 먹어 갈 때 조사관이 돌아왔다.

"아, 맹주님께 다녀오셨습니까?"

"네. 그럼 금불상이 어디에 보관되어 있었는지 아십니까?"

"설마, 도둑맞았다는 것이 그 금불상입니까?"

"제가 묻는 말에만 대답하십시오."

"맹주님의 침소 아닙니까?"

"그걸 어떻게 알고 있는 겁니까?"

그는 날카롭게 물었고, 나는 대수롭지 않게 대답했다.

"아까 저를 여기 데리고 온 분이 말씀해 주셨습니다. 맹주님의 침소에 보관되어 있던 기물이 사라져서 지금 맹 전체가 발칵 뒤집혔고, 그 기물이 맹에 도착했던 것이 어제이므로 어제 출입했던 이들을 대상으로 대대적인 조사를 벌이는 중이라고요."

내 말에 그는 이마를 손가락으로 누르며 고민에 빠졌다.

"그렇다면…… 어제의 행적에 대해 말씀해 주시겠습니까?"

"어렵지 않습니다. 어제 무림맹을 나와서 곧바로 객잔

으로 향했습니다. 객잔에서 짐을 풀고 저녁을 먹은 후 곧바로 객실로 들어가 잤습니다."

"그것뿐입니까?"

"네. 아주 푹 자서 아침에서야 일어났죠."

"이를 증명해 줄 사람이 있습니까?"

"제 시종과 호위무사들이 있습니다. 그리고 객잔의 점소이들에게도 알아보시면 될 겁니다. 제가 어제 저녁을 먹고 객실로 들어갔고, 오늘 아침도 객실에서 나와서 먹었으니까요."

"알겠습니다. 잠시만 기다리십시오."

"그럼, 여기 과자 한 접시 더 주실 수 있으십니까? 아무리 생각해도 성질이 나서 과자나 먹으며 울분을 식혀야겠습니다."

"뭐가 그렇게 성질이 나십니까?"

"성질이 안 나게 생겼습니까? 제가 바쁜 와중에 그 고생을 하며 태산까지 다녀왔는데 그걸 도둑맞았으니 말입니다!"

"……과자 한 접시 더 드리죠."

잠시 후 조사관이 돌아와 말했다.

"고생하셨습니다. 이제 돌아가셔도 됩니다."

나는 자리에서 일어나며 그에게 말했다.

"감사합니다. 그리고 그 도둑, 꼭 잡아 주십시오."

"알겠습니다."

나는 포권하고 나오며 옅은 미소를 지었다.

미안하지만 그 도둑 못 잡는다.

금불상이 세상에 나올 일은 현재로선 없으니 영영 잡지 못하겠지.

나는 일부러 맹주의 침소의 금고에 돌멩이 하나와 가짜 예고장을 놓고 오라고 금령에게 지시했다.

전문적인 도둑으로 보이게 하기 위함이다.

그리고 가짜 예고장에 일부러 남궁세가의 보물인 윤슬을 훔칠 거라는 내용도 적었다.

나름 필체를 꾸미는 데는 도가 터서, 필체는 걱정하지 않아도 된다.

윤슬은 남궁세가에서 보관하고 있는 보물이자 무기로서, 무척이나 아름다운 소리를 내는 거문고이다.

내가 이를 알고 있는 것은, 내 이전 삶에서 남궁세가의 한 인물이 그걸 자랑했던 것을 내가 들은 기억이 있기 때문이다.

아마 지금쯤 경계를 철저히 서고 있을 텐데, 한 달 뒤에는 알게 되겠지.

허탕이었음을.

이로 인해 남궁세가의 이들과 무림맹의 이들이 고생 좀 하겠지만, 이제 몇 달 후가 무림대연회다.

더는 금불상 도둑에 신경 쓸 겨를이 없지.

나는 다시 객잔으로 돌아왔다.

"주군!"

"오셨습니까? 주군!"

"도련님!"

"저는 괜찮으니까 걱정하지 마세요. 아까 조사관이 객잔에 왔었습니까?"

"네. 와서 이것저것 물어보더군요. 점소이들도 여럿 불러서 캐물었습니다."

나름 꼼꼼하고 철저한 인물이긴 한 듯하다.

행적을 잘 꾸며 놓은 보람이 있군.

"여러분도 고생 많으셨습니다. 그럼 서둘러 출발하도록 합시다."

"네."

우리는 짐을 챙겨 나왔고, 각자 말에 올라탔다.

"히이잉!"

그래, 갑갑한 거 알아.

주강마가 제법 답답한 듯했다. 그리고 주강마로 달리는 것이 더 빠르기도 하니 주강마로 북경까지 달리기로 했다.

주강마로 열심히 달린 덕분에 며칠 만에 북경에 도착했다.

빠른 건 좋은데 힘들긴 하네.

"소단주님!"

"셋째 소단주님 오셨습니까?"

"네. 무사히 잘 다녀왔습니다. 지부에 별일은 없으셨죠?"

"아주 평안합니다."

"다행입니다."

나는 즉시 정호 형의 집무실로 향했다. 형에게 돌아왔다고 보고해야지.

정호 형의 집무실에 다다랐을 때, 나를 본 호위무사가 나를 맞이했다.

"오셨습니까?"

"네."

"안에 계십니다. 들어가시지요."

나는 안에 있는 정호 형의 모습을 보고는 흠칫했다.

정호 형이 눈 밑이 새카맣게 죽은 채 서류를 보며 중얼거리고 있었기 때문이다.

"은서호, 이 새끼, 진짜, 가만 안 둔다. 은서호, 이 자식……"

그 무시무시한 기세에 나도 모르게 뒷걸음질 치고 말았다.

정호 형, 무섭게 왜 그래?

·

·

·

나는 한참 뒤에야 서탁 앞에서 일어날 수 있었다.

정호 형은 내게 일을 넘기고 자러 갔기에 그 일을 내가 이어서 해야 했으니까.

그래, 원래 내 일이니까 내가 해야지.

그렇게 대충 급한 일을 마무리하니 어느새 밤이다.
"곽 부관님."
"네?"
"잠시 산책 좀 하고 오죠."
나는 서향 소저와 함께 집무실을 나왔고, 후원을 걸었다.
"다행히 밤에는 그리 뜨겁지 않군요."
어느덧 칠월도 거의 다 지나고 있었다.
"천류공을 익혀서 그런지, 그리 덥지는 않아요."
"그건 다행입니다."
나는 옷소매에서 붉은색 종이로 싼 것을 내밀었다.
"여기 받으십시오."
"네?"
"이번에 산동에 갔다가 생각나서 하나 사 왔습니다."
"풀어 봐도 되나요?"
"물론입니다."
그녀는 싼 것을 풀었고, 이내 놀란 표정을 지었다.
"연지네요?"
"네. 연지 그릇만 사려니까 뭔가 아쉬워서 같이 샀습니다. 색은 마음에 드십니까?"
"마음에 들어요. 무척이요."
"다행입니다."
나는 어쩐지 쑥스러워 하늘을 바라보았다.
아, 금령이에게 금자 주는 거 깜빡했네.

125장. 신이변용술

신이변용술

나는 복귀하자마자 정신없이 일에 매달려야 했다.

아무래도 예상치 못하게 낙양에 다녀오느라 시간을 뺏긴 것의 영향이 컸다.

진짜, 무림맹은 내 인생에 도움이 안 된다니까!

속으로 무림맹 욕을 하며 일을 하고 있을 때였다.

"서호야!"

문이 열리며 정호 형이 들어왔다.

내가 돌아온 후, 정호 형의 얼굴은 하루가 다르게 좋아져 갔다.

"왜?"

내 퉁명스러운 반응에 형은 피식 웃으며 내게 서신을 내밀었다.

"아버지께 서신이 왔다."

"응? 아버지께?"

아, 그것 때문이구나.

나는 이번에 낙양을 다녀온 후 금령을 통해 아버지께 서신을 보냈다.

맹주님께 받은, 상인 구역에서 원하는 자리를 선택할 수 있는 권리에 대한 건 아주 중요한 사안이니까.

아마 그에 대한 공식적인 서신이겠지.

나는 서신을 받아서 펼쳤다.

[서호는 보아라. 정호에게도 말했듯이 이번 시월에 낙양에서는 무림대연회가 열린다. 그리고 우리 은해상단도 그곳의 상인구역에서 활동할 것이다.]

나는 피식 웃었다.

금령이 가지고 온 답장을 통해 알고 있는 내용이라 특별할 것은 없었지만, 서신에서 아버지의 신나는 마음은 잘 느껴졌다.

이번 무림대연회에서 한몫 단단히 땡기자! 라고 말씀하시는 듯한 서신.

[그리고 이번에 내가 직접 낙양에 가야 하니, 이곳을 공석으로 놔둘 수가 없구나. 하여 당분간 정호가 본단으로 돌아와 있어야 할 듯하구나.]

아, 이게 본론이구나.
할 수 없지.
그동안 편했는데.
"뭐냐? 왜 그런 표정이냐?"
정호 형의 말에 나는 머쓱하게 웃었다.
"내가 뭐?"
"나를 더 부려 먹지 못해서 아쉽다는 표정인데?"
윽, 들켰네.
정호 형이 나름 예리하단 말이지.
"에이, 그게 무슨 말이야. 나 그렇게 염치가 없지는 않다고."
"정말?"
나는 머쓱하게 웃으며 화제를 돌렸다.
"그러면 언제 돌아가는 거야?"
"한 달쯤 뒤에?"
"다행이네."
내 말에 정호 형이 나를 노려보았다.
"뭐가 다행이라는 건데?"
나는 씨익 웃었다.

이번 일을 통해 깨닫게 된 것이 있었다.
그건 변용술이 필요하다는 거다.
진유 무사와 서향 소저는 그 정체를 숨겨야 할 필요가 있으니까.

나는 눈에 띄는 얼굴을 좀 가려야 할 때가 있었고.

그래서 지난번 용봉비무회 때 사부님께서 사용하셨던 변용술을 떠올렸다.

사부님의 친우분께 배웠다는 변용술은, 정말이지 놀라웠다.

그 기운까지 바꿀 수 있었으니까.

물론, 태음빙해신공의 근본적인 맑음은 같은 무공을 익힌 자에게까지 감출 수 없었지만 말이다.

그날, 나는 사부님께 서신을 보냈고 금령은 답장을 가지고 왔다.

"꾸이! 꾸이!"

금령은 바동거리며 창문을 넘어왔고, 이를 발견한 팔갑이 얼른 금령을 받아주었다.

"꾸이?"

금령은 팔갑의 손을 디딤돌 삼아 톡 하고 뛰어 내 품에 폭 안겼다.

나는 피식 웃으며 금령의 등을 쓰다듬어 주었다.

"다녀왔어?"

"꾸이!"

그 모습에 나는 금령이가 왜 맨날 굳이 창문을 넘어 들어오는지 알 것 같았다.

"금령이가 내 칭찬을 듣고 싶었구나? 그래서 굳이 창문으로 들어오는 거구나?"

"꾸이?"

"응? 아니라고?"

"꾸이! 꾸이! 꾸!"

"어……. 그러니까, 벽을 통과하면 배가 빨리 고파지니까 그러는 거라고?"

"꾸이!"

"돈을 더 주면, 벽을 통과해서 올 의향도 있다고?"

나는 웃으며 말했다.

"그냥 창문을 넘어서 들어와."

"꾸이……."

금령의 귀가 축 처졌고, 나는 피식 웃으며 금령의 꼬리에 매인 서신을 풀었다.

[안 그래도 저번 상행 때 친우를 만났고, 친우에게서 변용술의 전수를 허락받을 수 있었습니다. 제가 이번에 북경으로 가서 전수해 주도록 하겠습니다. 며칠 뒤에 북경에 도착할 듯하군요.]

사부님께서 직접 북경으로 오신다는 말에 나는 미소가 지어졌다.

그 말은 즉, 내가 자리를 비우지 않아도 된다는 의미니까.

정호 형이 좋아하겠네.

"꾸이!"

"그래, 알았어."
나는 금령이에게 은자 하나를 주었다.
저번에 금령이에게 금자 세 개를 주는 것을 깜빡 했었는데 그건 금령이가 재촉하지 않았기 때문이기도 했다.
그래서 금령이에게 금자 세 개를 주며 물었다.
왜 이번에는 재촉하지 않았느냐고.
금령이 답하길, 줘야 할 시일이 지나면 이자를 받으려고 했다나?
나는 탁자 앞에 앉아 은자를 날름날름 핥고 있는 금령을 보며 생각했다.
금령이 이 녀석, 보통이 아닌데?

.

.

.

얼마 후.
사부님께서 북경지부로 찾아오셨다.
몇 명만 같이 온 것을 보니, 빠르고 은밀하게 움직여야 하는 표행을 오신 듯했다.
함께한 이들도 하나같이 뛰어난 실력자들이었고.
나는 정중히 포권하며 인사했다.
"제자가 사부님을 뵙습니다."
"이리 보니 반갑군요."
"표행을 끝내고 돌아가시는 중이십니까?"
"그렇습니다."

사부님께서 고개를 끄덕이셨다.
"이번 표행의 목적지가 이곳 북경이었습니다."
"그러셨군요."
나는 말을 이었다.
"편하게 머무실 수 있도록 지부 내에 처소를 마련해 놓았습니다."
"사양하지는 않겠습니다."
"사양하셨다면, 제자가 많이 슬펐을 겁니다."
내 말에 사부님께서는 웃으셨다.

나는 직접 사부님께 처소를 안내해 드렸다.
"이곳을 쓰시면 됩니다."
사부님의 처소는 예전에 사들였다가 무너졌던 북경지부 근처의 저택이 있던 곳이었다.
그 뒤로 다시 공사를 시작해서 지금은 지부와 이어지도록 만들었다.
가족이나 북경으로 파견 온 직원들, 손님들을 머물게 하기 위해서다.
원 조장 일행에게도 내줄 수 있었지만, 내주기 싫어서 내주지 않았었지.
"이곳을 사용하시면 됩니다."
내가 사부님께 안내해 드린 곳은 별당 형태의 건물이었다.
세간살이도 잘 갖춰 놓았고, 넓고 쾌적해서 중요한 손

님에게만 내주는 곳이다.

"이렇게 좋은 처소라니! 고맙군요."

"별말씀을 다 하십니다. 이는 제자로서 당연한 것이니 부담가지지 마십시오. 사부님."

"알겠습니다."

"편히 쉬십시오. 식사 때 기별을 보내겠습니다."

저녁 식사 시간이 되자 나는 연회장으로 향했다.

사부님 일행을 위한 연회를 준비했기 때문이다.

사부님께는 팔갑을 보냈고, 곧 사부님 일행 전체가 연회장에 도착했다.

"모시고 왔습니다요."

"고생했어."

나는 사부님께 인사를 드렸다.

"먼 곳까지 오시느라 고생하셨을 텐데, 작은 연회를 준비했습니다. 부디 입맛에 맞으셨으면 합니다."

"걱정하지 않아도 됩니다. 저희는 뭐든 잘 먹습니다."

그 말이 왜 서글프게 들릴까?

하긴, 그동안 음식을 가릴 겨를이 없었을 터.

먹을 수 있는 것이라면 뭐든 먹으면서 삶을 이어 가야 했으니 말이다.

우리는 식탁 앞에 앉았고, 식사를 시작했다.

"제자가 부자라서 좋군요."

"더 많이 벌어서 호강시켜 드리겠습니다."

내가 사부님의 제자인 것은 이제 세상 사람들이 다 아는 일이니 굳이 숨길 필요는 없다.

그렇게 모두가 만족스러운 식사를 마치고, 나는 사부님과 따로 자리를 마련해 담소를 나누었다.

"저번에 서신을 받고 깜짝 놀랐습니다. 홍수가 무림맹일 거라고 짐작은 했지만, 그게 사실이었다니 말입니다."

당시 제갈세가의 태상가주님께 일의 전모를 듣게 된 나는 즉시 사부님께 서신을 보냈었다.

"사부님께서는 이미 짐작하고 계셨던 것입니까?"

"그렇습니다."

사부님께서는 고개를 끄덕이셨다.

"표행을 다니다 보면 생각보다 많은 것을 듣고 보게 됩니다. 덕분에 무림맹의 행보에 대해서도 알게 되는데 그 행보가 아무래도 석연치 않아 그들을 의심하고 있었습니다."

사부님께서 말을 이으셨다.

"덕분에 더 이상 홍수를 알아내기 위해 이곳저곳 들쑤시고 다니지 않아도 되는군요."

"하지만 사부님. 문제는 이유입니다. 왜 설풍궁을 그리했는지 이유를 알아내지 못한다면 설풍궁의 안전은 보장할 수 없습니다."

"나 역시 그리 생각합니다."

대체 무림맹에서는 왜 설풍궁을 멸문시켜야 했을까?

그것도 모든 것을 불태우면서까지.

"그래도 짐작을 확신으로 바꿀 수 있게 되었으니, 소궁주에게 고마울 따름입니다."
"쑥스럽습니다. 제가 한 게 뭐가 있다고요."
"왜 없습니까?"
사부님이 웃으며 말하셨다.
"순간 주먹이 나갈 뻔했으니, 겸양에 조심해 주십시오."
이크!
사부님의 주먹은 못 막는다.
"네, 조심하겠습니다."
사부님께서는 차를 한 모금 마시고는 본론을 꺼냈다.
"그런데, 그 변용술을 배우고 싶어 했음은 알지만 왜 지금입니까?"
"전에 사부님께서 말씀하시지 않으셨습니까? 절정 정도의 수준으로는 그저 얼굴의 한 부분 정도만 변형시킬 수 있을 뿐이고 제대로 써먹으려면 초절정 이상은 되어야 한다고 말입니다."
"기억하고 계시는군요. 하긴, 기억력이 남다르시긴 하죠."
"이제 제 경지에 적응하고 안정된 듯해서 이번에 요청드린 것입니다."
나는 말을 이었다.
"그리고 이번에 맹주의 명을 받아 움직였는데……."
"네? 맹주의 명이라니요?"
아…….

이에 대해 사부님께 아직 말씀드리지 않았었구나.

"당시 시일이 급하여 미리 알리지 못했습니다. 불초 제자를 용서하여 주십시오."

"아닙니다. 소단주님이 그리했다면 그럴 만한 이유가 있었겠지요. 그래도 별 문제는 없었나 보군요."

"몸 건강히 잘 다녀왔습니다."

나는 말을 이었다.

"사실, 저는 맹주님을 처음 뵈었을 때부터 뭔가 석연치 않은 느낌을 받았습니다. 그리고 진유 무사에게 들은 이야기가 있기에 더더욱 맹주님을 경계하고 있던 상황입니다."

진유 무사는 맹주님이 따로 키운 살수니까.

"그에 대해서라면 나도 알고 있습니다."

그렇다면 복잡하게 설명할 게 없지.

나는 이번 일에 대해 자세히 말씀드렸다.

맹주의 서신을 가지고 원 조장이 방문했던 일과 사실은 그게 맹주의 시험이었다는 것.

그리고 태산의 구암문의 장문인과의 이야기와 내가 불상을 훔친 일까지.

내가 불상을 슬쩍한 일까지 말씀드리는 건, 그만큼 사부님은 믿을 수 있는 분이기 때문이다.

그리고 나와 사부님은 운명공동체이기도 하고.

"……그리된 것입니다."

"위험할 뻔했군요."

"네. 하지만 그래도 생각한 계획에서는 크게 벗어나지 않아서 무사히 해결할 수 있었습니다."

"그래도 조심해야 합니다. 아무리 의심이 옅어졌다고는 해도, 한 번 의심한 이상 다시 의심할 수 있을 테니 말입니다."

"명심하겠습니다."

나는 말을 이었다.

"그래서 제가 이번에 변용술을 배우고 싶다고 요청한 것입니다. 앞으로 무림맹과 얽힐 때를 대비하기 위함입니다."

"그렇다면 변용술은 소단주님과 호위무사들이 배울 생각입니까?"

"네, 그리고 서향 소저 역시 변용술을 배워야 합니다만……."

나는 말끝을 흐렸다.

서향 소저는 아직 천류공을 배운 지 얼마 되지 않았고, 그 경지 역시 높지 않다.

사부님께서 고개를 끄덕이며 말씀하셨다.

"현재 서향 소저, 아니 내 조카를 하기로 했으니 그냥 이름을 부르겠습니다."

"네. 편하게 부르십시오."

"서향의 경지가 어찌 됩니까?"

"이류 정도입니다."

"천류공을 배운 지 얼마나 되었다고 했죠?"

"약 이 년 정도……. 되었습니다."

"천류공을 배운 지 이 년 만에 이류라……. 허! 소단주님 본인이 천재라서 잘 모르는 듯한데 성인이 되어 무공을 배우기 시작했는데 그 정도의 진도라는 건, 놀랄 만한 일입니다."

"어……."

그러고 보니, 나와 내 호위무사들의 경지가 제법 높아서 자각하지 못하고 있었는데 그 정도면 천재라고 할 수 있다.

"하지만 아무리 천재라고 해도 그 정도의 속도는…… 혹시 영약을 먹은 적이 있습니까?"

"없습니다."

나는 고개를 저으며 하나의 가능성을 떠올렸다.

혹시, 빙정안을 가지고 있어서 빙공 계열의 무공과 궁합이 잘 맞는 게 아닐까.

게다가 서향 소저 본인의 오성도 상당히 뛰어난 데다가, 매우 근면성실하다.

그런 게 합쳐져서 지금의 성취를 이뤄낸 것일 터.

하지만 이것은 사부님께 말씀드릴 수 없다.

빙정안에 대해서는 북해빙궁주님의 허락을 받아야 하니까.

"앞으로가 기대되는군요."

"네."

"아무튼, 그 정도라면 크게 변화시키기는 어렵습니다

만 입술이나 귀의 모양을 조금 바꾼다든지, 점을 만든다든지 하는 건 가능할 겁니다."

"그것만으로도 괜찮습니다."

"그리고 진유 무사는…… 그 경지가 절정으로 보이던데 맞습니까?"

"네. 그리 알고 있습니다."

잠시 생각하시던 사부님께서 말씀하셨다.

"진유 무사를 만나 봐야겠군요."

나는 진유 무사를 불렀고, 그는 곧 우리가 있는 곳에 도착했다.

"부르셨습니까?"

나는 그에게 말했다.

"사부님께서 진유 무사를 보고 싶다고 하셔서 이렇게 청했습니다."

"그러시군요."

사부님께서는 진유 무사를 잠시 응시하시다가 말씀하셨다.

"최근, 정신수양에 꽤 진전이 있었나 보군."

처음부터 아는 사이라서 그런지 사부님은 그에게 편하게 말씀하셨다.

"!"

사부님의 말에 진유 무사는 움찔했고, 순순히 사정을 설명했다.

"사실, 이번에 주군께서 태산과 낙양에 다녀오실 때 저는 휴가를 얻었습니다. 하여 그 시간 동안 참선에 힘썼습니다."

"올바른 선택이었다. 덕분에 무공과 깨달음의 조화가 이루어졌군."

그리 말씀하시던 사부님께서 갑자기 움직이셨다.

퍽! 퍼억! 퍽! 탁! 퍽!

사부님은 주먹으로 진유 무사의 몸 곳곳을 때렸고, 마지막으로 사부님의 주먹이 진유 무사의 배에 꽂혔다.

"커억! 쿨럭!"

진유 무사는 피를 토하며 그대로 쓰러지며 기절했다.

그는 물론 나조차 제대로 반응하지 못할 정도로 빠른 속도.

"사, 사부님!"

갑자기 왜 이러시는 거지?

놀란 나를 보며 사부님은 걱정할 것 없다는 듯 차분하게 말씀하셨다.

"놀라지 않으셔도 됩니다. 진유 무사에게 해가 되는 건 아니니까요. 깨어나면, 새로운 기분일 겁니다."

그리고 팔갑에게 말했다.

"침소에 눕히도록."

내가 고개를 끄덕이자, 팔갑이 진유 무사에게 다가가 그를 안았다.

"부탁할게."

"걱정하지 않으셔도 됩니다요."

그렇게 그 자리에는 나와 사부님만이 남았고, 나는 사부님께 물었다.

"설명을 부탁드려도 되겠습니까?"

이에 사부님이 고개를 끄덕이며 말씀하셨다.

"금제를 풀었습니다."

"네? 금제…… 라고 하시면?"

"진유 무사의 몸에 누군가 금제를 걸어 놓았습니다. 그 명을 거역하지 못하게 하는 금제입니다."

그래서 그렇게 진유 무사를 노골적으로 응시하셨구나.

"제 짐작이 맞다면 아마도 금제를 건 자는 맹주 본인일 가능성이 큽니다."

맹주가?

원래 진유 무사의 신분을 생각하면 그럴 수도 있지만, 지금 진유 무사는 죽은 것으로 되어 있는데?

"그렇다면 맹주는 진유 무사가 살아 있다는 것을 알고 있을 가능성이 높지 않습니까?"

"그건 아닙니다. 제가 파악한 바에 의하면 진유 무사에게 걸려 있던 금제는 단지 명을 거역하지 못하게 하는 금제일 뿐입니다. 그 이상의 기능은 하지 못합니다만…… 만약 귀환 명령을 내렸다면 진유 무사는 그 명을 따를 수밖에 없었을 겁니다."

"하지만 그런 기색이 없었습니다만."

"그건 소단주님이 익힌 태음빙해신공의 기운이 그 금

제의 기운을 억누르고 있었기 때문입니다."

"그랬군요!"

"그래도 근거리에 있었으면 그가 알아차렸을 수도 있습니다만…… 그런 일이 없었던 모양입니다."

혹시 몰라 낙양에서 되도록 객잔 안에 머무르게 한 덕분이다.

"사실 그 금제가 깊숙이 숨겨져 있어서 그동안 금제를 눈치채지 못했습니다만, 진유 무사의 경지가 높아진 덕분에 알아차릴 수 있었습니다."

"네?"

"혈도의 기혈이 무언가에 막혀, 억눌려 있는 것이 느껴졌기 때문입니다."

"그래서 그 기혈을 억누르고 있는 금제를 풀어 주신 거군요."

"맞습니다. 태음빙해신공의 기운을 이용하여 금제의 기운을 소멸시킨 것입니다."

사부님이 미소 지으셨다.

"진유 무사의 노력이 빛을 발한 것입니다. 그 부단한 노력이 아니었다면 제가 금제를 알아차리지 못했을 터이니 말입니다."

그랬다면 생각만 해도 아찔하다.

금제를 알아차리지 못하고 변용술만 믿고 낙양에서 활동하다가 맹주가 이를 알아차렸다면…….

"사부님께 큰 은혜를 입었습니다."

"우리 설풍궁의 미래이기도 하니, 특별히 더욱더 신경 써야지 않겠습니까?"
"제가 잘 하겠습니다."

* * *

진유는 꿈을 꾸었다.
설풍궁에서의 어린 시절.
종종 자신을 찾아왔던 북해빙궁의 무인이 있었다.
그녀는 언제나 자신을 따뜻한 품에 안아 주곤 했고, 그는 그녀의 품에 안겨 잠드는 것이 좋았다.
그녀는 그에게 다정한 목소리로 말했다.

"네 이름 진유(進裕)는 네 아버지의 이름과 내 이름을 한 글자씩 딴 이름이지. 부디 너는 이 세상을 행복하게 살았으면 좋겠어."

시간이 지나고 조금씩 세상에 대해 알아가기 시작했을 때 그는 깨달았다.
그 여무사가 자신의 어머니였음을.
하지만 이를 알게 되었을 때부터 그녀는 그를 찾아오지 않았다.
그는 조숙한 편이었기에 어렴풋이 짐작하고 있었다.
어머니가 더 이상 그를 찾아오지 못한다는 것을.

대신 그는 한 번도 보지 못했던 아버지를 상상하며 지내고 있었다.

그렇게 일곱 살이 되던 어느 날.

아버지의 가문에서 나왔다는 이들이 찾아왔고, 그는 그들과 함께 아버지의 가문으로 향했다.

아버지와 함께 살 수 있다는 기대감으로 가슴이 두근거렸다.

하지만 점점 뭔가 이상하다는 것을 느꼈고, 가문에 도착해서 자신의 짐작이 맞았음을 알아차렸다.

아버지는 이미 돌아가신 후였다.

그의 이름조차도 물어보지 않았던 가문 사람들은 그를 곧바로 낯선 곳으로 보내 버렸다.

그때부터 그의 겨울이 시작되었다.

고통스러운 나날이었다.

모든 것을 포기하고 싶어질 때가 너무나도 많았다.

함께 혹독한 훈련을 견디던 아이들이 하나둘 잔인하게 죽어 가도 살아남기 위해 최선을 다했다.

그건 아마도 여전히 기억하고 있는 어머니의 말 때문일지도 모른다.

"부디 너는 이 세상을 행복하게 살았으면 좋겠어."

어떻게든 살아 있다면, 행복하게 살 수 있는 기회가 올 거라고 생각했으니까.

그렇게 혹독한 훈련에서 살아남은 그는 그제야 자신이 왜 그런 시련을 겪어야 했는지 알 수 있었다.
무림맹의 맹주 때문이었다.
그를 위해 목숨을 바칠 이들이 필요했으니까.
정식으로 맹주의 숨겨진 검이 되는 날, 그는 연계승이라는 이름을 받았다.
그전까지는 숫자로만 불렸는데, 제대로 된 이름을 받게 된 것.
그리고 정체를 알 수 없는 붉은색의 술을 마시고 정신을 잃었다.
며칠 뒤에 깨어난 그는 뭔가 갑갑한 느낌을 받았다.
그리고 맹주의 명을 거역할 수가 없게 되었고, 그가 명하면 남녀노소를 막론하고 죽여야 했다.
죄가 있든 없든 아무 상관 없이.
더는 이렇게 살 수 없다는 생각에 목숨을 끊으려 했지만, 몸이 따라 주질 않았다.
맹주가 허락하지 않았으니까.
그러던 어느 날, 맹주는 명령을 내렸다.

"형문파로 가서, 지운이라는 자를 죽여라."
"존명."

그날, 그의 인생은 바뀌었다.
형문파 장문인의 배려로 인해 그는 은서호 소단주의 호

위무사가 되었기 때문이다.

 사실 그는 욕심을 내고 싶지 않았다.

 그러나 어머니가 말했던 행복한 삶이 이런 것이구나 하고 깨닫게 되자 욕심이 나기 시작했다.

 그래서 은서호에게 자신의 상태에 대해 말하지 않았다.

 은서호에게 이를 알렸다가는 더 이상 이런 삶을 누릴 수 없을 것 같다는 두려움 때문에.

 게다가 자신 때문에 은서호가 고민하는 것도 싫었다.

 그와 함께하면서 갑갑함이 많이 사라졌기도 했고.

 그러나 최근 들어서 갑갑함이 점점 심해지기 시작했다. 마치 목을 옥죄는 기분까지 들었다.

 그는 내심 각오하고 있었다.

 자신 때문에 문제가 생긴다면, 언제든지 목숨을 끊을 것이라고.

 그것이야말로 아무 조건이나 대가 없이 자신을 받아들여 준 은서호와 동료들에 대한 보답이자, 자신을 보살펴 주었던 설풍궁에 대한 보은일 터.

 그런데…….

 진유는 자신의 두 손을 바라보았다.

 자신을 옥죄던 것이 사라진 상태였다.

 몸이 가벼웠다.

 이런 기분은 처음이었다. 몸이 너무나도 가벼워서 어디든지 갈 수 있을 것만 같은 기분이었다.

 하여 그는 마음껏 달리고 또 달렸다.

그렇게 마음껏 몸을 움직일 때 자신을 부르는 소리가 들렸다.

"진유야."

그는 고개를 돌렸다.

그곳에는 자신을 향해 밝게 타오르는 빛무리가 있었고, 그 안에는 한 쌍의 남녀가 있었다.

얼굴은 보이지 않았지만, 누군지 알 것 같았다.

아버지와 어머니다.

"진정한 자유를 얻었구나!"

"이제 행복하게 살면 된단다."

진유 무사는 그들을 향해 손을 내밀었다. 그의 손이 그들에게 닿았을 때 부모님이 웃고 계신다고 느꼈다.

"……!"

그는 꿈에서 깨어났다.

그 눈앞에 보이는 사람은 은서호였다.

"주, 주군!"

"기분이 어떠십니까?"

"어……."

그러고 보니 뭔가 느낌이 달랐다.

최근 자신을 갑갑하게 했던 것이 사라지고, 온몸에 힘이 넘치는 이 기분.

꿈이 아니었나?

머리를 아프게 했던 것도, 갑갑하게 자신을 옥죄었던

기분도 없었다.

그는 은서호의 질문에 답했다.

"아주 좋습니다. 맑고 개운한 느낌입니다."

"다행이군요. 대성을 축하드립니다."

"네?"

"초절정의 경지에 드셨습니다."

* * *

나는 침상에 앉은 채 당황한 표정을 하고 있는 진유 무사를 보았다.

많이 당황스럽나 보네.

"네, 제가 초절정이라니요?"

"사부님께서 말씀해 주셨는데, 진유 무사께서 금제에 걸려 있었다고 하시더군요."

"……."

전혀 의아해하지 않고 표정이 굳어진 것을 보니 짐작 가는 게 있는 듯하다.

나는 재촉하지 않고 그가 말하기를 기다렸다.

"주군."

"네."

"저는 그동안 주군을 속였습니다."

그는 입술을 깨물었다.

"주군께서 저에게 베풀어 주신 은혜를 생각하면 뭔가

이상함을 말했어야 했는데…… 그러지 않았습니다."
"괜찮습니다."
"제가 괜찮지 않습니다. 저는 주군을 배신한 것이나 다름없지 않습니까?"
너무나도 괴로운 표정이었다.
하지만 진유 무사에게 그런 표정은 어울리지 않는다.
"저를 죽일 생각이었습니까?"
"아닙니다! 그건 절대 아닙니다!"
진유 무사는 펄쩍 뛰었다.
나는 미소 지으며 그를 진정시켰다.
"그런데 그게 무슨 배신입니까? 저는 오히려 고맙네요. 그런 상황에서도 저를 지켜 주고자 그리 애써 주셔서 말입니다. 정말 많이 힘드셨을 텐데요."
"주군……."
"아, 감사라면 사부님께 하세요. 금제를 풀어 주신 분은 사부님이시니까요."
나는 자리에서 일어났다.
"초절정의 경지에 오른 것을 온전히 기뻐하세요. 그건 온전히 진유 무사님의 노력으로 인해 이룩한 경지이니 말입니다."

.
.
.

진유 무사가 초절정이 되었다는 소식은 내 호위무사들

에게도 전해졌다.
"그렇습니까?"
"이거 축하할 일이군요."
"참으로 부러운 일입니다."
호위무사들은 진심으로 그를 축하했다.
하지만 그 눈에서는 불꽃이 튀는 것 같았다.
앞으로 한층 더 수련에 박차를 가할 듯하군.
나는 그들에게 말했다.
"노파심에 당부하지만, 너무 무리하지는 마세요. 그러다가 쓰러지거나 주화입마라도 오면 큰일입니다."
"알겠습니다."
"명심하겠습니다."
그나저나 이렇게 되면 진유 무사는 사부님이 알려 주시는 변용술을 제대로 사용할 수 있게 되는 건가?
좋은 일이군.
낙양에서 진유 무사의 공백을 제법 느꼈었는데 말이지.

다음 날.
사부님께서는 본격적으로 변용술에 대해 알려 주셨다.
"제가 알려 드릴 변용술은, 신이변용술이라고 합니다."
신이변용술(新異變容術).
완전히 새로운 것을 만드는 변용술이라는 의미다.
"신이변용술은 총 육성까지 있으며, 대성하게 되면 기운까지 바꾸어 전혀 다른 사람이 될 수 있습니다."

사부님은 서향 소저를 보며 말씀하셨다.

"서향의 경지로는 일성이나 이성 초입 정도까지 가능할 거다. 그 정도만 해도 분위기를 바꾸거나 할 수 있으니 써먹을 만할 거다."

"최선을 다해 배우겠습니다."

사부님은 고개를 끄덕이고는 설명을 이어 가셨다.

"신이변용술은 내공으로 그 모습을 유지해야 하는 만큼, 단점이 있습니다. 변용술을 사용할 때 약해지는 것입니다."

"얼마나 약해지는 것입니까?"

"제 경험상 경지가 한 단계 내려가는 정도의 느낌이었습니다."

그렇다면 나나 진유 무사는 절정 정도의 힘만 쓸 수 있게 되는 건가.

그때 진유 무사가 말했다.

"주군의 곁에서 호위할 수 있다면 좀 약해지더라도 상관없습니다."

그의 말에 나도 고개를 끄덕였다.

나의 경우 신이변용술을 항상 쓰고 있을 것도 아니고, 필요할 때만 잠시 쓰는 것이니까.

그 정도의 단점은 충분히 상쇄할 정도로 대단한 변용술이다.

진유 무사의 일이 있었던 후로 며칠이 지났다.

나는 신이변용술을 배우면서도 업무를 미루지 않고 처리해 나갔다.

지금 처리하는 것은 작풍기의 수급 문제.

"소단주님, 이것 좀 확인해 주세요."

"네."

나는 서향 소저가 내민 서류를 받았고, 이를 확인하고 있을 때 팔갑의 목소리가 들렸다.

"도련님! 손님이 오셨습니다요."

"손님?"

아! 그러고 보니 익숙한 기운이 느껴지는구나.

나는 자리에서 일어나며 말했다.

"지금 나갈게."

내가 느낀 것은 진영 대협의 기운.

그런데 접빈실이 아니라 왜 집무실까지 오신 거지?

그렇게까지 급한 일인가?

나는 문을 열고 나가며 말했다.

"대협, 그렇게까지 하지 않으셔도 저 도망가지 않습니다."

"정말인가?"

"네."

"가슴에 손을 얹고, 다시 말해 보게나."

"……잠시만 기다려 주십시오. 외출 준비를 하고 오겠습니다."

일각 후.

나는 진영 대협과 함께 황궁으로 향했다.

가는 길에 나는 그에게 물었다.

"그런데 무슨 일입니까?"

"나도 잘은 모르네. 황제 폐하께서 급히 자네를 찾으셔서 데리러 온 것이라네."

진영 대협의 표정을 보니 뭔가 알고 있지만, 일부러 모른다며 말하지 않는 거다.

대체 무슨 일이지?

나는 황궁에 도착했고 곧바로 황제 폐하의 집무실로 향했다.

내관이 안에 고하고, 문이 열렸다.

나는 극상의 예를 취했고, 황제가 말했다.

"고개를 들라."

"황은이 망극하옵니다."

"그래, 이번에 무림맹주의 심부름을 했다지?"

"네. 폐하."

이미 다 알고 계시면서 왜 또 물으시는 겁니까?

"덕분에 고생을 제법 했습니다."

"내가 보낸 서신을 기억하고 있겠지?"

"물론입니다. 저 어디 안 가니 걱정하지 않으셔도 됩니다."

나는 말을 이었다.

"제국의 만인지상이신 분을 두고 제가 어딜 가겠습니까? 그거야말로 가장 손해 보는 짓입니다."
"네놈다운 대답이다."
황제는 웃었다.
"내가 너를 부른 이유는, 한 가지 물어볼 것이 있기 때문이다."
"하문하시옵소서."
"호북성 창인표국의 표두 곽명현이라는 자를 아느냐?"
"……!"
그 이름에 순간 당황했다.
사부님의 이름이 황제의 입에서 나올 거라고는 생각하지도 못했으니까.
아마 나와의 관계는 물론이고, 지금 북경지부에 머물고 있다는 것까지 아실 터.
그러니까 대답 잘해야 한다.
나는 마치 줄타기를 하는 기분으로 대답했다.
"제 사부님이십니다. 어인 일로 사부님에 대해 물으시는지 감히 여쭈어도 되겠습니까?"
내 물음에 황제는 피식 웃으셨다.
"왜? 내가 네 사부를 어찌할까 봐 겁이 나느냐?"
"그건 아닙니다."
"응?"
"제 사부님은 어떤 일에 휘말리면 휘말렸지, 문제를 일으키실 분이 아니니까요. 그리고 만약 문제가 있다면 저를 부르는 게 아니라 금의위나 금군들이 들이닥쳤을 테니 말입니다."

"에잉! 쯧! 재미없는 놈!"

"이리 칭찬해 주시니 감사합니다."

황제는 표정을 진지하게 하고는 본론을 꺼냈다.

"이번에 내가 몇 개의 표국에 의뢰를 했다. 그리고 그 중에서 제시간에 정확하게 표물을 전한 것은 창인표국의 곽명현 표두 뿐이었다. 해서 그에 대해 묻는 것이다."

그 말에 문득 이전 삶의 기억이 떠올랐다.

내가 사부님께 무공을 배우던 중, 갑자기 떠나면서 곽준하를 소개해 주었다.

본인 대신에 무공을 알려 줄 거라고 하셨지만, 일종의 취업 부탁이었지.

하여 나는 그를 호위무사로 삼았다.

곁에 두고 무공을 배우기 위해서는 그편이 좋았으니까.

그리고 그의 말에 의하면 사부님께서는 북경으로 떠나셨다고 했다.

이전부터 계속해서 어떤 요청을 받았었는데, 결국 그 요청을 받아들이셨다고.

이제 그 요청이 뭔지 알 것 같았다.

바로 황제의 요청이었던 것.

아마 황제는 이 시험을 통해 사부님의 능력을 확인했고, 자신의 사람으로 끌어들이기 위해 부단히 애를 썼을 터.

하지만 사부님은 설풍궁의 궁주다.

그렇기에 황제의 요청을 받아들이지 않았던 거겠지.

몇 년이나 황제의 부름을 거부했던 사부님께서는 왜 그때 황제의 부름에 응했던 것일까?

혹시…… 설풍궁을 멸문시킨 흉수가 무림맹이라는 것을 아시게 된 걸까?

그렇다면 압도적인 위상의 무림맹을 상대하기 위해서는 황궁의 세력을 등에 업는 수밖에 없으니 황제의 부름에 응한 것일 터.

"그래서 말인데……."

이어지는 황제의 말에 나는 얼른 정신을 차렸다.

이크!

황제 앞에서 딴생각이라니! 집중해야지.

까딱하다가는 잡아먹힌다.

"네 사부의 성품은 어떠하냐?"

"좀 더 자세하게 하문해 주셨으면 합니다. 성품이라는 것은 두루뭉술하고 범위가 넓은 것이니만큼 폐하께서 원하시는 답이 어떤 것인지 아둔한 저로서는 알기 어렵습니다."

물론 황제가 원하는 질문이 어떤 것인지는 알 것 같다.

하지만 혹시 모르니 자세히 확인하는 것뿐.

"그도 그렇군."

황제는 고개를 주억이고는 구체적으로 물었다.

"신의가 있는 자냐?"

내 예상대로다.

신의라…….

"제가 알고 있는 이들 중, 가장 신의가 두터우신 분입니다."

"그렇군!"

꽤 기뻐하시네. 하지만 좀 이른 것 같습니다만.

"폐하께서 사부님께 무슨 일을 맡기시려는지 잘 모르겠습니다만, 그것이 위험한 일이 아니었으면 하는 바람이 있습니다."

나는 목소리에 힘을 주며 말을 이었다.

"제 하나뿐인 사부님입니다. 사부님께 무슨 일이 생기면, 저는 복수하기를 주저하지 않을 겁니다."

이에 황제가 눈썹을 살짝 찌푸렸다.

"지금 나를 협박하는 것이냐?"

"그게 무슨 말씀이십니까? 소상이 어찌 그런 불경스러운 일을 하겠습니까?"

"협박하는 것으로 들리는데?"

나는 고개를 저었다.

"제가 복수할 대상은 사부님을 해한 자들입니다. 그게 황제 폐하일 리가 없지 않습니까?"

"내가 네 사부를 해한다면 나에게 복수할 것이냐?"

"황제 폐하."

나는 미소 지으며 물었다.

"그렇게 한가하십니까?"

"……."

잠시 말문이 막힌 듯 입을 다물었던 황제는 이내 파안대소했다.

"하하하하하하!"

앉아 있던 의자의 팔걸이를 두드리며 웃던 황제가 나를 보며 말했다.

"당돌한 놈. 네 말대로 내가 그렇게 한가한 몸은 아니지. 그래서 더더욱 내 일을 도와줄 똘똘한 자들이 필요한 것이다. 네놈처럼 말이지."

황제는 말을 이었다.

"그래서, 네가 걱정되는 건 사부가 위험해지는 것이더냐?"

"그것도 그렇지만, 사부님의 복수를 하느라 폐하의 부름을 받아도 응하지 못할 것이 걱정되옵니다."

"이 새끼, 협박도 고상하게 하네."

"다시 말씀드리지만, 저는 그런 불경한 마음은 품지 않고 있사옵니다."

옆의 태감이 초탈한 표정으로 허공을 보고 있는 것을 보니, 이제 황제의 거친 언행에 조언하는 것을 포기한 듯했다.

"걱정할 것 없다. 네놈의 사부는 은밀하고 긴급한 전령처럼 쓸 생각이니 말이다. 표두인 곽명현이라는 자가 해 왔던 일과 별반 다르지 않은 일이지."

"제게 말씀하셔도 사부님께서 선택하실 일입니다."

"그렇긴 하지."

"그리고…… 아닙니다."

내가 머뭇거리자, 황제가 탐탁잖은 표정으로 타박했다.

"뭐냐? 왜 말을 하다가 마는 것이냐?"

"아무것도 아닙니다."

"좋은 말 할 때 순순히 말해라."

황제가 미끼를 물었군.

나는 속으로 씨익 웃으며 입을 열었다.

"혹시 폐하께서 무보수로 사부님께 명을 내리실까 살짝 저어하였습니다."

"……."

"하지만 제국의 만인지상이신 만큼, 쩨쩨하게 그러실 리가 없다는 것을 깨닫고 말을 꺼내기를 저어했던 것입니다."

황제는 질렸다는 듯 혀를 찼다.

"이 자식이, 사부 챙기길 더럽게도 철저하게 챙기네."

"설마 무보수로 일을 시키길 생각이셨습니까?"

"그럴 리가 있겠느냐?"

"역시 황제 폐하이십니다. 이런 폐하를 곁에서 모실 수 있다니! 이 얼마나 큰 영광인지 모릅니다."

"지독한 녀석. 네놈에게서 아부를 들으면 몸에 두드러기가 돋는다."

"아부라니요! 지극히 합당한 말입니다. 아닙니까? 태감 대인?"

내 물음에 옆에 서 있던 태감이 얼른 대답했다.

"그러합니다."

황제는 고개를 절레절레 흔들었고, 나는 속으로 피식 웃었다.

제 사부님은 제가 지킬 겁니다.

그리고 싸게 부려먹는 것도 막을 겁니다.

"이놈아."

"네. 황제 폐하."

"네가 무슨 말을 하고 싶은지 잘 알았으니까 얼른 가라."

황제 폐하의 축객령에 나는 얼른 물러나려 뒷걸음질 쳤다.

"아! 잠깐."

"왜지?"

"네놈 사부의 이야기 때문에 넘어갈 뻔했는데, 무림맹주의 심부름을 했던 일이 그렇게 두루뭉술하게 이야기하고 말 건 아니지 않더냐?"

"……."

.

.

.

내가 북경지부로 돌아온 건 그날 저녁이다.

황제와 줄다리기를 하느라 진이 다 빠져 버린 나는 돌아오자마자 침상에 드러누웠다.

진짜 힘들었다.

황제는 평지에서 줄다리기를 하는 거겠지만, 나는 밧줄 위에서 줄다리기를 하는 것.

수명이 한 오 년은 줄어든 기분이다.

그러면 안 되는데.

이번 생에는 비명횡사하지 않고 무병장수해야 하는데.

에휴.

하지만 황제와 줄다리기를 할 수 있는 내가 사부님을 위해 애써야지, 어쩌겠어.

황제가 마음먹은 이상, 사부님께서 황제의 손아귀에서 벗어날 순 없다.

인재에 대한 욕심이 하늘에 닿을 정도인 분이니까.

그렇다면 그로 인해 사부님이 최대한 이익을 보시도록 해야겠지.

내가 이렇게까지 했으니 황제가 사부님을 허투루 이용하거나 하지는 않을 거다.

며칠이 지났다.

신기변용술의 전수는 순조로웠다.

사부님께서는 이제 반 정도 남은 것 같다고 하셨으니 며칠 정도면 마무리되겠군.

오늘 저녁은 북경지부 사람들을 위로하고 몸보신도 시켜 줄 생각으로 한 주루를 예약했다.

당연히 사부님 일행도 함께였다.

"이곳은 오리 구이가 유명한 곳입니다."

"아, 형진이가 말했던 곳이군요."

일전에 나 대신 선일 형님의 말 상대를 하라고 곽형진과 석일송을 데리고 북경에 왔을 때 이곳에서 식사를 한 적이 있었다.

그때의 일을 곽형진이 아버지에게 말했던 듯했다.

"그리고 의뢰인들에게 들은 적도 있습니다. 직접 와 본 건 처음이지만요."

그 말에 나는 아차 싶었다.

"죄송합니다. 사부님. 사부님을 먼저 모시고 왔어야 했는데, 불초 제자를 용서해 주십시오."

"괜찮습니다. 저를 위해 주는 마음은 잘 알고 있으니까요."

우리가 주루에 들어가자 점소이가 반갑게 맞아 주었다.

"어서 오십시오."

"은해상단의 은서호입니다. 저녁에 삼 층을 예약했습니다."

"아! 바로 올라가시죠. 삼 층으로 모시겠습니다."

우리는 안내를 받아 삼 층으로 올라갔다.

그곳에서 바라보는 북경은 참으로 아름다웠다.

"식사 내오겠습니다."

"네."

이곳을 예약하며, 동시에 음식까지 미리 주문해 놓았다.

오리 구이가 특히 시간이 오래 걸리기도 하지만, 이 정도 인원을 예약할 거라면 음식도 미리 주문해 놔야 한다.

그래야 모든 사람들이 같이 먹을 수 있다.
준비해 두었던 음식이 차례차례 식탁에 차려졌다.
내가 미리 주문해 둔 요리는 화덕에 구운 오리를 세 가지로 요리한 것과 오색 만두다.
이 집은 오리 구이 말고 오색 만두도 일품이거든.
그리고 차는 오리 구이와 잘 맞는 차로 주문했다.
아직 금주령이 풀린 것도 아니고, 또한 사부님께서는 술을 드시지 않으니까.
"사부님의 입에 맞으셨으면 합니다."
"잘 맞을 것 같군요. 잘 먹겠습니다."
나는 자리에서 일어나 모두에게 말했다.
"오늘은 그간 고생한 여러분을 위해 준비한 자리입니다. 부디 즐거운 연회가 되기를 바랍니다."
"감사합니다."
"잘 먹겠습니다."
그렇게 연회가 시작되었고, 우리는 각종 채소와 구운 오리 껍질을 밀전병에 싸서 달짝지근한 장을 찍어 먹었다.
역시 맛있네.
표정 변화가 거의 없으신 사부님의 미간을 보니 사부님께서도 음식이 마음에 드신 듯했다.
앞으로도 종종 모시고 와야겠네.
그렇게 식사를 마치고 차를 마실 때 익숙한 기운이 느껴졌다.
사부님께서는 긴장한 기색으로 찻잔을 내려놓으셨고

허리춤의 검병에 손을 가져다 대셨다.

 진유 무사 역시 그 기척을 느낀 것인지 그쪽을 흘깃 살폈다.

 원래도 감각이 가장 예민한 편이었는데, 초절정이 되면서 훨씬 더 예민해진 것이다.

 사부님이나 진유 무사가 그런 반응을 보이는 이유는 간단했다.

 이 객잔에 갑자기 고수들이 들이닥쳤기 때문이다.

 그리고 익숙한 기척이 점점 더 가까워지더니 내게 전음이 들려왔다.

 - 은서호 소단주. 자네 사부와 함께 별관 계화실로 오게나.

"……."

 진영 대협이다.

 나는 한숨을 내쉬며 자리에서 일어났다.

"사부님, 잠시 저와 가실 곳이 있습니다."

 잠시 후.

 우리는 이 주루의 별관 계화실로 향했고, 나는 사부님께 전음을 보냈다.

 - 사부님. 이번에 북경까지 의뢰가 있었다고 들었습니다.

 - 네. 그랬습니다.

 - 그 의뢰에 위화감은 없으셨습니까?

내 물음에 사부님께서는 잠시 생각하다가 고개를 끄덕였다.

- 그러고 보니 몇 가지 이상한 점이 있기는 했습니다. 하지만 소단주도 알다시피 그런 거 일일이 따지면 표행을 못 합니다.

- 그렇죠.

표행 중에는 암표라는 것도 있다.

그 무엇도 묻지 않는 표행으로서 표행비는 상당히 비싸지.

그나저나 이렇게 나와 사부님을 부르신다는 건 황제가 결심했다는 건데.

나는 미리 언질을 해 두기로 결정하고 사부님께 전음을 보냈다.

- 사실, 사부님께서 맡으셨던 표행은 황제 폐하와 관련이 있는 표행이었습니다.

순간 사부님의 눈썹이 움찔했다. 그건 무척 놀라셨다는 의미다.

- 그러니 황제 폐하를 뵙게 되어도, 놀라지 않으셨으면 합니다.

곧 우리는 계화실에 도착했다.

그 앞에 서 있던 점소이가 나를 보더니, 고개를 끄덕이며 말했다.

"저를 따라오십시오."

"네."

사부님의 전음이 들렸다.

- 저 젊소이, 기도가 보통이 아니군요.

그렇겠지.

이전에는 몰랐는데, 이번 삶에서 금의위와 많이 얽히다 보니 알게 된 사실.

이 주루 역시 금의위가 정보를 모으는 곳 중에 하나였다.

숙수의 기술이 잘 이어지고, 큰 문제 없이 운영되었던 것에는 그런 사정이 있었다.

곧 나는 반가운 얼굴을 마주했다.

"두 사람을 데리고 왔습니다."

"수고했네."

나는 그에게 포권했다.

"진영 대협을 뵙습니다."

이에 사부님도 포권하여 고개를 숙였다.

"창인표국의 표두 곽명현이 대협을 뵙습니다."

"반갑네. 노파심에 말해 두지만, 이곳에서 보고 들은 건 입 밖으로 낼 생각은 하지도 말게나."

"명심하겠습니다."

그렇게 계화실에 들어간 우리는 곧 탁자 앞에 앉아 계신 미복 차림의 황제를 보았다.

"황제 폐하시네."

진영 대협이 그리 말한 건 사부님을 위해서다.

우리는 목소리를 낮춰 황제 폐하에게 예를 올렸다.
"황제 폐하를 뵈옵니다. 만세 만세 만만세!"
"일어나 자리에 앉게."
"황은이 망극하옵니다."
우리를 위해서인지 황제의 앞쪽에 다른 다탁이 마련되어 있었다.
"곽명현 표두."
"네, 폐하."
나는 슬쩍 사부님을 보았다. 상당히 긴장하셨구나.
하긴, 황제 폐하를 앞에 두고 긴장하지 않을 자가 있기는 할까?
황태자 전하도 황제 폐하 앞에서 긴장이 된다고 하는데 말이지.
"내가 이리 은밀하게 이곳에 온 이유는 자네에게 부탁할 게 있기 때문이네."
"부탁이라 하심은?"
"내 전령이 되어 주게."
"전령이라 하심은, 정확하게 무엇을 전하고자 하심입니까?"
사부님이 말을 이으셨다.
"제가 감히 여쭙는 것은, 그것이 무엇인지에 따라 제 능력 여하가 달라지기 때문입니다."
그 물음에 황제는 파안대소했다.
"하하하하!"

"……."

황제는 나를 보며 놀리듯이 말했다.

"어떻게 사부와 제자가 이렇게 똑같을 수가 있는지. 깐깐하군. 깐깐해."

"송구합니다."

"아니다. 그래서 더더욱 마음에 든다."

황제는 표정을 진지하게 하며 말을 이었다.

"내가 원하는 건 서신을 은밀하고 빠르게 전달하는 것이다. 그대들이 하는 일 중에 암표라는 일이 있다고 들었다. 그것과 비슷한 일이라고 생각하면 될 것이다."

"……."

"지금까지 해 온 일과 그리 다를 것도 없고, 그만두라는 것도 아니다. 오히려 지금 하는 일이 있으니 더더욱 좋다. 그만큼 저들의 눈을 피할 수 있을 테니까."

이에 사부님께서는 침착하게 물으셨다.

"저들의 눈을 피해야 한다는 건, 정확하게 누구의 눈을 피해야 한다는 것입니까?"

"무림맹과 이 제국을 전복시키려는 자들."

"……."

"아, 물론 공짜로 부려 먹지는 않을 거다. 제자가 두 눈 시퍼렇게 뜨고 감시하고 있으니 내 무서워서 그럴 수가 있어야지."

쿨럭! 폐, 폐하……?

나는 갑작스러운 황제의 말에 당황했다.

"화, 황제 폐하."

그런 나를 보며 황제는 피식 웃었다.

"내 앞에서는 무서운 것 없는 놈처럼 행동하더니…… 재밌구나."

"……."

황제는 고개를 돌려 사부님에게 물었다.

"그래서, 대답은?"

황제의 말에 사부님이 잠시 생각하다가 되물었다.

"저에게 거절할 수 있는 권리가 있습니까?"

"나는 강제로 일을 시키지는 않는다. 그래서 자네가 마음에 들어 할 만한 보상을 준비했다."

황제는 종이 하나를 내밀었고, 진영 대협이 그 종이를 받아 사부님에게 건넸다.

사부님은 종이를 펼쳤다.

무슨 내용이기에 사부님의 눈동자가 흔들리는 거지?

종이를 다시 접어 진영 대협에게 건네자 황제는 고개를 끄덕였다.

화르륵!

진영 대협은 그 종이를 촛불에 태웠다.

"어떤가?"

"충분한 대가입니다."

"내 제안을 받아들이겠느냐?"

"네."

대체 무슨 보상이기에 이전 삶에서는 몇 년이나 피했던

일을 단번에 받아들인 것이지?

궁금했지만 내가 묻는다고 대답해 줄 두 분도 아니고 이미 종이는 타 없어졌고…….

"이놈아."

황제가 그리 부를 사람이 나 말고 또 있나?

없구나.

"네? 폐하?"

"걱정하지 마라. 네 사부 안 잡아먹는다."

"그럼요. 저는 폐하를 믿습니다."

황제는 피식 웃고는 고개를 돌려 사부님에게 말했다.

"자세한 건 진영을 통해 전할 테니 그리 알고 있도록 하라."

"네. 폐하."

"그럼 가 봐라."

황제의 축객령에 우리는 계화실을 나서서 다시 삼 층으로 올라갔다.

그때 사부님께서 내게 전음을 보내셨다.

- 이전에 예정보다 늦게 돌아오셨던 날, 황제 폐하를 뵙고 온 겁니까?
- 네.
- 그날 저에 대한 말이 나왔군요.
- 맞습니다.
- 고맙군요.
- 네?

생각지 못한 말에 나는 사부님을 쳐다보았고, 사부님께서 차분하게 말씀하셨다.
- 저를 위해 황제 폐하와 담판을 지은 것 아닙니까? 그러니 폐하께서 고심하셔서 저에게 대가를 제시하신 것이겠고요.
- 뭐, 그렇긴 하죠.
- 소단주님이 제 제자라서 참 다행이라는 생각을 다시금 하게 됩니다.
나는 살짝 민망함을 느끼며 귀밑을 긁적였다.
- 그런데 오늘 보니까 황제 폐하께서 소단주님을 각별하게 여기시는 것 같더군요.
나는 떨떠름하게 웃었다.
각별하게 여기시는 건 좋지만, 너무 각별하게 여기시는 것도 별로 좋지 않습니다.

.

.

.

며칠 후.
약 보름 정도 사부님의 지도를 받은 덕분에 우리는 신이변용술을 익힐 수 있었다.
"그 정도면 제가 신이변용술을 알려 준 친우에게 욕을 먹을 정도는 아닐 겁니다."
"지도해 주셔서 감사합니다."
"별말씀을."

사부님이 말을 이으셨다.
"그럼 저는 이제 슬슬 호북성으로 돌아갈 때가 된 듯합니다."
어제 진영 대협이 북경지부에 방문해서 사부님과 독대를 했는데, 그 일 때문일까?
사부님이 좀 철저하신 분이라, 기운으로 막까지 둘러서 무슨 이야기가 오갔는지는 나도 모른다.
아마 내게 피해가 갈지도 모른다는 생각에 비밀리에 움직이시는 것 같은데……
후, 이런 게 사부의 마음이란 걸까?
"사부님. 처소까지 배웅해 드리겠습니다."
"그러시죠."
나는 사부님과 함께 사부님의 처소로 향했다.
호위무사들에게는 눈빛으로 이야기를 해 놓았기에 아무도 따라오지 않았다.
"그래서, 무슨 말을 하고 싶은 겁니까?"
역시 사부님께서는 내 의도를 눈치채신 듯 먼저 물어오셨다.
나는 멋쩍게 웃을 수밖에 없었다.
"역시, 알아차리셨군요."
"그 정도는 알아차릴 세월이었지 않습니까?"
"그렇긴 하군요."
나는 부드럽게 말을 이었다.
"사부님께서는 왜 말을 편하게 해 달라는 제 요청을 번

번이 거절하시는 겁니까?"

"그게 궁금했습니까?"

"네."

내가 고개를 끄덕이자, 사부님은 피식 웃고는 하늘을 바라보셨다.

그리고 잠시 말을 고르고는 입을 열었다.

"아마도…… 정들고 싶지 않았나 봅니다."

무슨 의미지?

"소단주…… 아니, 소궁주도 알다시피 우리 설풍궁은 언제 사라져도 이상하지 않은 곳입니다. 근근이 명맥을 이어 오고는 있지만, 그것도 언제까지 이어질 수 있을지 희망이 보이지 않았습니다."

그러고는 고개를 내려 내 눈을 마주했다.

"그래서 제가 언젠가 사라진다면, 정이 든 상태에서는 그 마음이 아플 것 아닙니까?"

"일부러 거리를 두려고 그러셨다는 겁니까?"

"그런 거죠."

"하지만 제가 소궁주가 된 이후로도 여전히 말을 편하게 해 달라는 제 요청을 거절하셨습니다. 저는 사부님께 설풍궁의 번영을 약속드렸는데 제 약속이 미덥지 못하셨습니까?"

"그건 아닙니다."

사부님은 고개를 저었다.

"그 이후로도 제가 여전히 존대를 하는 건 다른 이유

때문입니다."

사부님은 내 눈을 바라보셨다.

"설풍궁을 위해 힘든 결정을 내린 것에 대한 감사의 의미이자 앞으로 새로운 설풍궁을 이끌어 갈 미래의 궁주에 대한 존경의 의미였습니다."

"네? 새로운 설풍궁이라니요?"

"이제 소궁주가 이끌 설풍궁은 이전과 완전히 다른, 새로운 설풍궁이어야 합니다. 기존의 설풍궁으로는 살아남을 수가 없습니다."

"……."

"어떤 설풍궁인지는 온전히 소궁주의 몫입니다. 그러니 빨리 성장하셨으면 합니다."

사부님이 말을 이으셨다.

"소궁주가 이끌 새로운 설풍궁이 어떤 모습인지 궁금하니까요."

나는 피식 웃었다.

"그러니까 앞으로도 말을 편하게 하실 생각이 없으시다는 거죠?"

사부님도 나를 보며 옅은 미소를 지으셨다.

아마 사부님 나름의 애정 표현이 아닐까.

그러니 내가 강요해서는 안 되겠지.

"그나저나 사부님. 부탁이 있습니다."

"무엇입니까?"

"호북성으로 가실 때 정호 형이랑 같이 가 주실 수 있으십니까?"
"의뢰인가요?"
"그리 생각하셔도 됩니다."
"저와 함께 온 이들이 제법 비쌉니다만?"
"얼마입니까?"

망설임 없는 내 반문에 사부님께서는 고개를 흔들며 중얼거리셨다.

"제 우문이었군요."

나는 그런 사부님을 보며 진지하게 말했다.

"사부님. 저는 사부님의 힘이 되고 싶지 짐이 되고 싶은 생각은 없습니다."

"네?"

"그러니까 힘이 드시면 언제든 이 제자를 의지해 주셨으면 합니다."

"그런 이야기는 사부인 제가 해야 하는 거 아닙니까?"

"누가 하든 무슨 상관이겠습니까? 여력이 되는 쪽이 도우면 되는 거 아닙니까?"

"그렇군요."

"그러니…… 저 때문에 무거운 짐을 무리하게 짊어지지는 않으셨으면 합니다."

"……유념하죠."

.
.
.

다음 날.

아침을 먹기 위해 온 진유 무사의 얼굴은 달라져 있었다.

신이변용술로 얼굴을 변화시킨 것이다.

완전히 달라진 것은 아니고, 원래 얼굴과 비슷할 정도로 달라진 얼굴.

그러나 진유 무사의 얼굴을 알고 있던 자라면 '내가 착각했나?' 할 정도였다.

당장 변용이 필요한 게 아닌데 변용을 한 건, 이게 신이변용술의 수련 방법 중 하나이기 때문이다.

변용한 채 한 달을 버티면 완벽히 익힌 거나 다름없다고 하셨지.

"괜찮으십니까?"

"네. 아직 문제없습니다."

"상당히 갑갑하실 텐데요."

본래의 모습이 연상되지 않을 정도로 바꾼 만큼, 무척 갑갑할 터.

이런 변용술은 변용한 부분이 많을수록 부담이 심하다.

나도 겪어 봤기에 잘 안다.

"이 정도는 금제로 인해 갑갑했던 것보다 훨씬 덜 합니다. 그리고 복면을 쓰고 있는 것보다도 낫습니다."

"그렇다면 다행입니다만……."

"걱정하지 않으셔도 됩니다. 저는 반드시 끝까지 버티어 낼 것입니다."

그리 말하는 진유 무사의 말에서는 광기마저도 느껴졌다.

"제가 늦었나요?"

그때 서향 소저가 들어왔다.

아침을 먹으면서 회의를 하곤 했기에, 서향 소저도 함께 아침을 먹으니까.

하지만 다른 부관인 갈현은 아직 식사를 같이 하지는 않는다.

아직 그 정도의 신뢰가 쌓인 관계가 아니니까.

지금 서향 소저는 신기변용술로 그 특유의 느낌을 바꿨다.

이미 서향 소저의 큰 오라버니인 동혁수 대인이 그녀를 본 상황이다.

이런 상황에서 얼굴에 손을 대는 건, 오히려 의심을 불러일으킬 터.

하여 고민할 때 사부님이 제안하셨다.

느낌만 바꾸면 어떻겠냐고.

사람에게는 얼굴을 보면 느껴지는 것이 있다.

서향 소저는 부드러운 느낌이었는데, 천류공을 극대화해서 냉랭한 느낌으로 바꾸었다.

그래서 이전에는 따뜻하고 자애로운 미녀였다면, 이제는 말도 걸기 힘들 정도의 냉미녀가 되었다.

이렇게 보니, 빙해린 소궁주와 비슷한 분위기 같기도 하고…….

혹시 빙정안 때문인가?

나는 그녀에게 말했다.

"늦지 않았으니 앉으십시오."

"네."

"그런데 도련님."

내 식사 시중을 들던 팔갑이 나를 불렀다.

"왜?"

"도련님께서는 왜 변용술을 사용하지 않으십니까요? 도련님의 치명적인 매력을 가리기 위해 변용술을 익히신다고 하지 않았습니까요?"

"어…… 그게 말이지. 포기했어."

"네? 도련님께서는 그렇게 끈기가 부족한 분은 아니라고 알고 있는데 무슨 문제가 있는 겁니까요?"

나는 한숨을 내쉬었다.

"내가 어떻게 하면 못생겨 보일 수 있는지 물어봤잖아. 그러니까 너는 얼굴에 점을 크게 하나 찍거나 주근깨를 넣으라고 했고."

"그랬습니다요."

"음…… 아니다. 설명하는 것보다는 그냥 보여 주는 게 낫겠어."

나는 말을 멈추고 신기변용술을 사용해서 얼굴에 주근깨와 점을 만들었다.

"……어."

"음……."

그리고 내 얼굴을 본 이들은 고개를 끄덕이며 애매하게

웃었다.

서우 무사가 말했다.

"무슨 말씀이신지 알겠습니다."

"개구쟁이 미남입니다."

"점이 매력적인 미남이군요."

"네, 그런 겁니다."

나는 그리 말하며 신기변용술을 풀었다. 팔갑이 한숨을 내쉬며 중얼거렸다.

"응? 뭐라고?"

"공평하지 않은 더러운 세상이라고 했습니다요."

"꾸이!"

금령아, 너는 왜 동의하는 거냐?

.

.

.

정호 형이 호북성 본단으로 돌아갈 준비는 순조로웠고, 어느새 형이 떠나는 날이 되었다.

"신나 보이네."

"당연하지. 부인이랑 아이들을 얼마 만에 볼 수 있는 건데!"

"조부님이랑 부모님은?"

"너 지금 나 시험하냐?"

"그럴 리가!"

시험이라면 나부터가 싫다고.

"그냥 좀 놀린 거야."

"이 녀석이!"

"고생 많았어. 가서 푹 쉬다가 와."

"이 자식아! 내가 놀러 가냐? 일하러 간다!"

정호 형은 아버지가 돌아오면 다시 북경으로 올라올 예정이다.

아직 북경에 건립할 무관의 일이 끝나지 않았고, 나는 언제 어디로 떠날지 모르니까.

내 이전 삶에서, 황태자는 몇 년 뒤에 남경으로 파견된다.

아무래도 제국의 수도가 북경이다 보니 제국 남쪽은 황제의 통치력이 잘 미치지 않는 편이다.

그래서 남경을 부도로 삼았는데, 황태자를 파견하는 것은 통치 경험을 쌓게 하기 위해서다.

그걸 생각하니 문득 한 가지 생각이 떠올랐다.

차라리 정호 형 가족이 북경으로 옮겨 오는 건 어떨까 하는 생각이.

그건 나중에 의논하고…….

나는 사부님께 공손히 인사했다.

"저희 형을 잘 부탁드립니다."

"걱정하지 마십시오."

물론 정호 형의 호위대도 있고, 은풍대도 함께한다.

하지만 사부님께서 함께하는 것만큼 든든한 여정도 없지.

"그리고, 이렇게나마 뵐 수 있어서 좋았습니다. 부디 강녕하십시오."
"그리하지요. 저도……."
"……?"
사부님은 헛기침을 하시고는 말씀하셨다.
"저도 만나서 좋았습니다."
보통 사람이라면 그 말을 하는 것을 쑥스러워하는 게 이해가 되지 않겠지만, 그 상대가 사부님이라서 조금 놀랐다.
감정 표정이 극히 드무신 분이니까.
사부님은 몸을 돌려 말에 올랐고, 선두로 향하며 모두에게 외치셨다.
"출발합니다!"
"네!"
그렇게 정호 형과 사부님 일행은 호북성으로 떠났다.

.

.

.

시간은 빠르게 흘렀고, 어느새 시간은 구월 초가 되었다.
그사이 진유 무사와 서향 소저는 신이변용술에 완벽하게 적응했다.
그 말은 즉, 이제는 무림맹주를 근거리에서 만난다고 해도 정체를 들키지 않을 거라는 의미다.

그리고 나는……

"곽 부관님, 여기에 관련된 자료 부탁드립니다."

"네. 여기 있습니다."

"그리고 이 서류의 네 번째 줄에 관련된 자료도 부탁드리고요."

"네."

정신없이 바빴다.

그건 구 년에 한 번 찾아오는 무림 최대의 행사이자, 우리 같은 상단의 대목 중의 대목인 무림대연회가 다가오고 있었기 때문이다.

무림맹주에게 원하는 자리를 고를 수 있는 권리를 받은 것이 나였기에, 내가 직접 가야 했다.

그런 만큼 내가 없어도 현풍국이 잘 돌아갈 수 있도록 미리 일을 처리해 놔야 했다.

그때였다.

"저기, 바쁘십니…… 바쁘신 모양이군요."

나를 찾아온 자가 있었다.

"제갈천두 공자, 여기까지 어쩐 일이십니까?"

"저기, 그것이……"

"바쁘니 용건만 빠르게 말씀해 주십시오."

"이번에 소단주께서 낙양에 갈 때 저도 함께 갔으면 합니다."

"어려울 건 없습니다만, 괜찮으십니까?"

그의 아버지가 무림맹의 농간으로 낙양에서 죽었으니

신이변용술 〈195〉

당연한 물음이다.

"그건 걱정하지 않아도 됩니다."

"알겠습니다. 대신 부탁이 있습니다."

"무엇입니까? 뭐든 제 능력이 된다면 도와드리겠습니다."

"이 서류 처리 좀 같이 부탁드립니다."

내 말에 그는 내 옆에 쌓인 서류 더미를 보고 뒷걸음질 쳤다.

"그, 그냥 저 혼자 가도……."

"허어! 어디서 밑장빼기입니까?"

.

.

.

제갈천두 공자 덕분에, 나는 예정된 날짜에 출발할 수 있었다.

역시 제갈세가.

아주 유능하단 말이지.

지난 삶에서 유능한 전략가 겸 상단의 총관으로 일했던 그였으니까.

"그럼, 저 없는 동안 잘 부탁드립니다."

내 말에 여창의 부국주와 북경지부장이 고개를 주억이며 말했다.

"걱정하지 마십시오."

"저희가 잘 지키고 있겠습니다."

기대하십시오. 아주 한몫 단단히 벌어 올 테니까 말입니다. 후후후.
 - 꾸이!
 금령이도 신났군.

126장. 대박 한 번 나 보세

대박 한 번 나 보세

내가 탄 마차는 쉬지 않고 달리고 있었다.

낙양 역시 제법 큰 도시인 만큼 북경에서 이어지는 관도가 있었다.

그래서 마차를 이용하기에 나쁘지 않았다.

우리는 일찌감치 출발했는데, 그건 나와 호위무사들만 움직이는 것이 아니기 때문이다.

주강마를 타고 달릴 수가 없기에 미리 출발한 것.

"그런데…… 지금 낙양에 가시는 건 무림대연회 때문이라고 하셨지요?"

내 물음에 앞자리에 타고 있던 제갈천두 공자가 고개를 끄덕였다.

"그렇습니다."

"가셔야 하는 이유가 있습니까?"

내 물음에 그가 의아한 듯 되물었다.
"무림대연회에 가는 것에 이유가 필요합니까?"
아…….
제갈천두 공자도 천상 무림인이구나 싶었다.
비록 무림맹에 의해 아버지가 죽었어도, 그것과는 별개의 행사인 것이다.
"가시면 머물 곳은 있으십니까?"
"네. 본가의 저택이 낙양에 있으니, 그건 걱정하지 않으셔도 됩니다."
아, 이전에 가 보고도 깜박했네.
그 정도 규모의 저택에 제갈천두 공자가 머물 곳이 없을 리가 없지.
그러고 보니 좀 부럽네.
낙양에 머물 곳이 있으면 번거롭게 객잔을 잡지 않아도 되는데 말이지.
은해상단의 낙양지부가 없는 것은 아니지만, 우리 일행이 머물 정도의 크기는 아니다.
안 되겠다.
낙양지부도 좀 더 확장해야겠군.
낙양도 대도시니만큼, 그 지부를 확장한다고 해도 손해는 아니다.
천하제일상단이 되려면 북경지부만이 아니라 낙양지부 역시 그에 걸맞게 만들어야지.
그렇게 몇 날 며칠을 이동한 우리는 마침내 낙양에 도

착했다.

"도착했습니다!"

서우 무사의 말에 우리는 마차에서 내렸다.

우리가 도착한 곳은 이번에도 묵었고, 저번 용봉비무회 때에도 묵었던 연풍객잔.

"어서 오십시오."

점소이가 우리를 맞아 주었다.

"또 뵙습니다."

"네. 그러네요."

"은해상단에서 오신 분들께서는 어제 도착하셨습니다."

"알려 주셔서 감사합니다."

물론 나는 이미 우리 상단 사람들이 도착해 있다는 것을 알고 있었다.

우리 은해상단의 표식이 그려진 마차가 옆에 있었으니까.

상단주인 아버지가 타시는 마차다.

어머니도 같이 오셨을 터.

객잔 안으로 들어가자, 마침 일 층에 앉아 계시던 아버지께서 우리를 발견하고 다가오셨다.

"왔구나. 오느라 고생했다."

"관도가 잘 닦여 있어서 편하게 왔습니다. 아버지와 어머니야말로 고생 많으셨지요."

"하하. 그래, 잘 지낸 것 같아 다행이구나."

옅은 미소를 짓는 아버지의 모습.

생각해 보니 정말 오랜만에 뵙는구나.
"집안은 평안합니까?"
"평안하니, 걱정하지 않아도 된다."
"다행입니다."
나는 말을 이었다.
"정호 형은 본단에 도착했습니까?"
"이곳으로 오는 길에 마주쳤다. 네 사부와 함께하고 있더구나."
"네. 마침 북경에 표행을 오셨기에 가는 길에 부탁드렸습니다."
"잘했다."
"어머니는요?"
"지금 외출 중이다. 광준상단의 안주인과 만난다고 하더구나."
"그러시군요. 저, 그럼 혹시……."
내 말에 아버지가 빙그레 웃으셨다.
"복윤 소단주도 왔다."
"그렇군요!"
무림대연회는 인맥을 쌓아야 하는 상단의 인물들에게 기회의 장이다.
특히나 광준상단처럼 변방의 상단들에게는 절호의 기회라고 할 수 있기에 절대 빠지지 않지.
원래는 이 자리에 내가 아닌 정호 형이 와야 하지만, 여러 가지 이유로 내가 오게 됐다.

무림맹주로부터 원하는 자리를 선점할 수 있는 권리를 받은 자가 나였고, 무림 쪽에 인맥이 풍부하기 때문이다.
　내 쪽이 무림의 인물들과 안면을 트기 좋으니까.
　"아버지, 여기 소개할 사람이 있습니다. 제갈세가의 제갈천두 공자로, 저희 상단에서 북경에 건립하는 무관의 설계를 맡아 주실 분입니다."
　"아! 서신으로 소식은 전해 들었습니다. 은해상단의 상단주 은길상이라고 합니다."
　"제갈세가의 제갈천두입니다."
　아버지께 소개는 드려야 했기에 제갈세가의 저택으로 바로 보내지 않고, 객잔까지 같이 데려온 것이다.
　두 사람은 서로 덕담을 주고받았다.
　"부디, 그 지혜와 능력을 이번에 새로 건립될 무관을 위해 아끼지 말고 사용해 주길 부탁드립니다."
　"주어진 소임을 다할 뿐이니, 상단주님께서는 걱정하지 않으셔도 됩니다."
　나는 제갈천두 공자에게 말했다.
　"가시죠. 제갈세가의 저택까지 모셔다 드리겠습니다."
　"괜찮습니다. 혼자 갈 수 있습니다."
　"그런 말씀 마십시오. 중요한 인물인데 그리 대접할 수는 없는 일이지요. 또한 저 역시 제갈세가의 저택에 볼일이 있으니 함께 가도 저에게는 폐가 되지는 않습니다."
　"그렇다면, 알겠습니다."
　그렇게 나와 호위무사들은 제갈천두 공자와 함께 제갈

세가의 저택으로 향했다.

우리가 묵고 있는 연풍객잔과 제갈세가의 저택은 그리 멀지 않았기에 금방 도착했다.

"어떻게 오셨습니까?"

제갈세가 저택의 위사들이 우리를 보며 그리 물었다.

제갈천두 공자는 방계인 데다가 돌아온 지 오래되지 않았다고 했으니 모를 만하다.

그렇기에 그는 기분 나쁜 기색 없이 소매에서 신분패를 꺼내 보였다.

"제갈천두입니다."

이를 확인한 위사들은 포권하며 말했다.

"실례했습니다."

"괜찮습니다."

"그런데 옆의 분은?"

"은해상단의 은서호 소단주이십니다."

"헉!"

이에 그들은 깜짝 놀라 얼른 고개를 숙였다.

"선협미랑 대협을 뵙습니다."

"어서 안으로 드시지요."

가문의 구성원인 제갈천두보다 더 극진한 대접에 그는 고개를 갸웃했다.

그 의문을 알아차렸지만, 나는 일부러 모른 척했다.

그리 좋은 일도 아니고, 다른 가문의 일을 내가 떠벌리기는 그러니까.

알아야 할 일이라면 세가의 다른 사람들이 설명해 주시겠지.

우리는 종소리를 듣고 나온 하인에게 접빈실로 안내되었다.

그곳에서 차를 대접받고 있을 때.

다다다다!

누군가 다급하게 달려오는 소리와 함께 문이 벌컥 열렸다.

"대협!"

제갈유아 소가주다.

"아, 소가주님을 뵙습니다."

"이렇게 생각보다 일찍 뵙게 되어 기뻐요!"

"저도 기쁩니다."

제갈천두 공자가 고개를 갸웃하며 말했다.

"저는 안 보이십니까?"

그 말에 제갈유아 소가주가 웃으며 되물었다.

"숙부님이 손님인가요?"

"……아니군요."

숙질의 가벼운 이야기에 나도 웃으며 물었다.

"태상가주님과 가주님께서도 함께 오신 겁니까?"

"네. 지금은 다른 손님들을 만나시느라 출타 중이세요."

"그러시군요."

나는 고개를 주억이며 말을 이었다.

"이번에 무림대연회에 참가하신다고 들었던 것 같은데

변함없는 겁니까?"
"네."
"그럼 부디, 몸조심하십시오."
"걱정해 주셔서 감사해요."
나는 작은 병 하나를 내밀며 말했다.
"이건, 무사하시기를 바라는 선물입니다."
"네?"
"큰 상처를 입은 곳에 바르면 제법 빨리 낫습니다. 귀한 것이니 꼭 중요할 때 사용하십시오."
"고마워요."
내가 그걸 제갈유아 소가주에게 챙겨 주는 건, 그녀의 존재가 우리 은해상단의 번영과 직결되어 있기 때문이다.
제갈세가는 호북성 최고의 무가.
지금까지 엄청 공을 들였는데, 그녀가 무사해야 그거 다 뽑아 먹으니까.
하지만 그게 금령의 침이라는 건 비밀이다.
알면 찝찝하긴 하지만 그거 얻으려면 제법 비싸다.
금령이 침을 흘리게 하려면 은자나 금자를 대가로 내놔야 하니까.
그걸 흔들기만 해도 침은 흘리지만, 흔들기만 하고 주지 않으면 금령이가 삐지니까.
"그럼 저는 이만 가 보겠습니다. 수련 중이었던 것 같은데 제가 방해하면 되겠습니까?"
그리 말하며 자리에서 일어날 때 제갈유아 소가주가 내

옷자락을 잡았다.

"잠시만요!"

"왜 그러십니까?"

"이렇게 오신 김에 비무 좀 부탁드려요."

그녀의 눈동자를 보니, 근심과 불안이 느껴졌다.

자신감이 넘치더니…… 허세였나 보군.

비무는 해 줄 수 있지만, 지금은 좀 귀찮다.

"저와 비무라니요? 제 경지가 그리 높지 않아 도움이 되지 않을 겁니다."

"거짓말하지 마세요. 제 팔을 부러트렸던 분이 어디의 누구셨죠?"

"……."

아, 나구나.

하지만 그건 진짜 부러트린 것도 아니고 부러트린 척한 건데.

나는 뺨을 긁적였다. 할 수 없네.

"진검을 사용하지는 않을 겁니다."

"하수의 손에 들린 진검보다 고수의 손에 들린 풀잎이 더 위력적이라고 했어요."

틀린 말은 아니다.

"이쪽으로 오세요. 옷 먼저 갈아입으실 수 있게 안내해 드릴게요."

"소가주님!"

나는 힐끔 뒤를 돌아보았다.

존재감이 완전히 잊혔던 제갈천두 공자가 손을 번쩍 들며 말했다.

"저도 참관하고 싶습니다!"

"마음대로 하세요. 숙부님."

.

.

잠시 후.

나는 옷을 갈아입고 수련장에 도착했다.

시설이 깔끔하고 공간이 넓은 것이, 높은 사람들이 전용으로 사용하는 수련장인 듯하다.

"여긴 저와 가주님만 사용할 수 있는 수련장이니 편히 손을 쓰셔도 돼요."

"그런 곳에 제가 와도 되는 것입니까?"

"괜찮아요. 제 비무 상대인데 못 오면 안 되죠. 그러니까 아까 위사들도 제지하지 않은 거고요."

"그건 그렇군요."

나는 그녀에게 물었다.

"그런데 왜 하필 저입니까? 제갈세가의 이름이라면 비무 상대를 찾는 것이 어렵지 않을 텐데 말입니다."

"그렇긴 한데 대협 같은 상대는 찾기 힘드니까요."

"네? 저 같은 상대라고 하시면?"

"무공만 뛰어난 게 아니라, 그 무공을 적재적소에 활용하고 머리를 써서 비무하시는 분이요."

"과대평가이십니다."

내 말에 그녀는 고개를 저었다.

"조부님도 그렇게 평가하셨는걸요. 그리고 솔직히 다른 사람을 찾는 것도 쉽지 않아요. 제 상대가 될 만한 비슷한 연배 사람들은 무림대연회에 참가할 테니까요."

"그런 문제가 있군요."

그녀의 말에는 일리가 있었다.

무림대연회 직전에 비무를 한다면 그녀를 탐색할 기회가 되어 버릴 테니까.

"하지만 저 역시 별반 다르지 않습니다."

"소단주님은 그러지 않으실 거예요."

"왜 그리 장담하십니까?"

"이문에 밝으시니까요."

"……."

할 말이 없네.

제갈유아 소가주도 많이 성장했군.

나를 말로 이겨 먹다니.

"검을 드시죠."

내 말에 그녀는 검을 빼 들어 기수식을 취했다. 그리고 나 역시 기수식을 취했다.

우리는 천천히 움직이며 빈틈을 찾았다.

현재 제갈유아 소저의 경지는 절정 초입이다.

가문의 비전과 영약도 있겠지만, 피나는 노력의 성과겠지.

제갈유아 소가주의 경지가 동년배 중에서도 높은 편이기도 하니 가문에서도 그녀의 출전을 말리지 않았을 터.

 그녀의 실력이라면 가문의 명예를 높일 수 있는 가능성이 있으니까.

 지금 제갈유아 소가주는 그 기대에 부응하지 못할까 봐 두려워하는 것이다.

 그러면 어느 정도의 수준으로 맞춰 줘야 할까?

 나는 잠시 고민하다가 결정을 내렸다.

 지금 나와 대련하는 이 경험이 그녀가 비무대에 올랐을 때 위기를 벗어날 수 있는 실마리가 될 수 있다면 이 비무의 가치는 충분하다.

 타앗!

 내가 먼저 그녀를 향해 달려들었다.

 부우웅!

 내 목검이 그녀를 향해 쏘아졌다.

 진설십이식검법의 네 번째 초식, 설풍.

 설풍궁의 이름과 같은 초식인 만큼 진설십이식검법의 묘리를 잘 살린 검법이기도 하지.

 그리고 쾌검이다.

 쌔애애액!

 목검이 공간을 가르는 소리가 선연하게 들려왔다.

 챙-!

 내 예상대로 그녀는 내 목검을 쳐 내며 곧바로 내 어깨를 베어 왔다.

나는 철판교의 수법으로 허리를 뒤로 꺾으며 몸을 한 바퀴 돌렸다.

그리고 바닥의 재질을 확인했다.

청석이군.

나는 그걸 확인하고는 제갈유아 소저의 다리를 노렸다.

그녀는 그 공격을 피했고, 내 공격은 바닥을 때렸다.

나는 몇 수를 주고받으면서 그녀의 방식을 파악했다.

방어에 치중하면서 상대를 방심하게 한 후, 매서운 반격으로 상대방에게 일격을 먹이는 식이로군.

하지만 그녀는 내가 왜 그녀의 다리를 집중적으로 공격하는지 알아차렸어야 했다.

미끌!

"어?"

순간 그녀는 균형을 잃었다.

넘어지지는 않았지만, 이런 절정 이상끼리의 비무에서 순간적인 실수는 패배로 직결된다.

그녀는 목에 닿은 내 검을 보며 한숨을 내쉬었다.

"……제가 졌습니다."

나는 목검을 거두며 포권했다.

"좋은 비무였습니다."

"제 어리광에 어울려 주셔서 감사합니다."

그녀도 마주 예를 갖추고는 고개를 갸웃하며 물었다.

"비무를 하면서 땀을 많이 흘린 것도 아닌데 어째서 미끄러웠던 거죠?"

그녀의 말에 나는 손으로 바닥을 가리켰다.

"직접 만져 보십시오."

이에 그녀는 손으로 바닥을 만져 보았고, 깜짝 놀랐다.

"어, 얼음?"

"제 무공은 빙공입니다. 그렇기에 바닥을 살짝 얼려 실수를 유도한 것입니다."

"아……."

그녀는 눈을 반짝였다.

"역시 대협에게 비무를 부탁한 보람이 있네요."

"도움이 되어 다행입니다."

"그럼 저는 이만 가 보도록 하겠습니다. 시간이 많이 늦었습니다."

"저기, 한 번만 더……."

나는 고개를 저으며 단호하게 말했다.

"지금의 비무를 복기하고 소화하지 않은 채 또 다른 비무를 한다고 해도 그건 그리 도움이 되지 않을 겁니다."

"……."

"어깨가 무거운 그 마음은 압니다. 하지만 저는 소가주께서 잘 해내실 것을 믿습니다."

내 말에 그녀는 고개를 끄덕였다.

.
.
.

나는 제갈세가의 저택을 나왔다.

부모님이 걱정하시겠네.

객잔으로 가기 위해 발길을 재촉하고 있을 때였다.

"발정난 개도 네놈보다 점잖겠다! 이 새끼야! 너는 그 따위로 살면 네 거기에 미안하지도 않냐?"

어? 이 익숙한 독설과 목소리는······.

나는 얼른 그곳으로 다가갔고, 아미파의 옷을 입은 한 소저가 피투성이가 된 한 남자의 멱살을 잡고 탈탈 흔들고 있는 모습을 보았다.

그 순간 나도 모르게 느껴지는 본능적인 두려움에 뒷걸음질 쳤다.

"왜 그러십니까요?"

그런 나를 보며 팔갑이 물었고, 나는 말없이 손가락으로 앞을 가리켰다.

이에 팔갑은 앞을 보고 움찔했고, 슬금슬금 뒷걸음질 쳤다.

"너는 왜 그러는데?"

"향옥 아가씨가 무서운 건 저도 마찬가지라서 말입니다요."

이전 삶과 달리 내 무위는 향옥 누님보다 한참 높다.

그러나 이 본능적인 두려움은 어쩔 수가 없다.

특히나 피투성이가 된 사내를 탈탈 흔들고 있는 모습을 보면 말이지.

누님이 그를 향해 내뱉는 독설과 얼굴이 빨개진 채 옆에 서 있는 다른 아미파 제자를 보면 상황은 확실하다.

저 남자가 아미파 제자들에게 수작을 부렸던 것이겠지.

주변 사람들의 수군거림도 이를 증명한다.

"쯧쯧, 그러니까 왜 아미파 여협들에게 수작을 부려서는……."

"더군다나 설검여협도 있는데 말이지."

설검여협.

향옥 누님의 명호이다.

그리고 지금 누님은 자신의 명호를 여실히 증명하고 있었다.

삐익! 삑!

그때 호각 소리와 함께 한 무리가 달려왔다.

입고 있는 동의를 보니 무림맹에서 치안 유지를 위해 조직한 순찰대의 조 중 하나인 듯하다.

그런데 그 조원으로 보이는 자가 왠지 낯이 익은데…… 이런!

그는 나를 발견하고는 반가운 얼굴로 외쳤다.

"이게 누구십니까? 선협미랑 대협 아니십니까?"

"하하하. 오, 오랜만에 뵙습니다."

"네. 그간 평안하셨습니까? 대협을 이곳에서 뵙다니! 이게 하늘이 정한 운명이 아니면 무엇이겠습니까?"

"민망하군요. 그나저나 이번 무림대연회에서 순찰대로 근무하시는 겁니까?"

"네. 아무래도 용봉비무회 때 보다 순찰대 인원을 확충해야 하다 보니 저도 포함되었습니다."

"그러셨군요."

나는 얼른 말을 이었다.

"마침 잘 오셨습니다. 여기는 제 누님이십니다. 현재 아미파에서 수행하고 있습니다."

향옥 누님은 어느새 멱살을 잡고 탈탈 털고 있던 놈을 내려놓고는 다소곳한 자세로 소개했다.

"처음 뵙겠습니다. 아미파의 향옥입니다."

누님…….

얼굴에 핏방울이 튄 채로는 다소곳하게 말해도, 다소곳하게 보이지 않습니다만.

하지만 나는 굳이 그걸 입 밖으로 내지는 않았다.

"용아대 육조장 원업이라고 합니다. 황산을 마당삼은 가문인 황산원문의 사람입니다."

그렇게 인사를 주고받은 후 향옥 누님이 물었다.

"제 사촌 동생과 안면이 있으신 듯하네요."

"네. 일전에 함께 임무를 수행한 적이 있습니다. 대협 덕분에 무사히 임무를 마칠 수 있었습니다."

저 이야기는 길어져서 좋을 게 없지.

나는 곧바로 화제를 돌렸다.

"원 조장님. 이자가 제 누님을 욕보였습니다. 맞지요, 누님?"

"응. 맞아."

향옥 누님이 고개를 끄덕였다.

"우리가 길을 가고 있는데 옆에서 희롱하더라고."

쯧쯧.

어딜 가나 꼭 저런 자들이 있다니까.

원 조장은 싸늘한 눈으로 그 남자를 노려보고는 우리에게 포권했다.

"맡겨 주십시오. 저 음적은 반드시 합당한 처벌을 받게 하겠습니다."

"감사합니다."

나는 말을 이었다.

"이런 자들은 용모파기를 그려서 낙양 곳곳에 붙여 놔야 합니다."

"옳으신 말씀입니다. 저는 이자를 처리하러 이만 가 보겠습니다."

그는 향옥 누님이 비 오는 날 먼지 나게 패 버린 자를 끌고 무림맹으로 돌아갔다.

"그나저나 서호야. 이번에도 네가 왔구나."

"네. 그렇게 되었습니다."

"정호 오라버니 때문에 사천에 왔었다는 말을 들었어. 오라버니가 큰일 날 뻔했다면서?"

정호 형이 명명상단의 성유진 소공자를 구하려다 물에 빠졌을 때의 일을 말하는 거군.

"그랬지요."

"그래도 무사히 찾아서 다행이야. 네가 큰 역할을 했다고 들었어. 역시 든든해."

"칭찬 감사합니다."

나는 웃으면서 포권하고는 조심스럽게 누님에게 물었다.
"혹시, 누님도 무림대연회에 참가하시는 겁니까?"
"당연하지!"
"부디 몸 조심하십시오. 그런데 이번에도 해청신니 님과 함께 오신 겁니까?"
"응. 사부님하고 장문인도 함께 오셨어."
역시 무림대연회.
거물들이 모이는 행사답군.
구 년에 한 번 열리는 무림대연회는 각 문파와 세가의 수장들이 모이는 무림 최대의 행사다.
그러다 보니 제법 기간도 긴 편인데, 그 기간에 수장들의 주요 현안에 대한 회의와 후기지수들의 비무도 열린다.
그중에서도 후기지수들의 비무가 가장 비중이 크다.
회의의 결과에 대한 주목도를 희석시키려는 의도가 있긴 하겠지만.
무림대연회는 용봉비무회와 달리 참가 자격에 제한이 없었다.
그래서 실력도 안 되는 이들이 많이 참가하곤 했다.
보통은 그런 경우 자비를 베푸는 마음으로 장외 탈락을 시키지만, 그러지 않거나 못 하는 경우도 있었다.
그러다 보니 크게 다치거나 죽는 이들이 발생했다.
해서 절정 이상의 무인만이 참가하는 것이 관례가 되었다.

무림대연회는 원래 비무를 통해 친목을 도모하는 것이 목적이었지만, 언제부터인지 각 문파와 무가의 자존심 싸움이 되었다.

하여 나이에 제한도 없지만, 후기지수들이 출전하는 것 역시 관례가 되었지.

아무튼, 그로 인해 그 반응이 용봉비무회 저리 가라 할 정도로 무척 뜨겁다.

그 말은 즉, 이번에 대박을 터뜨릴 수 있다는 거지!

나도 모르게 미소가 지어졌는지, 누님이 고개를 갸웃하며 물었다.

"왜 그렇게 히죽거리는 거냐?"

"누님을 만나니 좋아서 그렇습니다. 아무튼, 부디 조심하십시오."

"걱정하지 마라."

안 되겠다.

누님에게도 금령이 특제 금창약을 챙겨 드려야겠어.

"지금 어느 객잔에 묵고 계십니까?"

아미파는 따로 낙양에 저택 같은 곳이 없었기에 객잔에 묵으니까.

"이전에 묵었던 객잔."

"유월객잔이었죠?"

"맞아. 거기야. 본문과 계약을 맺은 곳이거든."

아하! 아미파는 객잔과 계약하는 식으로 숙소 문제를 해결하는구나.

"알겠습니다. 그럼 다음에 다시 찾아뵙겠습니다."

나는 연풍객잔으로 돌아갔다.
객잔에 들어가니, 아버지와 어머니를 비롯한 우리 상단 사람들이 일 층에 앉아 있었다.
그러고 보니 저녁 식사 시간이구나.
나는 곧바로 어머니께 다가가 인사를 드렸다.
"어머니, 오시느라 고생 많으셨습니다."
"너도 고생 많았다. 그런데 제갈세가에 다녀온다더니 좀 늦었구나."
"네. 대화가 좀 길어졌습니다. 그리고 오는 길에 향옥 누님도 만났고요."
내 말에 어머니가 눈을 빛냈다.
"어머, 그래? 이번에 향옥이도 출전하나 보구나."
"그렇습니다."
그사이 유대익 부관이 아버지에게 귓속말을 하더니, 같이 자리를 떴다.
"좀 앉아 보거라. 저녁 먹기 전에 대화 좀 하자꾸나."
"네."
나는 얌전히 어머니 앞에 앉았다.
"그동안 이런저런 일들이 있었다고 들었다. 특히 북경의 시문경연 당시 벌어졌던 살인사건의 범인을 잡은 것이 너라더구나."
나는 어머니께 그간 있었던 일들에 대해 간략하게 말씀

드렸다.

 물론 뺄 건 빼고.

 비밀인 것들도 있지만, 다 말해 봤자 어머니가 걱정하실 게 분명하니까.

 어머니께서 낙양에 오신 건 아버지와 비슷한 이유다.

 무림대연회에는 수많은 문파와 세가 사람들이 참석한다.

 당연히 백대상단의 상단주들도 대부분 참석하고.

 그러니 서로 간에 인맥을 쌓거나 거래를 하기 위해서 낙양에 모인 것.

 그 와중에 각자의 안주인도 함께 참석해서 서로 어울리며 친목을 도모하곤 한다.

 그런 자리도 상당히 피곤하고 힘들 텐데……

 어머니가 나를 보며 고개를 갸웃하셨다.

 "왜 그런 표정이니?"

 "네?"

 "갑자기 안타까운 표정을 지어서 그렇단다."

 역시 어머니는 못 속이네.

 "문득 어머니께서 고생이 많으시구나 싶었습니다. 아버지와 혼인하시지 않았다면 무가의 안주인으로 좋은 대접을 받고 계셨을 텐데 말입니다."

 "그런 소리 말거라. 나는 네 아버지와 혼인한 것을 후회하지 않으니까. 그리고……"

 어머니는 환하게 미소를 지으며 말씀하셨다.

 "아주 멋진 아들이 도움이 많이 되고 있단다."

"네?"

"선협미랑이잖니?"

아! 그렇구나.

나는 어머니의 말뜻을 단번에 알아차렸다.

지금, 이 순간. 내가 선협미랑이라는 명호를 가지고 있다는 것이 뿌듯하게 느껴졌다.

그때 아버지가 돌아오셨다.

"이제 저녁을 먹을까? 음식은 주문했느냐?"

"아, 아직입니다."

나는 점소이를 불러 간단한 음식을 주문했다.

다른 사람들은 이미 음식을 시킨 듯했다.

"아, 그걸 말하는 것을 깜빡했구나."

"네? 어떤 거 말씀입니까?"

"진소윤가의 윤성진 공자를 아느냐?"

"아…… 제가 얼마 전에 구해 준 사람입니다."

제갈세가로 가다가 발견한, 흑묘문의 뇌옥에 갇혀 있던 이 중에 한 명이다.

방금 어머니께 말씀을 드렸던 일이라 가슴을 쓸어내렸다.

미리 말씀드리지 않았다가는 큰일 날 뻔했네.

"그 공자의 가문에서 은자 오백 냥을 보내왔다. 사례금이라고 하더구나."

"그랬군요."

우리 상단으로 사례금을 보낼 것은 예상했기에 담담히

고개를 끄덕였다.
 하지만 아버지의 이어지는 말씀에는 놀랄 수밖에 없었다.
 "그래서 금산전장에 네 명의로 맡겨 놓았다."
 "네?"
 "그리고 여러 가문과 문파에서 몇백 냥씩을 보내 왔다. 다 합하니 만 냥이 넘더구나. 그것들도 다 금산전장에 네 명의로 맡겨 놓았다."
 "상단의 자금으로 쓰시지 않고요?"
 "그건 네가 개인적으로 받은 보상들이다. 상단이 아니라 너 개인이 가지는 것이 맞지."
 아버지의 표정은 진지했다.
 그렇게 말씀하시니 감사하네요.

.

.

.

 이틀 후.
 나는 아버지와 함께 무림맹으로 향했다.
 오늘 상업 구역의 자리를 선정하는 날이기 때문이다.
 곧 무림맹에 도착한 우리가 문으로 다가가자, 문지기들이 창을 교차하며 우리 앞을 막았다.
 "무슨 일로 오셨습니까?"
 이에 아버지께서 말씀하셨다.
 "상업 구역의 자리 선정을 위해 왔습니다."

"신분패를 보여 주십시오."

이에 우리는 각자 호패를 꺼내 내밀었고, 그들은 호패를 확인했다.

그런데, 내 호패를 확인하던 문지기의 얼굴이 묘하게 변하더니 중얼거렸다.

"은서호라…… 어디선가 많이 들어 본 이름인데?"

아직 무림맹에 근무한 지 오래 안 됐나 보군.

근무 경력이 몇 년 이상 된다면 이름만 들어도 알 텐데.

내 자랑이 아니라, 내가 제법 유명하거든.

그때였다.

"아니! 이게 누구십니까? 선협미랑 대협 아니십니까?"

저 안에서 달려오는 한 인물.

누구지?

아! 기억났다.

저번에 금불상 도난 사건에 관련된 인물들을 소환하는 일을 했던 자다.

나를 강제로 연행하려다가 내가 의도한 대로 맹주의 서신을 밟게 하여 강제로 공손하게 만든 자이지.

그나저나 이름이 뭐였지?

내가 기억을 못 하는 걸 보면 본인의 이름을 소개하지 않았던 것 같은데…….

뭐, 상관없지. 그냥 웃으며 인사하면 되니까.

"이곳에서 뵙다니! 반갑습니다."

"여긴 어인 일이십니까?"

"이것 때문입니다."

나는 발자국이 아직 선연하게 남아 있는 맹주의 공증이 담긴 서류를 보였다.

"헉!"

그는 화들짝 놀라더니 식은땀을 삐질삐질 흘렸다.

"그, 그건, 그러니까……."

"걱정하지 않으셔도 됩니다. 저는 그런 실수를 포용하지 못하는 자가 아닙니다."

"감사합니다. 대협. 그런데 옆의 분은?"

"제 아버지십니다."

"춘부장이시군요! 처음 뵙겠습니다. 무림맹 호정대 삼 조장 왕구라고 합니다."

아, 왕구 조장이군.

지금 처음 들은 이름이다.

"처음 뵙겠소이다. 은해상단의 상단주 은길상이오."

왕구 조장은 문지기들이 손에 우리의 호패를 들고 있는 것을 보고는 사납게 호통쳤다.

"지금 뭣들 하는 것인가?"

"지금 출입 검문을 하고 있는 중입니다!"

"출입 검문? 지금 이분이 누군지 알고 그딴 소리를 하는 것이냐? 용봉비무회 때의 영웅 선협미랑 대협이시다! 그 자체가 이미 신분이 보장되었다는 의미인데 출입 검문? 출입 거엄문?"

그들은 화들짝 놀라며 우리에게 호패를 돌려주었다.

"시, 실례했습니다."
"몰라뵈어 송구합니다!"
이래서 사람은 출세하고 봐야 한다고 했나 보다.
아버지와 나는 호패를 돌려받고, 저들의 공손한 예우를 받으며 안으로 들어갔다.
"아, 그런데 그 도둑은 어찌 되었습니까?"
내 물음에 왕 조장이 대답했다.
"결국 아직까지 찾지 못했습니다. 그 와중에 남궁세가의 보물을 훔치겠다는 예고 서신을 보내 놔서 호정대의 일부가 그곳으로 출동했었는데 허탕이었습니다."
"저런! 그랬군요."
"게다가 무림대연회 때문에 사실상 조사가 중지된 상태입니다."
"허, 그렇군요. 실마리도 전혀 못 잡은 겁니까?"
내 물음에 그는 어두운 표정으로 고개를 끄덕였다.
"네. 전혀 추측도 못 하고 있습니다. 그저 도신(盜神)의 경지에 이른 도둑이 출현한 것이 아닌가 추측할 뿐입니다."
"확실히, 그 정도면 그리 추측할 만하군요."
"그래서 사람들은 일석도신이라 부르고 있습니다."
내가 돌멩이 하나를 놓아둔 게 그렇게 연결되네.

- 금령아. 기뻐해라. 너에게 일석도신(一石盜神)이라는 명호가 생겼다.
- 꾸이? 꾸! 꾸이!
아…….

자신의 명호에 돌멩이라니, 마음에 안 든다고?

하지만 보석 중의 보석이라는 금강석이라든지 비취나 홍옥 같은 것도 사실 돌멩이라고.

"저는 이만 일을 하러 가 보겠습니다. 좋은 시간 되시기 바랍니다."

"그럼 다음에 뵙겠습니다."

그가 멀어지자, 아버지께서 조용히 물으셨다.

"어찌 알게 된 사이냐?"

"나중에 말씀드릴게요."

.

.

.

곧 우리는 상업 구역의 자리 선정장에 도착했다.

그곳으로 들어가니, 이미 많은 상인들이 모여 기다리고 있었다.

우리는 안면이 있는 이들과 인사를 나누었다.

아버지와 내가 찾아가서 인사를 나누어야 하는 분들도 있었지만, 우리에게 찾아와 인사하는 이들이 더 많았다.

잠시 후 몇 명의 무사들과 한 문사가 들어왔다.

용봉비무회 때 자리 선정을 진행했던 자는 모가지가 날아갔나 보네.

하긴 무림맹의 돈을 빼돌리다가 들켰는데, 살아 있으면 용한 거지.

"지금부터 무림대연회 상업구역의 자리선정을 시작하

겠습니다."

그는 몇 가지 주의 사항을 말했다.

"그럼 통 안의 번호패를 뽑으시면 됩니다. 그 전에······."

그는 나와 아버지를 보며 말했다.

"맹주님께서 하신 약속에 따라 은해상단은 먼저 자리를 선정해 주십시오."

나는 아버지께 고개를 돌리며 물었다.

"원하시는 자리가 있으십니까?"

"네가 받은 권리가 아니더냐. 그러니 네가 고르도록 해라."

"혹시라도 제가 좋지 않은 자리를 선택하여 상단에 누를 끼칠까 염려됩니다."

"나에게 책임을 미루겠다는 의미구나."

나는 대답 대신 멋쩍게 웃었다.

"그리고 네가 좋지 않은 자리를 선택해? 이곳에 있는 분들이 다 웃겠구나."

"험험."

나는 헛기침을 하며 고개를 돌렸고, 복윤 소단주가 피식 웃는 모습이 보였다.

이것 참 민망하네.

"알겠습니다. 그럼 소자가 자리를 고르겠습니다."

그리고 벽에 걸린 족자로 다가갔다.

그 족자는 이번 무림대연회의 상업 구역을 그린 지도다.

상업 구역의 꽃이라면 역시 이곳이지.

나는 손을 들어 검지로 한 곳을 짚었다.
"이곳으로 하겠습니다."
그곳은 공간이 넓고, 여러 갈래의 길이 모이는 곳이다.
즉, 유동 인구가 많은 곳이라고 할 수 있지.
내 선택에 사람들은 고개를 주억거렸다.
그럴 줄 알았다는 표정.
하지만 내가 그곳을 선택한 건 단지 그곳이 목이 좋은 곳이기 때문만은 아니다.
목 좋은 자리는 그곳 말고도 몇 군데 더 있으니까.
"그곳은……."
내 예상대로 상업 구역의 자리 선정을 맡은 담당관이 곤란한 표정을 지었다.
"왜 그러십니까?"
"정말 죄송하지만 다른 곳을 선택하시면 안 되겠습니까? 그곳은 이미 자리가 있습니다."
"그게 무슨 소리입니까? 맹주님께서는 분명 제게 상업 구역의 자리를 최우선으로 선택할 수 있는 기회를 주신다고 했습니다. 그런데 그 자리를 선택한 자가 이미 있다니, 그게 무슨 말씀인지 모르겠습니다!"
나의 항의에 그 담당관이 한숨을 내쉬듯 말했다.
"그곳은 백천상단이 선점한 자리입니다."
그렇다.
내가 그곳을 선택한 이유는 백천상단이 그곳을 선택할 것을 이미 알고 있었기 때문이다.

이전 삶에서 백천상단이 이곳을 선택했었으니까.

현재 백천상단의 상단주는 남궁강 전 상단주의 동생이 맡고 있지만, 그가 뒤에서 조종하고 있을 테니 내 이전 삶과 다를 리가 없지.

나는 서운하다는 티를 팍팍 내며 말을 이었다.

"백천상단이 어떤 상단인지 제가 모르는 건 아닙니다만, 맹주님께서 저에게 그리 약조하셨는데 제가 모르는 사이에 그런 일이 벌어지다니요. 맹주님께서 약속을 지키지 않으신 겁니까? 아니면 백천상단이 맹주님 위에 있는 것입니까?"

내가 던진 질문에 담당관은 물론, 같이 온 이들 모두 난감한 표정으로 서로 눈치를 살폈다.

어느 쪽으로도 답할 수 없을 테지.

맹주가 약속을 지키지 않았다면 그 명예에 흠이 될 것이고, 백천상단이 맹주 위에 있다면 그 위신을 떨어뜨리는 것이니까.

나는 주변을 둘러보았다.

다른 상단 사람들이 조용히 수군거리고 있는 가운데, 백천상단의 상단주는 보이지 않았다.

뭐, 무림맹의 중진들이 자금을 출자해서 만든 상단이니 믿는 구석이 있어 그런 거겠지.

나는 다시 고개를 돌려 담당관을 보았다.

그는 난처한 얼굴로 고민에 빠져 있었다.

하긴 그럴 만하지.

백천상단에게 배정된 자리를 내게 내준다면 나중에 얼마나 문책당할지 짐작이 가니까.

 그럼 이제 슬슬 내가 일부러 백천상단이 선택한 자리를 고른 목적을 달성해 볼까?

 애초부터 나는 백천상단이 선택한 자리를 차지하는 것이 목적이 아니었다.

 내가 지금 이 자리를 뺏는 것도 불가능하지는 않지만, 굳이 그럴 필요는 없다.

 이를 이용해서 더 큰 이득을 얻으면 그만이니까.

 그리고 이번에는 그 자리를 선택하면 안 되는 이유도 있고.

 "좋습니다. 그러면 저는 다른 곳을 선택하도록 하겠습니다."

 내 말에 담당관이 반색했다.

 "그래 주신다면 정말 감사하겠습니다."

 "하지만 이에 대한 대가는 받아야겠습니다."

 "네?"

 "제가 손해를 감수하고 백천상단에 자리를 양보하는 것입니다. 그에 대한 대가를 받겠다는데, 제가 무리한 요구를 하는 것입니까?"

 내 말에 담당관은 한숨을 내쉬었다.

 "그건 아닙니다. 그래서 무슨 대가를 원하십니까?"

 "이번에 저희 은해상단에서 임시상점을 두 개 운영하도록 해 주십시오."

원칙적으로 무림맹에 무림대연회 같은 행사가 있을 때 상업 구역에서는 각 상단마다 임시상점을 하나씩만 운영할 수 있다.

이를 더 운영하기 위해서 혈족을 잠시 독립시켜서 다른 상단인 것처럼 꼼수를 부릴 수도 있지만, 워낙 경쟁이 치열하므로 그런 편법으로는 참가가 불가능하다.

자릿세도 상당하기 때문에 제대로 운영해야 이문을 남길 수 있고.

"그리고 자리 하나에 대해서는 자릿세를 면제해 주십시오."

담당관은 내 제안을 듣고 잠시 고민하다가 고개를 끄덕였다.

"좋습니다. 대신 또 다른 자리는 공평하게 추첨으로 선정하겠습니다."

됐다!

나는 속으로 쾌재를 부르며 대답했다.

"네. 알겠습니다."

그러고는 내가 처음 선택했던 곳에서 조금 떨어진 또 다른 목 좋은 곳을 선택했다.

그리고 잠시 후에 아버지께서 나무패를 뽑으셨고, 처음 선택한 곳과는 조금 먼 상업 구역의 초입 쪽 자리를 받게 되었다.

그곳도 괜찮은 자리라서 충분히 만족스러운 시간이었다.

·
·
·

다음 날.

우리는 아침부터 상업 구역으로 향했고, 우리에게 배정된 자리에 천막을 세웠다.

직원들과 행수들이 준비하는 것을 보며 아버지께 다가가 조용히 말했다.

"아버지. 드릴 말씀이 있습니다."

"말해 보거라."

"저희 상단도 낙양에 지부를 만들어야 할 듯합니다."

"낙양에는 이미 지부가 있지 않더냐?"

"아버지?"

내 말이 그런 의도가 아니라는 것을 아실 텐데.

아버지도 농담이었다는 듯 헛기침을 하셨다.

"험험, 그래, 어느 정도의 규모를 생각하고 있느냐?"

"낙양의 규모나 위치를 고려했을 때, 북경지부의 절반 정도는 되어야 하지 않겠습니까?"

"이제 우리 상단의 규모라면 지부 확장은 할 만한 일이지. 하지만 문제는 부지 확보다."

이는 북경에서와 마찬가지의 문제.

"제가 부지를 물색해 보도록 하겠습니다."

"그리하거라. 나는 무림대연회가 끝나면 본단에 돌아가 각주들과 함께 그에 대해 논의해 볼 터이니."

"네."

그렇게 천막이 다 세워졌고, 직원들이 상품을 진열하기 시작했다.

나와 아버지는 우리가 해야 할 일을 시작했다.

"옆에서 장사를 하게 되었습니다. 무림대연회 기간 동안 잘 해 봅시다."

"저야말로 잘 부탁드립니다."

바로 주변에서 임시상점을 연 상단주나 대행수들과 인사를 나누는 일이다.

그래야 필요할 때 서로 도움을 주고받을 수 있기 때문이다.

이번에는 임시상점을 두 개나 열었기 때문에 그만큼 더 많이 인사를 다녀야 했다.

"그런데 서호야."

"네. 아버지."

"이번에 임시상점을 두 개나 연 것은 네가 의도한 것이더냐?"

그 물음에 나는 배시시 웃으며 대답했다.

"즉흥적으로 생각한 것입니다."

완전히 즉흥은 아니지만 말이지.

"인사는 다 나눈 것 같으니, 저는 상업 구역을 한 바퀴 둘러보고 오겠습니다."

"그렇게 하거라."

아버지의 허락을 받은 나는 상업 구역을 둘러보기 시작

했다.

각각의 상단에서 파는 물건은 참으로 다양했다.

먹을 것을 파는 곳도 있었고, 여인들의 장신구를 파는 곳도 있었으며 옷을 지어 주는 곳도 있었다.

물론 무림대연회인 만큼 무인들에게 필요한 무기나 금창약 등을 파는 곳의 비중이 높았다.

"은 소단주."

"아, 복 소단주."

돌아다니던 중 광준상단의 복윤 소단주와 마주쳤다.

그들은 여러 필의 말과 안장, 등자 등을 팔 준비를 하고 있었다.

말을 중점적으로 거래하는 상단이라서 그런지, 그들이 만들어 파는 안장과 등자는 편하고 튼튼하기로 유명했다.

"임시상점을 열 준비는 다 끝나셨습니까?"

"네. 그래서 주변을 둘러보던 중이었습니다."

"함께 움직여도 되겠습니까?"

"물론입니다."

그렇게 복윤 소단주와 합류해서 얼마 돌아다니기도 전에 홍련상단의 사강 소단주를 만났다.

홍련상단은 무기를 주로 거래하는 상단.

그들의 입장에서 이번 무림대연회는 대목 중의 대목일 것이다.

"이번에도 질 좋은 무기를 많이 가져오셨군요."

내 말에 사강 소단주는 조용히 고개를 끄덕였다.

이에 우리를 보고 있던 청년 하나가 다급히 다가와 인사했다.

"처음 뵙겠습니다. 홍련 상단주의 둘째인 사철이라고 합니다."

"은해상단의 소단주 은서호입니다."

"광준상단의 소단주 복윤이라고 합니다."

"제 형님이 말주변이 좀 없어서 그렇지, 좋은 사람입니다."

"괜찮습니다. 이미 잘 알고 있으니까요."

내 말에 그는 멋쩍은 듯 뒷목을 긁적이며 말했다.

"아, 생각해 보니 두 분이라면 백대상단 회합에서 만나 보셨겠군요. 그런데 이렇게 함께 돌아다니시는 것을 보니 바쁜 일은 끝나신 듯합니다."

"네. 그렇습니다."

"그래서 상업구역을 둘러보고 있던 중이었습니다."

"잘 되었군요! 제 형님도 함께 부탁드립니다."

그리고 사강 소단주를 밀었다. 이에 사강 소단주가 순순히 밀려나는 것을 보니 그도 마음이 있다는 뜻이겠지.

"알겠습니다."

"형님."

그는 귓속말로 그에게 말했다.

"좀 말씀도 많이 하면서 친분을 다지십시오. 다들 대단한 분들이잖습니까."

대박 한 번 나 보세 〈237〉

복윤 소단주는 듣지 못했겠지만, 나는 들을 수 있었다.
무공을 익힌 자의 귀는 예민하니까.
동생이 형을 참 살뜰하게도 챙기네.
그렇게 사강 소단주도 우리와 합류하게 되었다.
"동생분이 참 활달하군요."
"네."
"혹시 동생이 또 있으십니까?"
"네."
"이름이 어찌 됩니까?"
"검입니다."
세 자녀의 이름을 순서대로 합치면…… 강철검?
음, 나름의 의미가 있으니 그리 지으셨겠지.
오늘 모습만 보면 둘째 아들인 사철 공자가 더 상단주의 자질이 있는 것처럼 보였다.
하지만 사강 소단주가 단지 장남이라는 이유로 소단주가 된 것은 아니다.
나는 이전 삶에서 그의 행적을 봤으니까.
사람을 상대하는 능력은 부족하지만, 품질에 대해 타협하지 않고 밀고 나가는 추진력과 뚝심이 있었다.
판매 상대에 따라 품질을 다르게 해서 이윤을 더 챙길 법도 한데, 그는 결코 그렇게 하지 않았다.
그래서 홍련상단의 명성은 점점 높아졌다.
무기라면 홍련상단의 것을 사야 한다고 사람들이 입을 모아 말할 정도였으니까.

무림 초출에게 홍련상단의 무기를 하나 마련해 주는 것이 최고의 선물로 여겨질 정도로.

또 하나 놀라운 것은 사철 공자가 형의 자리를 결코 탐하지 않았다는 것이다.

그도 인물은 인물이라는 거지.

그렇게 상업 구역을 둘러보다 보니 어느새 출출할 시간이 되었다.

"배도 출출한데, 국수라도 한 그릇 하시겠습니까?"

내 권유에 그들은 고개를 끄덕였다.

그나저나 다른 사람들은 영 보이지를 않네.

한백건 소단주나 담진 소단주, 호경 공자도 이곳에 와 있다고 들었는데.

나는 아쉬움을 뒤로한 채 상업 구역 내의 국숫집으로 들어갔다.

"어서 오십시오!"

"사람 수만큼 고기국수 주십시오!"

"네에! 잠시만 기다려 주십시오."

곧 고기국수가 식탁에 놓였고, 우리는 국수를 먹기 시작했다.

제법 맛이 괜찮은데?

옆자리에서 국수를 먹던 호위무사들도 정신없이 흡입하는 것을 보니 나만 맛있는 건 아닌 듯했다.

"국수는 좀 입에 맞으십니까?"

우리에게 말을 걸어온 자는 상업 구역의 자리 선정 때

본 적이 있는 인물이다.

 구석에서 어찌해야 할지 몰라 하고 있어서 아버지와 내가 먼저 다가가서 인사하고 몇 가지 조언을 해 줬었지.

 여기가 저 사람이 장사하는 곳인가 보군.

"네. 무척 맛있습니다."

"그때 감사했습니다."

"뭘요. 같은 장사치끼리 돕고 사는 거 아니겠습니까?"

"은해상단은 대상단이 아닙니까?"

 백대상단 중에서도 꽤 상위권이니 대상단이긴 하지.

 하지만 그건 중요하지 않다.

"작건 크건, 상인은 상인입니다. 그리고 대상단이 처음부터 대상단이었겠습니까?"

 그때 옆구리에 검을 찬 채 국수를 나르는 여인이 눈에 띄었다.

"저분은 누구십니까?"

"아, 제 여식입니다."

 아버지는 무공을 익히지 않은 상인인데, 딸은 벌써 일류의 무인이라…… 특이하군.

"제 딸이 부족하지만 나름 재능이 있어 한 무관에서 사사하고 있습니다. 이번에 무림대연회가 있어 관주께서 여식을 데리고 견식하러 가고 싶다고 허락을 구하더군요."

 그는 멋쩍게 말을 이었다.

"어미도 없이 딸 하나뿐인데, 제가 걱정이 돼서 제 여식이 결정을 못 하고 있자, 무관의 관주께서 찾아오셔서 상업 구역에서 장사를 해 보면 어떻겠냐고 하셨습니다."
"그러셨군요."
"그래서 여기서 저를 도와주고 있는 것입니다. 지금은 비무를 하는 시기가 아니니까요."
"따님의 인품이 훌륭하군요."
"감사합니다."

내가 지금 그녀에 대해 이리 큰 관심을 가지는 건 그녀의 검에 새겨진 글자 때문이다.

아장(峨張).

크게 베풀라는 의미.

그리고 그건 훗날, 이름을 널리 떨친 한 여협의 검이기도 했다.

그렇다면 이번 무림대연회가 그녀의 기구한 사연의 시작이겠군.

상업 구역에서 장사를 하던 아버지가 당시에 번 돈을 잃어버리고, 그 돈을 찾기 위해 무리하다가 그만 돈을 훔친 도둑의 손에 죽었다지.

하여 그 도둑을 찾기 위해 딸은 복수행을 시작했고, 복수를 마칠 때까지 제법 오래 걸렸다.

아버지나 그 딸이나 참 좋아 보이는 사람들이다.

그런 사람들에게 그런 시련은 좀 아니지.

나는 그에게 물었다.

"여기 상업 구역에 들어오기 위해 좀 무리하신 듯합니다만……."

"귀신같이 알아보시는군요."

그는 멋쩍게 웃었다.

장사를 위해 관주에게 돈을 좀 빌렸을 테니까.

아마 그것 때문에 돈을 찾기 위해 더 무리했을 거다.

"제가 조언 하나 더 해 드려도 되겠습니까?"

내 말에 국수점의 점주가 반색하며 고개를 끄덕였다.

"물론입니다. 경청하겠습니다."

탁자 아래에서 지필묵까지 꺼내 오는 것을 보니, 예의상 한 말이 아닌 듯했다.

이렇게 적극적이면, 조언하는 나도 즐겁지.

"우선, 재료를 많이 구매해 두십시오."

"네?"

"이 정도면 무척 성업일 테니 미리 준비하셔야 합니다."

"덕담 감사합니다."

"단순한 덕담이 아닙니다. 제가 제국 각지로 상행하러 다니면서 먹어 본 국수 중에서도 열 손가락 안에 꼽을 정도니 맛에 자신감을 가지셔도 됩니다."

내 말에 그의 얼굴이 밝아졌다.

"하지만 음식이 맛있어서 성업을 이루게 되면 이를 못마땅하게 여기는 이들이 있기 마련입니다."

"갑자기 그게 무슨 말씀이신지……."

당황하는 그를 위해 설명을 이어 나갔다.

"특히 이런 커다란 행사에서는 그런 경향이 두드러집니다. 그리고 그런 자들이 쓰는 악질적인 방법 중 하나가 재료 수급을 방해하는 것입니다."

"아, 그래서 재료를 미리 많이 구매해 두라고 하시는 거군요."

"맞습니다."

나는 고개를 끄덕였다.

"그리고 음식에서 이물질이 나왔다고 일부러 큰 소리로 항의하는 이들도 있을 겁니다."

내 말에 그는 걱정스러운 표정으로 물었다.

"그럴 땐 어떻게 대응해야 합니까?"

"오래 장사를 하셨으니 그런 진상들을 많이 겪어 보셨을 것 같습니다만?"

"그건 그렇습니다. 제가 고향에서 장사할 때도 그런 손님들이 종종 있었지요."

"그럴 때 어찌하셨습니까?"

"제 실수인지 그들의 수작인지 모르니 사과하는 수밖에 없었습니다."

"맞습니다. 그러니 빠르게 사과하십시오. 상황을 길게 끌지 않는 것이 중요합니다."

그는 한숨을 내쉬었다.

"제 잘못이라면 사과하는 것이 백 번 당연하지만, 일부러 그러는 자들에게까지 사과를 하니 자괴감이 들더군요. 제가 이러려고 장사를 하나 싶고, 대체 사람이 왜 그러나 싶기도 하고."

"이해합니다. 장사를 하다 보면 그런 생각을 하게 마련이니까요. 이런 말이 위로가 될지 모르겠지만, 사람이 부당하게 이득을 보면 어떤 형태로든 그만큼 손해를 보게 되더군요."

나는 미소 지었다.

"하지만 걱정도 되실 겁니다. 저런 것들이 모여서 진짜처럼 소문이 퍼지면 장사를 망치게 되지는 않을지 말입니다."

"맞습니다."

소문은 항상 무서운 법이다.

직접 경험하지 않아도 그 소문을 듣게 되면 본능적으로 가지 않게 되니까.

"그런 자들에게는 이름을 적으라고 하십시오."

"……네?"

"일부러 그러는 자들은 딱 보면 보이지 않습니까? 그들에게 지금은 돈이 없고, 나중에 거액으로 보상해 주겠다고 이름과 머무는 곳을 적어 달라고 하십시오. 그리고 돈을 지키기 위해 순찰대와 동행할 것이니 이에 대해 양해 부탁한다고도 말하시고요."

"오히려 한술 더 뜨라는 말씀이군요."

"네. 순찰대를 언급함으로써 양심 없는 자들에게 경고의 의미가 될 겁니다."

"하지만 그자들이 진짜 이름을 적으면 어떻게 합니까?"

"그 명단을 제게 주시면 됩니다. 이 방법을 제안한 자가 저이니 그 뒷마무리도 제가 해 드리죠."

나는 말을 이었다.
"그리고 돈은 장사를 마무리하고 곧바로 전장에 맡기십시오."
"네? 매일 전장에 맡기란 말입니까?"
"그렇습니다. 그리고 전장에 가는 길에 순찰대를 요청해서 동행하시고요."
"……그런 일에도 순찰대를 불러도 됩니까?"
"그런 도움과 보호를 받기 위해 자릿세를 내는 겁니다. 비싼 돈을 냈으니 아깝지 않을 정도로 이용해야죠."
"그렇긴 합니다."
"워낙 많은 사람들이 모이는 곳이니만큼 도둑들도 평소에 비해 훨씬 많이 꼬일 겁니다. 그리고 혹시 돈을 잃어버리신다고 해도 그거 찾느라 무리하지 마십시오. 돈보다 중요한 것이 생명입니다."
"네."
"잃어버린 돈보다 앞으로 벌 돈에 집중하십시오. 약속하실 수 있으십니까?"
"약속하겠습니다."
이 정도면 중요한 조언은 다 한 것 같다.
마침 손님이 오면서 점주가 손님을 맞으러 이동했다.
나는 미소를 지으며 주변을 둘러보았다.
다들 다 먹은 것 같고, 나만 남았군.
얼른 젓가락을 들어 국수를 마저 먹으려는데, 점주의 딸이 다가왔다.

"더 필요한 것 있으신가요?"

이에 사강 소단주가 손을 들었다.

"아, 국수 한 그릇 더 드릴까요?"

그는 고개를 끄덕이고는 무엇을 더 말하려는 듯 머뭇거렸다.

"그……."

"아, 소고기 더 추가해 달라고요?"

끄덕끄덕.

그리고 손으로 동그라미를 그리자 그녀가 말했다.

"고기를 잘게 자르지 말고 달라고요?"

끄덕끄덕.

그 모습에 나는 감탄했다.

저 정도면 거의 독심술이나 마찬가지인데?

"대체 어찌 아신 겁니까?"

내 물음에 그녀가 빙긋 웃으며 말을 이었다.

"눈치요."

"네?"

"그냥 눈치로 때려 맞혔어요."

워낙 말주변이 없는 사강 소단주이기에 그가 하고 싶은 말이 무엇인지 추리하는 것은 쉽지 않다.

그런데 그녀는 별로 힘도 들이지 않고 간단하게 그 의사를 알아차린 것.

이 정도면 눈치도 보통 눈치가 아니다.

그녀는 우리를 보며 물었다.

"혹시, 국수 추가로 더 드실 분 계신가요?"
이에 나를 포함한 모두가 손을 들었다.
한 그릇을 더 먹고 싶을 정도로 맛있었으니까.
다들 아침 일찍부터 일했으니 배가 출출하기도 할 터.

.

.

.

무림대연회는 초반의 회의와 후반의 비무로 행사가 나뉜다.
지금은 초반.
아직 비무가 시작되려면 며칠이 더 남았다.
아침을 먹을 때 아버지가 말씀하셨다.
"이제 진호가 낙양에 도착할 때가 되었구나."
사실 진호 형도 아버지와 함께 호북에서 출발하여 낙양에 올 계획이었다고 한다.
무림대연회의 비무는 절정 이상의 무인들이 나오는 만큼, 무인들에게는 큰 공부가 된다.
이런 기회를 진호 형이 놓칠 리가 없지.
하지만 생각보다 진호 형의 상행 일정이 늦어졌고, 그래서 상행을 마치고 곧바로 낙양으로 오라고 하셨다고 한다.
"지금 섬서 쪽에 있다고 했나요?"
"정확히는 화산 근처지."
"형이 출발한다고 했던 시기를 생각하면 오늘쯤 도착

하겠네요."

"그래, 네가 마중을 나가면 좋을 것 같구나."

진호 형의 도착 이야기를 꺼내신 목적이 이거군.

거절할 이유도 없고, 나도 바라던 바였기에 흔쾌히 승낙했다.

"네. 알겠습니다."

내 대답에 옆에서 아침을 먹던 고일평 외총관이 말했다.

"마음 같아서는 제가 직접 진호 소단주님을 마중하고 싶지만, 오늘 만나기로 약속한 이들이 있어서 말입니다."

고 외총관은 우리 은해상단의 총관임과 동시에 일검진천이라는 명호를 가진 무림인이다.

무림대연회에서 만나 회포를 풀 사람들이 많겠지.

그렇게 다져 놓은 친분은 나중에 진호 형에게도 도움이 될 것이다.

인맥이라는 건 상계나 무림이나 별반 다르지 않다.

가장 확실하고 안전한 것이 지인의 소개이니, 이를 통해 인맥을 넓혀 가는 것이지.

물론 지인을 통한 소개가 꼭 좋은 결과를 내는 것은 아니지만, 그래도 좋은 쪽일 확률이 매우 높다.

자신의 이름과 얼굴을 걸고 소개하는 것인 만큼 책임감을 가지고 소개를 해 주니까.

나는 아침을 먹고 가볍게 채비를 마치고 호위무사들과 함께 낙양의 서문으로 향했다.

그쪽으로 가는 길에는 상업 구역이 있었다.

응?

나는 문득 발걸음을 멈출 수밖에 없었다.

"왜 그러십니까요?"

팔갑의 물음에 나는 손가락으로 옆을 가리켰다.

해춘면(邂春麵)이라는 깃발이 걸려 있는 국숫집.

내가 저번에 조언을 해 준 곳이다.

내 발걸음을 검추게 한 것은 그곳에 앉아 국수를 먹고 있는 사강 소단주였다.

국수가 무척 마음에 들었나 보네.

아침부터 여기까지 찾아와 국수를 먹다니 말이야.

그때 해춘면 점주의 딸이 다가왔고, 그와 대화를 나누었다.

한쪽이 대화의 구 할 이상을 차지하는 것도 대화라고 할 수 있다면 말이지.

뭐, 대화의 형쾌는 여러 가지고 서로 간에 뜻만 통하면 대화는 대화니까.

우리는 다시금 걸음을 옮겼고, 여응암 무사가 말했다.

"이거 뭔가 감이 오는군요."

"네? 감이라니요?"

"사강 소단주님 말입니다. 이 아침에 혼자 저 국숫집에서 국수를 먹는 이유가 뭐겠습니까?"

"국수가 맛있어서요?"

내 대답에 팔갑이 피식 웃었다.

"농담이신 거 압니다요."

"그렇긴 하지만, 설마. 너무 섣부른 판단이야."
아직은 모르는 일이니까.

우리는 곧 낙양의 서문에 도착했다.
서문을 나가 바깥에서 한참을 기다렸지만, 진호 형의 모습은 보이지 않았다.
벌써 해가 중천인데, 왜 아직도 오지 않는 거지?
나는 점점 초조해졌다.
혹시 뭔가 일이 생긴 건가?
"주군. 저희 쪽에서 진호 도련님을 찾으러 갈까요?"
서우 무사가, 내 초조함을 눈치챘는지 그렇게 말했다. 나는 고개를 끄덕였다.
"그래야겠네요. 가만히 앉아 기다리는 건 제 성미에 맞지 않으니까요."
나는 내 소매를 툭 쳤다.
"금령아."
"꾸이!"
금령이 고개를 내밀었다.
"진호 형을 좀 찾아봐."
"꾸이!"
금령은 알겠다며 고개를 끄덕이고는 곧바로 앞으로 튀어 나갔다.
얼마 후, 금령이 돌아왔다.
금령이 돌아온 시간을 보면…… 생각보다 거리가 멀다.

이건 분명히 무슨 일이 일어난 거다.

"안내해 줘."

나와 일행이 말에 올라탔고, 금령은 내가 탄 주강마의 머리에 앉았다.

"꾸이! 꾸!"

빨리 달려야 한다고?

나는 고개를 끄덕이며 주강마의 고삐를 잡았다.

"알았어. 그런데 얼마나 빨리 달려야 하는데?"

"꾸이!"

그건 네가 알아서 하니까 고삐를 꽉 잡기나 하라고?

"속도를 내겠습니다!"

"네!"

곧 주강마가 속도를 내기 시작했다.

그런데 이거 너무 빠른 거 아니야?

다행히 오래지 않아 주강마는 서서히 속도를 늦추기 시작했다.

진호 형이 근처에 있다는 의미겠군.

나는 기운을 퍼뜨려 진호 형의 기운을 찾았다.

그런데 주변에서 꽤나 많은 사람들의 기운이 느껴졌고, 병장기 소리가 미약하게 들려왔다.

"살기입니다!"

"전투가 벌어지고 있는 듯하군요. 어서 가시죠."

나는 얼른 주강마를 달렸고, 다른 이들도 내 뒤를 따랐다.

우리는 곧 한 무리의 이들이 전투를 벌이고 있는 모습을 볼 수 있었다.

은풍대의 옷을 입은 이들과 제각각의 옷을 입은 이들.

그리고 표국 사람으로 보이는 이들.

그 가운데 진호 형도 있었다.

"자세한 사정은 모르겠지만 일단 진호 형을 돕죠."

"알겠습니다."

우리는 난전에 뛰어들었고, 진호 형 근처로 다가갔다.

"형! 무슨 일이야?"

"왔냐? 설명은 나중에!"

"어떻게 할까?"

진호 형이 창을 휘두르며 말했다.

"은풍대와 표국을 제외하고 처리하면 돼!"

"죽여도 돼?"

"응. 죽어도 싼 놈들이야!"

진호 형이 저렇게 분노하며 말한다는 건, 적들이 그만한 죄를 저질렀다는 뜻이다.

나와 호위무사들의 무위는 상대에 비해 압도적이었기에 순식간에 상황을 정리할 수 있었다.

"후, 고맙다."

"응, 당연히 고마워해야지."

그때 진호 형이 뒤쪽을 향해 외쳤다.

"이제 안심하셔도 됩니다."

그 말이 떨어지고 잠시 후, 마차의 문이 열리고 한 여인이 고개를 내밀었다.

"정말인가요?"

"네."

나는 진호 형을 보았고, 진호 형이 나에게 말했다.

"낙양으로 가던 중에 저들이 습격당하는 것을 목격했거든. 저들을 돕기로 하고 다시 화산 쪽으로 가던 중이었지."

이에 어깨를 붕대로 감고 있던 자가 포권하며 소개했다.

"용웅표국의 표두 기칠두라고 합니다."

"네, 은해상단의 셋째 소단주 은서호입니다."

내 소개에 진호 형이 으쓱하며 말했다.

"내 동생입니다. 나름 선협미랑이라는 명호까지 있지요."

그런데 왜 형이 으쓱하는 건데?

내 소개를 들은 기 표두가 깜짝 놀랐다.

"그 선협미랑이셨습니까?"

"부끄럽지만, 그리 불리고 있습니다. 그런데 보아하니 저 마차에 탄 소저들을 호위 중이었던 것 같은데 맞습니까?"

"네. 그렇습니다. 저희 용웅표국은 의뢰를 받아 저 소저들을 화산까지 호위하고 있었습니다."

"아, 낙양에 머무는 소저들이군요."

"그렇습니다."

낙양으로 많은 무림인이 모인다는 건 그중에 쓰레기 같은 놈도 있다는 의미.

하여 무림인이 모이는 큰 행사가 있을 때 젊은 소저들은 잠시 화산파에 몸을 의탁한다.

대박 한 번 나 보세 〈253〉

화산파의 제자들이 호위해 주지만, 그에 동행하지 못하는 경우도 있다.

그럴 때는 따로 표국에 의뢰해서 화산파로 향하곤 하지.

용봉비무회 때 사부님도 그런 의뢰를 받으셨었고.

"그런데, 소저들을 노리는 이들이 있었습니다."

왜 그녀들을 노리는지는 뻔하지.

"기녀로 팔아먹기 위해서라고 하더군요. 사정을 들은 은해상단의 은 대협께서 기꺼이 화산까지 동행해 준다고 하셨고, 표사들을 잃은 저는 염치 불구하고 그 제안을 받아들일 수밖에 없었습니다."

"그러셨군요."

"그리고 재차 공격을 받던 중에 선협미랑 대협께서 도움을 주신 것입니다."

나는 진호 형을 보았다.

하고 싶은 말은 많지만, 지금은 저 소저들을 무사히 화산까지 데려가 주는 것이 먼저다.

"저도 동행하죠."

그렇게 우리는 화산으로 출발했다.

"목적지는 정확하게 어디입니까? 혹시 화산까지 올라가야 하는 겁니까?"

내 물음에 대답한 이는 명종 무사였다.

"아닙니다. 화산까지 마차로 가는 것도, 저 소저들이 오르는 것도 무리입니다."

"하긴, 그렇겠군요."

화산은 결코 동네 언덕 같은 곳이 아니니까.

"그래서 화산 아랫마을에 객잔을 여럿 잡아 놓고 그곳에서 머무르게 합니다. 그리고 화산의 제자들이 그 객잔을 보호하고요."

"그런 식이로군요."

우리가 점점 목적지에 가까워질수록 명종 무사의 표정은 복잡해져 갔다.

그렇겠지.

화산은 그가 지금까지 평생을 지냈다고 해도 과언이 아닌 곳이니까.

하지만 지금은 불미스러운 일로 인해 간신히 파문만 면한 상황이다.

곧 우리는 화산 아래의 객잔에 도착했다.

그때였다.

"너! 이 자식!"

저 멀리서 누군가 우리에게 달려왔고…….

어, 어어?

퍽!

그는 다짜고짜 내 앞쪽에 있던 명종 무사를 발로 차 버렸다.

"으윽!"

갑작스러운 습격에 명종 무사는 버럭 소리치려다가 멈칫했다.

"이게 뭐 하는 짓…… 무현?"

"그래! 나 무현이다! 이 바보 같은 자식아!"

그 모습을 보며 나는 피식 웃었다.

나와 명종 무사의 거리가 멀리 떨어져 있지 않았으니, 충분히 저 무현이라는 자가 명종 무사를 걷어차는 것을 막을 수 있었지만, 그러지 않았다.

그 공격에 살기라고는 조금도 없었기 때문이다.

그러니까 명종 무사가 걷어차였겠지.

무현이라는 자는 명종 무사의 멱살을 붙잡고 탈탈 흔들고 있었다.

"어찌 된 일인지는 들었어. 그래도 그렇지, 얼굴 한 번도 안 보여 주는 게 말이 되냐? 하다못해 서신이라도 보내야지!"

"미안하다."

"미안하다면 다냐? 이 썩을 놈아! 그동안 온갖 죽을 고비를 넘기며 동고동락하고 수련했던 정은 다 시궁창에 처박았어? 이 나쁜 새끼야!"

"미안하다."

"미안하면 다냐고!"

그때, 그 소란을 들었는지 객잔의 경비를 맡고 있던 몇몇 제자들이 달려왔다.

"무슨 일이야? 무현? 너답지 않게 흥분…… 할 만하군. 젠장."

"헉! 명종 사형이십니까?"

그들을 보며 명종은 쓴웃음을 지었다.

"오랜만이지?"

그러나 아직 무현 도장의 손에 붙들린 상태였다.

그건 이어지는 반가움을 표하는 격한 환영 인사를 피하지 못했다는 의미였다.

"이 자식아! 왜 이제야 온 거야!"

퍼억! 퍽!

"이 새끼야! 우리가 얼마나 걱정했는지 알기나 해?"

퍽!

"사형! 진짜 너무하십니다!"

퍽퍽!

"으악! 이 자식아! 사제가 사형 패는 건 하극상인 거 알아 몰라?"

"모릅니다!"

그 모습을 보며 서우 무사가 웃었다.

"환영 인사가 화려하군요."

"그러게 말입니다."

나는 그리 대답하며 슬쩍 고개를 돌려 창운 무사를 보았다.

창운 무사 역시 소속된 문파만 다를 뿐, 명종 무사와 같은 상황이다.

그래서인지 그 모습을 보며 많은 것을 느끼고 있는 듯했다.

"이제 그만 제 호위무사를 꺼내 주러 가야겠습니다. 저러다가 골병들겠네요."

나는 그리 말하며 그들에게 다가갔다.

"환영 인사는 그쯤 하면 된 것 같습니다."

"누구…… 십니까?"

이에 명종 무사가 얼른 일어나 옷매무새를 가다듬으며 말했다.

"내 주군이다."

"네 주군이라면, 선협미랑 대협?"

"그렇다."

명종 무사는 자랑스러운 기색으로 대답했다.

"내 은인이시기도 하지. 내 실수로 인해 돌이킬 수 없던 일이 벌어질 뻔했던 것을 막아 주시고, 파문을 당해 단전이 폐해질 위기에서 나를 구해 주셨으니까."

무현 도장이 고개를 끄덕였다.

"그건 우리도 안다. 너에 대한 소식은 사숙을 통해 들었으니까."

"명종 무사의 동문을 만나 뵙게 되어 반갑습니다."

나는 그들에게 포권하고는 진호 형에게 향했다.

지금은 다시 낙양으로 가기에는 조금 늦은 시간이니까.

명종 무사도 회포를 풀었으면 했고.

진호 형은 기 표두와 대화 중이었다.

들어 보니 이곳까지 무사히 도착할 수 있도록 도와준 것에 대한 감사 인사를 하며 표행비의 반을 주고 싶어 했고 진호 형이 이를 거절하며 실랑이 중이었다.

나는 부드럽게 끼어들었다.

"표두님의 마음은 압니다만, 그 돈은 받을 수 없습니다."
"하지만……."
"저희는 괜찮으니 그 돈은 이번 일로 사망한 표사들의 위로금으로 사용해 주십시오. 그래도 되지, 형?"
"물론이지! 나 역시 그게 좋겠다고 생각한다."
"그러니 부디, 사례금을 주시겠다는 말은 거두어 주십시오."

이번에 기 표두는 표사를 네 명이나 잃었다고 했다. 그런 그에게 사례금을 받다니!

내가 아무리 돈을 좋아해도 염치는 있다고.

"……."

내 말에 그는 입술을 깨물었다.

"사실 저 역시 이번에 사망한 표사들이 마음에 걸리던 참이었습니다. 그런데 이렇게 저희 표국의 표사들까지 신경 써 주시니 정말 감사합니다."

그리고 돈주머니를 다시 품에 넣으며 말했다.

"이건 대협들의 말씀대로 사용하겠습니다."
"네."
"그렇게 해 주십시오."
"저희 표국을 도와주신 것, 다시 한번 감사드립니다."
"사해가 동도라고 했으며 또한 인연이 되었을 뿐입니다."

기 표두는 정중히 인사하고는 남은 표사들에게 향했다.
나는 고개를 돌려 진호 형에게 말했다.

"형, 오늘은 이곳에서 쉬었다가 내일 아침 일찍 출발하자."
"그게 좋겠다. 그나저나 부모님하고 외총관님이 걱정하시겠네."

진호 형의 말에 나는 한숨을 내쉬었다.
"그걸 이제야 생각하는 거야?"
"……하하하."

나는 피식 웃었다.
"이미 아버지께 서신 보내 놨어. 화산파로 가는 소저들을 호위할 일이 생겨서 최대한 빨리 마무리하고 낙양으로 가겠다고."

물론 금령에게 부탁했지.

그러니까 맨입으로 넘어갈 순 없다.
"은자 두 냥."
"응?"
"은자 두 냥 내놓으라고. 내가 형 때문에 쓴 돈이 은자 두 냥이니까."

내 말에 진호 형은 깨갱 하며 주머니에서 은자 두 개를 꺼내 내밀었다.

나는 그걸 얼른 받으며 말했다.
"그럼 이제 객잔에 들어가서 쉬자. 힘들다."
"그, 그래……."

잠시 후.

우리는 여인들이 묵고 있는 곳과 가까운 객잔을 잡아 들어갔다.

명종 무사가 오랜만에 만난 동문들과 하고 싶은 이야기가 많을 텐데, 호위대상인 나와 너무 멀리 떨어지는 것은 곤란하니까.

그리고 나는 명종 무사에게 외출을 명했고, 오랜만에 함께 밥이라도 한 끼 먹으라고 했다.

나는 다른 호위무사들과 다르게, 명종 무사와 창운 무사를 계속 데리고 있을 생각은 없었다.

그들을 내 호위로 받아들이기는 했지만, 그건 당시 죄가 없는 그들을 구하기 위함이었으니까.

그들은 언젠가 각자의 문파로 돌아가야 한다.

그간 그들과 정이 많이 들어서 돌려보내는 게 서운하긴 해도, 그들은 각자의 문파에 있을 때 더 큰 일을 할 수 있다고 생각하니까.

나는 침상에 앉아 금령을 불렀다.

"금령아."

"꾸이!"

금령은 벌써 내가 무엇 때문에 불렀는지 알아차리고 눈을 반짝이고 있었다.

"자, 이번에 수고했어."

나는 피식 웃으며 은자를 내밀었다. 아까 진호 형에게 얻은 은자다.

진호 형을 찾는 것을 부탁한 것에 대해 한 냥, 그리고 아버지에게 서신을 보내는 것을 부탁한 것에 대해 또 한 냥.

금령은 은자 두 개를 안고는 침상 위를 뒹굴뒹굴했다.

진짜 좋아하네.

나도 좋다.

내 돈이 들어가지 않았으니까.

* * *

명종은 은서호가 머물고 있는 객잔 인근의 반점에 있었다.

화산파의 동문들과 식사를 하라면서 은서호가 반점을 잡아 음식까지 주문하고 계산까지 해 준 상황.

그와 같은 배분이자 친우인 무현이 말했다.

"참…… 네 주군, 진짜 대단하네. 이러면 음식을 먹지 않을 수가 없잖아."

"내가 봐도 내 주군이 대단하시긴 하지."

"아무튼 잘 먹으마."

그리고 무현은 젓가락을 들고 음식을 먹기 시작했고, 그제야 명종도 젓가락을 들었다.

옆에서는 이미 다른 이들이 식사 중이었다.

물론 모든 화산파의 제자들이 식사를 하고 있는 건 아니었다.

삼교대로 경비를 서고 있기에 지금 경비를 하고 있는

이들은 나중에 반점으로 와서 식사를 할 예정이다.

"그나저나, 진짜 너무한 거 아니냐? 나는 네가 나에게 서신이라도 보낼 줄 알았는데 말이지."

무현은 명종을 보며 투덜거렸다.

그가 용봉비무회에 나간 건, 당시 같은 배분의 제자들 중에 가장 실력이 뛰어났기 때문이다.

그래서 그가 사숙을 따라 낙양으로 떠날 때만 해도 그런 엄청난 일이 생길 거라고는 전혀 상상도 못 했다.

'당당하게 화산의 검을 세상에 알리고 올 거라고 생각했는데 말이지.'

물론 명종의 몰락을 고소하게 생각하는 이들도 있었다.

하지만 무현을 비롯한 화산의 제자들 대부분은 명종의 일을 본인의 일처럼 안타까워했고 슬퍼했다.

그건 명종의 인품이 모나지 않았음을 의미하기도 했다.

"아! 지금 화산에 올라가자! 분명 사숙과 영정 장로님도 반가워하실 거야."

이에 명종은 고개를 저었다.

"아니, 그건 안 돼. 나는 주군의 곁에서 멀리 떨어질 수 없다. 그러고 싶지도 않고."

"주군을 진심으로 따르는구나."

"당연하지."

"네 은인이니 그럴 만도 하지만, 그것 말고도 뭔가가 있는 것 같은데……."

이에 명종은 젓가락을 내려놓으며 말했다.

"글쎄? 사실 나도 잘은 모르겠다. 하지만 그분에게 뭔가 특별한 게 있다는 것만은 확실해. 그게 정확히 무엇인지는 모르겠지만."
"싱거운 놈."
무현은 피식 웃었지만, 명종은 쓰게 웃고 말았다.
"그리고…… 나는 아직 본당에 들어갈 수 없으니까."
"아……."
현재 명종은 진산제자가 아닌 속가제자의 위치니까.
화산파의 속가제자는 특별한 일이 아닌 이상 본당에 들어갈 수 없다.
"미안하다. 내가 너무 경솔했네."
"뭘, 네가 잘못한 것도 아닌데."
그때였다.
벌컥!
반점의 문이 열리고, 누군가 들어왔다.
그를 본 명종과 무현의 얼굴이 찌푸려졌다. 그는 명종에게 다가왔고, 비웃음 가득한 얼굴로 말했다.
"네가 여긴 어쩐 일이냐? 고고한 척하다가 땅에 떨어진 것이 창피해서 도망간 줄 알았는데 말이지."
"시비라도 걸려고 온 거냐? 청진!"
그는 명종, 무현과 같은 배분의 제자다. 그러나 그들과 친하지 않았다.
청진은 명종을 시기하고 질투했으니까.
같은 배분의 제자이니만큼 잘 지내보려 노력했지만, 청

진은 그들의 노력을 거부했다.

그리고 명종의 몰락을 보며 기뻐하기도 했다.

"시비는 무슨. 사실을 말하는 것도 시비냐?"

"그만하고 가라."

"네가 뭔데 나에게 이래라저래라 하는 건데? 네가 나에게 그런 말을 할 위치라고 생각하는 거냐?"

그는 검지로 명종의 가슴을 툭툭 밀며 말했다.

"나는 진산제자이고, 너는 속가제자인데 말이지."

"……."

"그것도 상인의 호위무사로 전락한 속가제자."

무림인들 사이에서 호위무사라는 위치는 평가가 높지는 않다.

돈을 위해 무공을 판다는 인식 때문에 낮게 보는 경향이 있었으니까.

"너에게 딱 어울리는 자리지."

"칭찬 고맙군."

명종의 말에 청진은 미간을 찌푸렸다.

"돌았냐?"

"주군의 호위무사가 딱 어울린다면서? 그게 나에게는 최고의 말이거든."

"……."

그런 명종의 말에 청진은 마음에 안 든다는 표정으로 말했다.

"돈이라면 간이건 쓸개건 다 빼주는 천한 상인의 호위

무사라더니, 너도 딱 그 짝이구나."

명종은 고개를 들어 청진과 눈을 마주했다.

그 눈빛에 청진은 순간 움찔할 수밖에 없었다.

"나를 모욕하는 건 괜찮다. 하지만 내 주군은 모욕하지 마라!"

"뭐, 뭐! 이 새끼야!"

자신이 명종의 기세에 압도당했음을 인정하고 싶지 않은 청진은 일부러 더 강하게 나갔다.

"싫으면 덤벼! 원래 우리가 이렇게 곱게 말로 주고받는 사이는 아니잖아."

"그랬지."

명종은 자리에서 일어나 청진에게 말했다.

"잠깐 기다려라."

"……?"

"주군께 허락을 받아야 하니까."

* * *

나는 저녁을 먹고 있다가 객잔으로 돌아오는 명종 무사를 보며 고개를 갸웃했다.

벌써 저녁을 다 먹었을 리는 없는데?

"주군."

표정이 심상치 않은데? 무슨 일이 있었나?

"무슨 일입니까?"

"비무를 해야 할 일이 생겼습니다. 이에 허락을 받고자 합니다."

비무?

왜 갑자기 비무를 청하는 거지?

"설명을 부탁드려도 되겠습니까?"

내 말에 그는 고개를 끄덕였고, 설명을 시작했다.

화산파의 제자로 입문했을 때부터 그를 시기하고 질투했던 자가 있었고, 그가 나를 모욕했다는 것.

"제 명예 때문이라면 무리하지 않아도 됩니다."

"이는 주군을 위한 비무이기도 하지만, 저를 위한 비무이기도 합니다."

"다른 사연이 있군요."

내 말에 그는 고개를 끄덕였다.

"예. 저뿐만 아니라 다른 이들을 괴롭혔던 녀석이었는데…… 지금도 그렇다고 합니다."

"문파의 어른들은 왜 개입하지 않는 겁니까?"

"그 정도로 티 나게 괴롭히지 않기 때문입니다. 윗분들이 개입하기 어려울 정도로 교묘합니다."

그렇다면 어쩔 수 없네.

"그리고 그의 실력 역시 같은 배분의 제자 중에 손에 꼽힐 정도입니다. 그러다 보니 그를 제지할 수 있는 제자도 없고요."

"……"

"제가 비록 문파와 좀 멀어졌다고는 해도, 저는 그들의 사형입니다. 그러니 그에 대한 건 제가 마무리 짓고 싶습니다."

잠시 생각하던 나는 고개를 끄덕였다.

"좋습니다. 대신 반드시 이겨야 합니다."

"감사합니다. 그리고, 명을 받듭니다."

"그럼 갑시다."

"네?"

"제 호위무사가 비무를 하는데, 주군이 되어서 안에 처박혀 있을 수 있겠습니까?"

나는 다른 일행을 데리고 객잔을 나왔다.

우리가 머무는 객잔의 앞마당에 비무를 위한 장소가 마련되어 있었다.

나는 청진 도장이라는 자를 보았다.

이곳에 비무장을 마련했다던데…… 어지간히도 명종 무사를 망신 주고 싶었나 보군.

오가는 사람들이 많은 곳이었기에, 비단 우리뿐만 아니라 관심이 있는 사람들이 여럿 몰려왔으니까.

그런데…… 바보인가?

반대로 그게 자신에게 적용될 수도 있다는 것을 왜 생각하지 못하는 거지.

뭐, 저 정도로 오만한 자라면 그런 건 전혀 생각하지 못하고 있을 수 있지.

나는 청진 도장을 보았다가 명종 무사를 보았다.

이거 걱정되는데.

명종 무사가 아니라, 청진 도장이.

곧 비무가 시작되었다.

명종 무사는 검을 들어 기수식을 취했다.

나는 어디선가 불어오는 바람을 느꼈다. 그 바람에 섞인 것은 매화향이다.

이거, 명종 무사가 작정한 듯하군.

나는 청진 도장을 보며 피식 웃었다.

넌 죽었어, 이 자식아.

.

.

.

선공은 청진 도장이다.

타앗!

그는 앞으로 쏘아지듯 달려나가며 검을 휘둘렀다.

붉은 매화를 닮은 검기가 명종 무사를 휘감았다.

매화류.

명종 무사가 휘두른 검에서 흘러나온 검기가 막을 이루었다.

매화벽인가?

매화빛 검막은 청진 도장의 공격을 완벽하게 막아 냈고, 그의 눈동자가 흔들렸다.

"내가 화산에서 내려갔다고 해서 예전의 수준에 머물러 있을 거라 생각하면 오산이다. 그러니 간 보지 말고

네 최고의 공격을 펼쳐라!"

 명종 무사의 말에 청진 도장이 미간을 찌푸리며 소리쳤다.

 "끝까지 잘난 척은!"

 그러곤 재차 공격을 이어 갔지만, 그 공격은 번번이 명종 무사의 검에 막혔다.

 매화와 매화의 격돌은 그 자체로 보는 맛이 있었다.

 화려함도 화려함이지만, 그 안에 숨은 묘리는 이래서 화산의 검을 절대 무시할 수 없구나 하고 깨닫게 하는 것이 있었으니까.

 저 화려함에 넋을 잃는다면, 그건 곧 죽음인 것.

 그래서인지 화산파 내에서도 본인의 검에 미혹되는 것을 막기 위해 정신수양에 힘쓴다고 했다.

 하지만, 내가 볼 때 청진 도장은 정신수양이 덜 됐다.

 챙-!

 채챙-!

 검이 부딪치는 횟수가 더해질수록 승패가 드러나기 시작했다.

 그리고 마침내.

 까앙-!

 청진 도장의 검이 날아갔고, 그 목에 명종 무사의 검날이 닿았다.

 "……항복해라. 네 패배다."

 "아직 안 졌다!"

그리 말하며 청진 도장은 몸을 굴려 빠져나오며 명종 무사의 다리를 걸었다.

탁!

하지만 명종 무사는 넘어지지 않고 팔로 바닥을 짚어 공중제비를 돌아 균형을 잡았다.

그리고 청진 도장을 향해 주먹을 휘둘렀다.

퍼억!

청진 도장의 배에 주먹이 묵직하게 박혔다.

털썩.

바닥에 주저앉은 그는 연신 기침을 했다.

"쿨럭! 쿨럭!"

청진 도장의 완벽한 패배다.

"젠장! 젠장! 으아아악! 젠자장!"

그는 자신의 패배를 믿지 못하는 표정이었다.

그건 비무를 보고 있던 다른 화산의 제자들도 마찬가지였다.

"말도 안 돼! 네놈이 이렇게 간단하게 나를 이길 리가 없다! 대체 무슨 사술을 쓴 거냐?"

"사술은 무슨, 너도 눈이 있다면 봤을 것 아니냐. 처음부터 끝까지 화산의 검이었고, 권법이었다."

그리 말하는 명종 무사의 목소리에는 화산의 무공에 대한 자부심이 가득했다.

"너와 나의 승패를 가른 건 네 오만함이다."

명종 무사는 그렇게 말하고는 검을 거두었다.

스윽.

"사실, 나 역시 오만했다. 네 말대로 고고한 척은 혼자 다 했다는 것도 인정한다. 하지만 지금의 나는 아니다."

팔갑의 말에 의하면 명종 무사는 쉬는 시간에도 수련을 게을리하지 않는다고 했다.

물론 그건 내 호위무사들 모두 마찬가지다.

하지만 개중에서도 가장 실력 상승이 가파른 자는 명종 무사와 창운 무사였다.

그들이 처음 내 호위무사가 되었을 때만 해도 일류 무사였는데, 이제는 적절한 계기만 있다면 절정에 오를 수 있을 거라고 사부님이 말씀하셨으니까.

"본인들이 열심히 수련하는 것도 이유겠지만, 제가 볼 때 가장 큰 이유는 소단주님 때문일 겁니다."

"네? 제가 한 건 없습니다만?"

"왜 없습니까? 호위무사들을 데리고 사방팔방 전 제국을 다 돌아다니지 않습니까?"

"……."

"중요한 건 경험입니다. 보고 듣고 경험하는 것이 많을수록 그 시야가 넓어지고, 시야가 넓어져야 생각이 넓고 깊어지는 겁니다. 시야가 좁은 자의 생각은 결코 넓을 수도 없으며 깊을 수도 없습니다."

그러고 보니 온갖 곳을 다 다녔지.

새외 지역인 북해빙궁과 축융궁까지 다녔으니······.

그런 다양한 경험들이 내 호위무사들의 시야를 넓혀 준 것이다.

물론 나 역시 마찬가지고.

제국 전역을 돌아다니는 것은 힘들었지만, 이렇게 생각하니 나름 뿌듯하긴 하네.

그러는 사이 명종 무사의 말이 이어졌다.

"지금의 너를 보면 정저지와(井底之蛙)가 따로 없다고 본다. 나에게 진 것이 분하냐? 그러면 화산을 나와 강호행을 해라."

"이 자식이! 네가 화산을 떠난 것이 분하니까 나까지 화산을 떠나게 할 셈인 것이냐?"

"그렇게 생각한다면 네 그릇은 거기까지인 거다. 그리고 네 말대로 강호행을 하고 돌아와도 너는 진산제자인데 뭐가 문제지?"

"······."

"내가 강해진 방법을 그대로 알려 줬음에도 이를 실행하지 못하면 너는 평생 나를 넘지 못할 거다. 혹시 화산 밖으로 나가는 게 두렵나?"

명종 무사는 피식 웃었다.

"이제 보니, 내가 인정했던 유일한 호적수가 겁쟁이였군! 세상이 무서워 화산 안에 틀어박혀 도호만 외우는 겁쟁이였어."

와우, 명종 무사가 저런 도발도 할 수 있었구나!

"나는 그런 겁쟁이가 아니다!"

"그건 네 행동으로 증명해라! 내게 이런 말까지 들으면서 화산에 틀어박혀 있다면 진짜 구제불능에 겁쟁이인 거겠지."

명종 무사는 표정을 굳히며 물었다.

"너, 나 싫어하지?"

"당연한 것을 묻는군."

"왜냐?"

"……처음부터 마음에 안 들었다."

"그럼, 화산도 싫은 거냐?"

"무슨 말도 안 되는 소리를 하는 거냐!"

청진 도장은 발끈했다.

"화산은 내 정신이고 근본이다! 화산의 검수에게 화산이 싫냐니! 나를 어디까지 모욕할 셈이냐?"

"그렇구나. 다행이다."

"……."

순간 멍해진 그를 향해 명종 무사가 작은 목소리로 속삭였다.

다른 이들은 듣지 못했지만, 나는 들을 수 있었다.

"그러면 얼른 강해져라. 그래서 화산을 지켜라. 내가 화산을 지킬 수 없는 이상, 네가 화산을 지켜야 한다."

나와 함께 전 제국을 돌면서 그 역시 알게 된 거다.

무림이 복잡하고 위험하게 돌아가고 있다는 것을.

그리고 언젠가 화산도 위험해질 수 있다는 것을.

그렇기에 지금의 말을 남긴 거겠지.

나는 이 비무의 진의를 알 것 같았다.

자신의 앙숙이지만, 자신이 인정한 호적수에게 화산을 부탁하기 위함인 것이다.

화산을 위해서 앙숙에게 그런 충고를 하는 것을 보니 대인배구나 싶었다.

명종 무사는 그대로 몸을 돌려 내게 다가와 포권했다.

"비무를 허락해 주셔서 감사합니다. 명하신 대로 승리를 가지고 왔습니다."

"수고하셨습니다. 그럼 가서 마저 식사하시죠?"

"네?"

"식사를 마무리하지 못하고 나온 것 아닙니까? 그럼 안 됩니다. 규칙적인 식사 역시 수련의 일부가 아니겠습니까?"

"알겠습니다."

나는 그를 데리고 반점으로 가며 뒤의 청진 도장을 일별했다.

아직 바닥에 주저앉아 있는 그는 멍한 표정으로 허공을 바라보고 있었다.

뭔가 깨닫는 것이 있는 걸까? 아니면 명종 무사의 충고가 예상하지 못했던 것이기에 그랬던 걸까?

그건 나중에 알게 되겠지.

.
.
.

 날이 밝았다.

 오늘 아침 일찍 낙양으로 가야 했기에, 우리는 부지런히 움직였다.

 아침을 먹기 위해 객잔 일 층으로 내려오니, 낯익은 도사가 서 있었다.

 무현 도장이다.

 "소단주님을 뵙습니다. 화산의 제자 무현입니다."

 "좋은 아침입니다. 명종 무사님은 위에 있는 것 같은데 불러드릴까요?"

 "아닙니다."

 무현 도장이 고개를 저으며 말했다.

 "저는 소단주님을 뵈러 왔습니다."

 "저를 말입니까?"

 "네."

 그는 포권하여 나에게 고개를 숙였다.

 "감사합니다. 제 친우를 도와주신 것 평생 잊지 않을 것입니다."

 그는 말을 이었다.

 "사실 감사 인사를 더 일찍 드려야 했는데, 많이 늦었습니다. 양해해 주십시오."

 "그건 괜찮습니다."

"제 친우가 그때 그런 일을 당했다면 아마 그 성격상 죄책감에 시달리다가 자결했을 겁니다."

"……."

정확하게 보고 있군.

내 이전 삶에서, 명종 무사는 정말 자결했으니까.

"하지만 소단주님 덕분에 그 녀석의 실수가 큰일이 되지 않았습니다. 정말 감사드립니다."

"그냥 제 변덕이었을 뿐입니다. 그러니 너무 그러지 않으셔도 됩니다."

"그게 감사를 받지 않을 이유가 되지는 않습니다. 앞으로도 제 친우를 잘 부탁드립니다."

그는 그러고는 내게 정중히 인사하고 객잔을 나섰다.

나는 그 뒷모습을 보며 작게 미소 지었다.

명종 무사가 좋은 친우를 두었다는 생각을 하면서.

아침을 먹은 우리는 출발 준비를 했다.

진호 형은 기 표두와 이야기를 나누고 나에게 다가왔다.

"무슨 이야기 했어?"

"뭐, 고맙다는 이야기지."

"그래서 뿌듯해?"

"좋은 일 하고 뿌듯하지 않으면 인성 파탄자 아니냐?"

"뭐, 그건 그렇지."

그때 여인들의 목소리가 들렸다.

"선협미랑 대협!"

"은서호 대협!"

나를 부르는 소리에 고개를 돌려보니, 객잔의 창문을 향해 고개를 내민 소저들이 나를 부르고 있던 것.

"도와주셔서 감사해요."

진호 형과 내가 호위해 온 소저들도 있네.

내가 가볍게 손을 흔들어 주자, 그녀들은 자지러질 듯 소리를 질렀다.

"까아악!"

"손 흔들어 주셨어!"

"어머! 너무 잘 생겼어."

그녀들의 말에 옆의 팔갑이 내 어깨를 잡아 얼른 뒤로 보냈다.

"얼른 갑시다요. 도련님 얼굴이 너무 팔려서 안 되겠습니다요."

이에 소저들의 목소리가 들렸다.

"흐잉, 좀 더 보고 싶은데."

"못생긴 사람은 꺼져! 눈 호강도 못 하냐?"

그녀들의 비난에 나는 한숨을 내쉬었다.

팔갑이 비난받는 건 좀 마음이 불편하단 말이지.

"내가 잘생겨서 미안하다."

"훗! 괜찮습니다요! 이 정도는 제게 간지러운 수준일 뿐입니다요."

"그래?"

"이미 잘생긴 것만 기억하는 더러운 세상을 지금까지

살아왔는데 이런 거로 상처받겠습니까?"

뭔가 말에 뼈가 있는데?

그때 한 소저가 말했다.

"그런데 저 하늘에서 떨어진 만두 같은 사람은 누구야?"

"컥!"

팔갑아…….

나는 마음의 상처를 입은 팔갑을 다독여 먼저 말에 오르라고 한 후, 나도 말에 올랐다.

지금 그냥 빨리 이곳을 뜨는 게 답이다.

"형! 가자."

"그래."

옆에서 지켜보고 있던 진호 형이 피식 웃으며 신호를 보냈고, 그렇게 우리는 낙양으로 향했다.

가는 길에 명종 무사와 눈이 마주쳤다.

그는 다시금 고개를 숙이며 말했다.

"간밤에는 감사했습니다. 주군."

"뭘요. 저 그렇게까지 매정한 사람은 아닙니다."

내 말에 그는 웃었다.

"네. 압니다."

그런 그의 표정은 뭔가 홀가분해 보였다.

마치 마음의 짐을 덜어낸 것 같다고나 할까?

"하늘에서 떨어진 만두…… 만두…… 만두가 얼마나 맛있는데……."

팔갑은 여전히 정신을 못 차리고 있었고.

"괜찮겠습니까? 팔갑 소이가 좀 충격이 큰 듯합니다만."
 서우 무사의 말에 나는 고개를 흔들었다.
 "괜찮습니다. 팔갑이 그렇게 나약하지는 않으니까요."
 "그렇긴 합니다."
 "그런데 팔갑이 왜 그렇게 외모에 집착하는지 모르겠네요. 제가 볼 때 괜찮은데."
 "주군 때문이라는 생각은 안 해 보셨습니까?"
 "저요?"
 "……뭐, 모르시면 됐습니다."

.

.

.

 우리는 빠르게 이동해서 낙양의 서문에 다다랐다.
 후우, 무림대연회 초반에 좀 편하게 쉬려고 했는데 이게 무슨 날벼락인지.
 위기에 처했던 이들을 구해 줄 수 있었던 건 좋지만.
 "음! 하! 서호야? 느껴지냐? 이 냄새! 이 온도!"
 "응? 무슨 소리를 하는 거야?"
 "무인들의 기운이 서로 부딪치는 이 냄새와 열기를 말하는 거야."
 "나는 잘 모르겠는데."
 "쳇! 재미없는 놈."
 역시 진호 형이다. 벌써 눈이 반짝반짝해서 주변을 둘러보고 있었으니까.

천상 무인이라니까.

내게 있어 주변을 돌아다니는 무인들은 은해상단의 손님으로 보이는데 말이지.

후, 나도 천상 상인이네.

곧 우린 연풍객잔에 도착했다.

"오셨습니까?"

객잔 앞에 있던 서향 소저가 우리를 맞아 주었다.

내가 올 것을 알고 있었구나.

"네. 그사이 별다른 일은 없었습니까?"

"장사가 잘된다는 것 외에는 별다른 일은 없습니다."

"다행이군요. 아버지와 어머니는요?"

"안에 계십니다."

우리는 안으로 들어갔고, 우리가 도착한 소리를 들었는지 아버지와 어머니가 계단을 통해 내려오셨다.

"어서 오너라!"

"오느라 고생 많았다."

진호 형이 먼저 나서서 인사했다.

"예상치 못한 일로 인해, 부모님께 심려 끼쳐 드렸습니다. 송구합니다."

"괜찮다. 너는 네가 해야 할 일을 한 것뿐이니까. 네가 그 상황을 그냥 지나칠 수 있는 사람이더냐."

"그렇긴 합니다."

뒤에서 고일평 외총관이 너털웃음을 지었다.

"허허, 이거 둘째 소단주님 덕분에 내 친우들에게 자랑

할 거리가 늘었습니다."

"하하하."

"어서 올라가서 씻고 채비하고 나오십시오. 소개해 드릴 분이 많습니다."

"알겠습니다."

그렇게 진호 형이 객실로 향하는 모습을 볼 때 아버지가 말씀하셨다.

"네가 고생이 많구나."

"뭘요. 큰일이 아니라서 다행이지요."

"긍정적으로 생각하니 좋구나."

나 역시 객실로 향해 씻고 나왔다.

며칠이나 자리를 비웠으니 얼른 만회해야지.

"곽 부관님."

"네."

"제가 없는 동안 고생 많으셨습니다."

"뭘요. 이미 알고 있어서 당황하지는 않았어요."

역시, 알고 계셨구나.

"소단주님이 출발하신 후에야 이를 알게 되어서 미리 말씀드리지는 못했지만요."

"그러셨군요."

서향 소저가 맡은 일은 각 품목별 매출 현황과 재고를 파악하는 일이다.

"아직은 초반이라 그런지 차 종류가 많이 팔렸어요."

"그렇군요."

그녀에게 설명을 들으며 은해상단의 임시상점으로 향했다.

아, 그러고 보니 진호 형에게 말 안 했군.

이번 우리 은해상단의 임시상점이 두 개라는 것을.

뭐, 나중에 말할 기회가 있겠지.

내가 무림맹주에게 받은 권한을 사용해서 선택한 임시상점의 옆에는 넓은 공터가 있다.

그곳에는 유랑하는 희희단들이 들어와 제법 흥미로운 볼거리들을 많이 보여 주곤 했다.

"오늘은 재주를 선보이나 보네요."

그들은 불을 가지고 각종 묘기를 선보이고 있었다.

와우, 대단하네.

물론 화공의 고수가 볼 때는 우스워 보이겠지만.

그러나 화공을 익숙하게 다룬다고 해도, 저렇게 보는 사람의 간담을 쫄깃하게 만드는 아슬아슬함은 쉽게 연출하기 힘들지.

그때였다.

"도련님, 저기 좀 보십시오."

나는 팔갑이 가리키는 곳을 보았고, 재주를 구경하고 있는 두 남녀를 보는 순간 말문이 막혔다.

127장. 무림대연회

무림대연회

나는 피식 웃었다.

그 남녀의 정체는 다름 아닌 사강 소단주와 국숫집 주인장의 딸.

다정한 얼굴과 꽉 잡은 손을 보니 두 사람의 관계를 확실히 알겠네.

그나저나 신기하군.

말주변이 없어도 너무 없어서 주변 사람을 답답하게 만드는 사강 소단주다.

대체 어떻게 며칠 만에 그녀와 저런 관계가 된 것일까?

나는 조용히 그들에게 다가갔다.

"사강 소단주."

그는 뒤를 돌아보더니 나를 보며 화들짝 놀랐다.

"어? 어…… 음……."

그 반응에 국숫집 주인장 딸이 말했다.
"언제 낙양에 다시 돌아오셨냐고 하시네요."
"오늘 왔습니다. 그런데 못 보던 사이에 두 분의 사이가 제법 깊어진 듯하군요."
내 물음에 사강 소단주는 고개를 끄덕였다.
"대체 어찌 된 겁니까? 비결이 궁금하군요."
사강 소단주는 쑥스러운 표정을 지었다.
"사실, 그게…… 서신을……."
그녀가 웃으며 설명해 주었다.
"사 소단주님께서 매일 서신을 주셨어요. 그 내용이 무척 감동이었답니다."
어…… 맞다.
그러고 보니 사강 소단주가 말주변은 무척 없지만, 글솜씨는 제법이라고 했었지.
그래서 신기하게 생각했던 것이 이제 기억나네.
"솔직히 사강 소단주님은 큰 상단의 소단주님이시고, 저는 그저 일개 국숫집 딸에 불과해서 그 마음을 받는 게 맞을지 많이 고민했었거든요. 하지만 그 서신을 보고 결국 마음을 정했어요."
그랬군.
하지만 혼사라는 것이 어디 두 사람만 마음이 맞아서 되는 것이던가?
나는 사강 소단주에게 물었다.
"홍련상단주님께서도 아십니까?"

"아십니다."

아신다고?

"말씀드렸습니다."

"그럼 허락하신 겁니까?"

그는 고개를 끄덕였다.

놀랍군. 이 혼사를 허락하셨다고?

그때, 뒤에서 나를 부르는 소리가 들렸다. 고개를 돌려보니 우리 상단의 임시 상점의 행수가 나를 부르고 있었다.

할 수 없지.

자세한 건 나중에 물어봐야겠군.

.

.

.

홍련상단주님이 사강 소단주와 그녀의 혼사를 허락한 일에 대한 건 복윤 소단주를 통해 들을 수 있었다.

"아, 그것 말이오? 사실 나도 많이 놀랐소."

"나만 놀란 것이 아니군요."

그는 고개를 끄덕였다.

일정을 마친 나는 복윤 소단주와 함께 차를 마시는 중이다.

다른 상단의 인물에게 들을 수 있는 정보도 있으니까.

"사강 소단주가 정갈산 점주의 딸 정련 소저가 자신의 말을 단번에 알아차린 것에 퍽이나 감동한 듯했소."

"그것이 연모의 시작이라는 거군요."
"그런 듯하오."
국숫집 해춘면의 점주의 이름이 정갈산이었군.
"그런데 홍련상단의 상단주님께서 그 혼사를 이렇게 흔쾌히 허락하셨다는 것도 놀랍습니다."
"아, 그에 대해서 사철 공자에게 얘기를 좀 들었습니다."
나는 귀를 기울였다.
"사강 소단주가 상단주께 혼인하고 싶은 여자를 만났다고 하니 데려오라고 하셨나 봅니다. 그리고 식사를 하는 자리에서 사강 소단주가 말하고자 하는 바를 그녀가 정확하게 알아듣고 설명하는 것을 보고 상단주님께서 바로 허락하셨다고 하더군요."
"그랬군요!"
"그리고 안주인께서는 이제야 네 마음을 알아주는 여자를 만났다면서 울기까지 하셨다고 하더군요."
"……."
사강 소단주가 말주변이 없는 것을 두고 상단주님 내외도 꽤 마음고생을 했었구나.
그런데 그 고민을 해결해 줄 여인이 등장했으니 얼마나 기뻤을까?
집안 등이 차이 나더라도 혼인을 허락할 만하지.
"그나저나 이제 슬슬 무림대연회의 가장 맛있는 행사가 시작되겠군요."
"그렇군요."

정확하게는 이틀 뒤부터 예선이 시작된다.

이번에는 누가 무림대연회의 승자가 될지 기대되는군.

이전 삶에서의 결과는 기억하고 있지만, 내가 바꾼 미래들로 인해 그 결과가 달라질 수 있으니까.

.

.

.

드디어 무림대연회 친선비무, 통칭 무림대연회가 시작되었다.

이른 아침.

대진표가 붙기는 했지만, 아직 다 공란이다.

대진을 정해서 발표하는 게 아니라, 출전하는 이들의 이름이 쓰인 나무패를 무작위로 뽑아 비무를 하기 때문이다.

이건 용봉비무회와 같은 형태다.

하지만 다른 점이 하나 있는데, 매 비무마다 뽑는 것이 아니라 한 번에 뽑는다.

얇은 나무패를 큰 통에 담아 놓고, 무림맹의 중진 중 한 사람이 나와서 그 패를 뽑아 모두가 보는 가운데 무작위로 대진표에 거는 식이다.

여기서 쓰이는 나무패는 이름이 보이지 않게 이중으로 만든 것이라 부어 놓고 한 번에 뽑을 수 있다.

무림대연회는 용봉비무회에 비해 출전자가 적기 때문에 가능한 방법이다.

하지만 비무 한 판 한 판의 시간은 더 긴 편이다.

서로 일정 이상의 실력인 만큼, 시간이 더 걸리기 때문이다.

게다가 개인과 소속된 곳의 자존심까지 걸린 만큼 웬만한 부상으로는 패배를 선언하지도 않았다.

하여 무림대연회에는 특수한 규칙이 하나 적용되는데, 팔과 다리를 포함하여 몸의 급소에 단단한 흑단목으로 만든 일곱 개의 표식을 달고 그 표식이 전부 파괴되거나 떨어트린 자가 패배하는 규칙이다.

꽤 오랜 전통이 있는 규칙인데, 내가 생각해도 제법 합리적인 규칙이다.

절정 이상의 무인들끼리 자존심을 세우다 보니 크게 다치거나 죽을 수도 있는데, 그것을 방지할 수 있으니까.

"준비 다 되었느냐?"

내가 일 층에서 기다리자, 준비를 마친 아버지가 내려오며 물으셨다.

"네. 어머니는 아직이십니다."

"그렇구나."

우리가 그런 이야기를 하기 무섭게 어머니께서 내려오셨다.

"제가 늦었나요?"

어머니의 물음에 아버지가 고개를 저으셨다.

"아니오. 나도 금방 내려왔소."

아버지는 어머니께 손을 내밀며 말했다.

"그럼 갑시다."

"네."

나는 부모님의 뒤를 따라가며 진호 형을 보았다.

기대감으로 눈이 아주 반짝이네.

그런데…… 단순히 비무를 보는 게 기대되는 게 아닌 거 같은데.

설마? 아니겠지?

나는 슬그머니 맨 뒤에서 따라오는 형에게 다가가 속삭이듯 물었다.

"형. 그래서 예선은 통과할 자신 있어?"

"물론이지! 외총관도 나 정도면 충분히 예선은 통과할 수 있다고 하셨으…… 헙!"

놀란 진호 형이 얼른 손으로 입을 막았다.

"어떻게 알았냐?"

"어떻게 알긴, 내가 동생이야."

설마 했는데 진짜 무림대연회 출전 신청을 한 거였군.

마침 진호 형이 도착한 날이 출전 신청 마지막 날이었으니까.

"무슨 생각으로 무림대연회에 참가 신청을 한 거야?"

"명예가 필요했으니까."

"명예?"

"그래, 명예. 내가 이번에 외총관의 소개를 받아 여러 무인들을 만난 건 알지?"

"응."

진호 형이 복잡한 표정으로 말했다.
"그때 그분들과 대화를 하면서 알게 되었다. 허울뿐인 명예라고 해도 그게 필요할 때가 있다는 것을 말이야."
"……."
"우리 은해상단은 앞으로 더 성장하고 위로 올라가겠지. 더 이상 올라갈 곳이 없을 때까지 말이야. 그러다 보면 우리를 향한 온갖 방해 공작이 들어올 거다."
맞는 말이기에 나는 고개를 주억였다.
"그래서 출전하는 거다. 작은 명예라고 해도, 그것이 은해상단을 지키는 힘이 될 수 있다면 좋겠거든."
형은 나를 보았다.
"그러니까 응원해 주면 안 되겠냐?"
단순히 호기심이나 혈기 때문이 아니라 나름의 이유가 있었구나.
게다가 그 이유가 상단을 위해서라는데, 내가 어떻게 말리겠어.
"좋아. 대신……."
나는 웃으며 말했다.
"예선에서 탈락하면 죽을 줄 알아."
"하하하. 명심하마."
"그런데 부모님께 말씀은 드렸어?"
내 물음에 진호 형은 고개를 저었다.
"아니. 말씀드렸으면 말리셨겠지. 그러니까 비밀로 해 주라."

"그런데, 형. 나도 알아차렸는데 과연 부모님이 모르고 계실까?"

"……."

.

.

.

곧 우리는 비무장에 도착했다.

무림맹의 공터에 만든 비무장으로, 용봉비무회보다 더 튼튼하게 신경을 쓴 듯했다.

우리는 각자 자리에 앉았다.

이번에도 관람석을 몇 개의 등급으로 나누었는데, 시중에 풀리는 가장 좋은 등급은 을석이다.

당연히 가격은 제법 비쌌지만, 그래도 가까운 자리에서 보기 위해서라면 이 정도쯤이야.

"이번에도 저희가 관람할 수 있게 해 주셔서 정말 감사드립니다."

"사실 사비로 관람석을 구할까 고민했습니다."

"뭘요."

나는 그들에게 말했다.

"이것도 다 투자입니다. 여러분들이 비무를 보고 깨닫는 바가 있어서 강해진다면, 제가 더 안전해질 것 아닙니까?"

"최선을 다해 견식하겠습니다."

호위무사 여섯 명 모두에게도 을석의 관람석을 구매해 주었다.

그리고 팔갑과 서향 소저의 자리까지도.
진유 무사와 서향 소저는 조금 긴장한 기색이었다.
그도 그렇겠지.
무림맹에 들키면 안 되는 몸이니까.
나는 진유 무사에게 전음을 보냈다.
- 진유 무사님, 긴장을 푸세요. 긴장하면 더 이상하게 볼 겁니다.
- 죄송합니다. 주군.
- 진유 무사님의 얼굴은 지금 완벽히 달라져 있습니다. 그 얼굴을 보고 맹주의 비밀무사인 연계승을 떠올리는 자는 아무도 없을 겁니다.
- 알겠습니다.

신이변용술의 대단한 점은 단순히 외모뿐만이 아니라 그 기운까지도 바꿀 수 있다는 것이다.
그리고 무림인들은 보통, 기운을 통해 상대방을 구분하곤 한다.
고수일수록 더욱 그렇지.
그러니까 진유 무사를 알아보기는 거의 불가능하다는 의미지.
나는 서향 소저에게 전음을 보냈다.
- 긴장되십니까?
- 조금요.
- 걱정하지 마십시오. 알아보지 못할 겁니다. 더군다나 멱리까지 쓰고 있으니까요.

- 그러네요.

그녀는 머리의 끝자락을 만지작거렸다.

- 사실 저를 죽이려고 했던 자들 앞에 이렇게 당당하게 나와 있으니까…… 조금 쾌감도 있네요.

- 조금이요?

- 아뇨. 조금…… 많이요.

그리 말하며 그녀는 웃었다.

신이변용술로 인해 그 웃음이 차가워 보였지만, 나는 안다.

그녀가 지금 정말 즐거워하고 있음을.

그때 뒤쪽에서 사람들의 말소리가 들렸다.

"그거 들었어?"

"뭐?"

"이번에 진법을 보완하기 위해 금불상을 가지고 왔는데, 그걸 도둑맞았다면서?"

"뭐? 그런 일이 있었어?"

"그렇다네. 아직 도둑의 정체도 못 찾았다고 하더군."

"허참, 그 도둑도 대단하네. 어떻게 무림맹의 물건을 훔친 건지."

"그러게 말이야. 그 솜씨가 참으로 놀랍네."

칭찬 감사합니다. 하하하.

내가 맹주의 부탁을 받아 가져온 금불상의 도난 사건이 사람들 사이에서도 알려졌나 보군.

그가 내게 말한 명목대로 쓰이지 않을 것을 알기에 거

리낌 없이 훔쳤지.

이전 삶에서 그 금불상을 썼다는 얘기를 들은 적이 없으니까.

그 정도 물건이 쓰였다면 그 이야기를 내가 듣지 못했을 리가 없다.

아마 이번과는 달리 은밀히 맹주의 손에 들어갔겠지.

태산의 구암문의 장문인이 그걸 숨겼다고 해도 어떻게든 찾았을 거다.

맹주는 그럴 만한 능력이 있으니까.

구암문을 멸문시키면서까지 은밀하게 손에 넣어야 했던 이유는 결코 좋은 이유가 아닐 터.

그래서 훔친 거다.

그리고 딱히 금불상이 아니어도 진법을 보완하는 방법은 여러 가지가 있으니까.

"어? 이게 누구십니까?"

"아! 제갈천두 공자!"

그때 제갈천두 공자가 나에게 다가왔다.

그의 손에 들고 있는 좌석패는 금색으로 빛나고 있었다.

갑석의 좌석패로군.

역시 방계여도 제갈세가는 제갈세가라는 거군.

마침 잘 됐다.

나는 그에게 조용히 말했다.

"관객을 보호하는 진법을 보완하기 위해 가지고 온 금불상을 도둑맞았다고 하더군요."

"그렇다고 하더군요."

"저도 조사 대상이라서 조사를 받긴 했습니다만, 제갈세가 분들이 많이 고생하셨겠습니다. 준비한 진법을 다시 고치는 게 여간 힘든 것이 아니잖습니까?"

내 말에 그는 웃으며 고개를 흔들었다.

"그걸 힘들어하면 본가의 이름이 아깝지 않겠습니까?"

하긴 그건 그렇지.

"사실 그게 없어도 충분히 진법을 고칠 수 있는데, 왜 그게 필요했는지 모르겠습니다."

역시 그도 의문을 가지고 있군.

"그럼 저는 이만 가 보겠습니다. 즐거운 시간 되십시오."

"네. 공자도요."

제갈천두 공자는 짧게 인사를 남기고 본인의 자리로 향했고, 나는 비무대 위를 바라보았다.

과연 이번에는 어떤 영웅이 탄생할지 기대가 되는군.

둥둥둥!

북 소리가 울려 퍼지고, 비무대 위로 한 여인이 올라왔다.

처음 보는 사람인데?

"유구한 역사를 이어져 온 이 무림의 친목을 위한 무림대연회 친선비무에 오신 것을 환영합니다! 이 비무를 위해 수고하신 모든 분들의 노고에도 감사드리는 바입니다."

그는 자신을 소개했다.

"저는 이번 무림대연회 친선비무의 진행을 맡은 자홍대의 대주 금연화라고 합니다."

"와아아아! 홍우검! 홍우검!"

사람들이 외치는 명호를 듣자 그녀의 정체를 알 수 있었다.

홍우검(紅雨劍) 금연화.

이전 삶에서도 유명한 인물이었는데, 아름다운 외모도 외모지만 그녀의 무공이 꽤 출중했기 때문이다.

아미파 출신으로, 그녀가 검을 휘두르면 주변에 붉은색 피가 튀는 것이 마치 비가 오는 것 같다고 해서 그런 명호가 붙었다.

그녀는 한 임무를 수행하다가 전사하게 된다.

당시 그녀의 죽음에 대해 의문을 제기하는 부하들이 많았다고 들었다.

하지만 무림맹에서는 그녀의 죽음에 대해 조사하지 않았다.

그래서 이를 받아들이지 못하고 무림맹을 나온 이들이 적잖았다.

그만큼 그녀의 인망이 두터웠다는 뜻이겠지.

즉, 내가 경계하고 멀리해야 할 사람은 아니라는 뜻이다.

"그럼, 맹주님께서 무림대연회 친선비무를 위해 축사를 해 주시겠습니다."

맹주가 비무대로 나왔다.

그리고 주변을 슥 둘러보았고, 축사를 했다.
"이렇게 모인 여러분들을 환영하네."
나는 맹주의 축사를 듣는 둥 마는 둥 하며 허공을 바라보았다.
솔직히 그 내용이 그 내용이니까.
뻔하고 당연한 내용이 이어졌다.
"……그래서 나는 이 친선비무의 의미를 더 깊게 하고자 출전자를 추천하는 바네."
전통적으로 이어져 온 맹주의 권한.
맹주의 추천을 받은 인물은 예선을 생략하고 그대로 본선에 진출한다.
이번에는 누가 그 영광을 얻으려나?
"은해상단의 선협미랑 은서호. 나는 그를 추천하네."
"……네?"
저, 저요?
나는 당황했다.
아니, 지금 이게 무슨 말이야?
맹주가 왜 나를 추천해?
나는 애써 표정을 관리하면서 서향 소저를 보았다.
하지만 그녀도 미리 보지 못했던 듯 눈을 휘둥그레 뜨고 있었다.
아버지와 어머니는 물론이고 내 일행들도 놀란 표정.
후, 우선 맹주가 무슨 생각인지 떠봐야겠군.
나는 자리에서 일어나, 정중하게 포권했다.

"우선 맹주님께서 저를 추천해 주신 것에 감사드립니다. 하지만 맹주님, 저는 상인입니다. 제가 이곳에 참석한 것은 상행을 위해서입니다. 사람마다 각자 어울리는 장소가 있는 법 아니겠습니까?"

나는 말을 이었다.

"저는 친선비무에 어울리지 않으니 부디 그 말씀은 거두어 주십시오."

옆에서 사람들의 목소리가 들렸다.

"흥. 자기 주제는 잘 아는군."

"맞아. 여기가 상인이 낄 자리는 아니지."

"하지만 맹주님이 추천하실 정도라면……."

"맹주님께서는 대체 무슨 생각이시지?"

나는 들려오는 수군거림에 짜증이 나려는 걸 참았다.

저기요, 다 들립니다만.

뭐? 주제를 알아? 상인이 낄 자리가 아니야?

이번 무림대연회에 진호 형도 참가할 예정인데 그딴 소리를 한다는 건, 진호 형이 비무대 위에 올라갔을 때도 그런 비난을 할 거란 의미다.

누구냐?

얼굴 기억해 두었다.

맹주가 나를 보며 차분하게 말했다.

"자네는 이백 년 전 무림의 영웅이었던 극천검의 절기를 이어받았네. 그렇다면 그 검을 세상에 알려서 극천검의 명맥이 끊어지지 않았다는 것을 보여 주어야 하지 않겠나?"

"……."

"이 무림을 혼란에 빠트리려는 세력들에게 경고가 될 수 있도록 말이지."

"……."

무림을 혼란에 빠트리려는 세력들이라…….

그의 말은 매우 정론이고, 무림맹주로서 할 수 있는 말이다.

그리고 저렇게까지 나온다는 건 나를 출전시키겠다는 의지가 강하다고 봐야 한다.

단순히 겸양하는 정도로는 내 거절을 받아들이지 않겠지.

자칫하다가는 사부님께 여파가 미칠 수도 있다.

그건 곤란하지.

설풍궁에 대한 건 아직 밝혀지면 안 되니까.

어떻게 하면 맹주의 의지를 바꿀 수 있을까…….

진호 형도 출전하니, 한 가문에서 두 명이 동시에 출전하는 건 부모님이 걱정하신다고 할까?

안 되겠군.

무림인들의 상식에서 그건 걱정거리가 아니라 자랑거리니까.

그때 맹주님이 말했다.

"아, 이걸 말하는 것을 깜빡했군. 이번 친선비무의 본선에 진출한 자에게는 상금과 함께 보검이 주어지지."

응?

"자네는 내 추천을 받은 것이지만, 본선에 진출한 것이나 마찬가지이니 자네에게도 상금과 보검이 주어질 것이네."

- 꾸이!

금령의 반응을 보니 꽤 값나가는 보검이 틀림없다.

"그러니 부디 내 추천이 부끄러워지는 일이 없었으면 하네만."

"맹주님의 추천을 어찌 거절하겠습니까? 그리고 말씀하신 대로 조사님의 검을 세상에 보임으로써 무림을 혼란에 빠트리려는 자들에게 경고가 된다면, 그리해야 마땅하다고 생각합니다."

상금과 선물은 중대 사항이다.

비무?

그냥 가볍게 검을 맞댄 후 탈락하면 되지 뭐.

"내 추천을 받아들여서 고맙네. 이상이네."

그렇게 맹주님은 축사를 끝내고 자리로 돌아갔다.

금연화 대주가 다시 나와서 진행을 이어 갔다.

"그럼, 지금부터 대진표를 구성하도록 하겠습니다."

그녀의 말에 보조원들이 항아리를 들고 나왔고, 중진들이 항아리에 손을 넣어 패를 뽑았다.

"내가 당첨되었군."

그리 말하며 자리에서 일어난 자는 무당파의 진선 장문인.

그의 손에는 나무 끝이 붉은색으로 칠해진 패가 들려 있었다.

전에 뵈었던 장로님도 같이 계시는군.

무당파에서는 누가 출전하려나?

진선 장문인은 비무대로 나왔고, 그 앞의 상자에 있는 나무패를 무작위로 대진표에 걸기 시작했다.

그리고 사람들은 그 모습을 조마조마하게 지켜보고 있었다.

이런 비무회는 대진 운이 반이라는 말이 있을 정도로 대진이 중요하기 때문이다.

탁, 탁탁, 탁, 탁.

그렇게 수십 개의 나무패가 대진표에 걸렸다.

비무 참가자는 총 예순두 명.

생각보다 많군.

천(天)조가 서른 두 명이고, 지(地)조가 서른 명이다.

그들이 한 번씩 겨루면 천조의 경우 열여섯 명이 본선에 진출하지만, 지조의 경우 본선에 진출하는 자는 열다섯 명.

그러면 한 자리가 남는데, 그 자리에 맹주의 추천을 받은 자가 들어가는 것.

맹주의 추천은 대진표의 빈자리를 부전승으로 처리하지 않기 위함이기도 했다.

본선에 진출하는 자는 두 조에서 열여섯 명씩, 총 서른두 명이 된다.

이때부터가 진짜 비무회의 시작이다.

양쪽 조에서 계속 대결을 해서 최후의 한 명이 남으면 그들이 겨루어 최종 우승자를 가리는 것이다.

내가 출전하지 않는다면 더 흥미진진하고 재밌었겠지만…….

"후……."

내가 한숨을 내쉬자 팔갑이 말했다.

"도련님, 이미 정해진 일입니다요."

"나도 알아."

나는 그리 말하며 비무대 위를 보았다.

탁.

마침내 마지막 나무패가 대진표에 걸리며 대진표 구성이 끝났다.

무당파의 진선 장문인은 사람들에게 포권했다.

"여러분들의 무운을 바라오."

그러곤 본래 자리로 돌아갔고, 금연화 대주가 다시 나왔다.

"지금부터 첫 번째 비무를 시작하겠습니다. 천조의 첫 번째 대진표의 이름표를 공개해 주세요."

그녀의 말에 보조원이 나무패의 이름을 덮은 나무 덮개를 제거했다.

거기서 나온 이름은 남궁세가의 자제와 한 작은 문파의 제자였다.

"남궁세가의 남궁온! 그리고 이에 맞서는 상대는 연결

문의 제자 대녹!"

금연화 대주의 호명에 두 무사가 비무대 위로 올라왔다.

남궁온이라는 자는 상당히 젊어 보였다.

이십대 후반 정도?

그런데 벌써 절정의 경지에 오른 것을 보니 역시 남궁세가라는 생각이 들었다.

가문의 수준 높은 무공과 각종 영약, 뛰어난 스승 덕분에 빠르게 강해진 것이다.

하지만 그에 의존해서 강해진 자들은 몇 가지 문제가 있다.

초절정이나 그 이상의 경지로 올라갈 때, 느리지만 정석대로 차근차근 올라간 이들보다 더 높은 벽을 마주하게 된다는 것이지.

사부님께서 초절정부터는 신체와 깨달음의 경지가 서로 조화를 이루기가 어려워지는 시기라고 하셨다.

초절정의 내공을 버틸 몸을 만드는 것도 어렵지만, 그를 위한 깨달음을 얻는 것은 더더욱 어려우니까.

그리고 또 다른 문제.

그렇게 가문의 힘에 의존해 성장한 이들은 인성이 별로 좋지 않은 경우가 많다.

어릴 때부터 온갖 대접을 받으며 자라온 탓에 성격이 오만해지고, 공감 능력도 떨어지며 배려심도 없다.

저 남궁온이라는 자도 그런 경우로 보였다.

각자의 몸에 일곱 개의 표식을 달았고, 그들은 서로 마주했다.

"연결문이 어디에 처박혀 있는 문파인지 모르겠지만, 이거 미안해서 어쩌죠? 오자마자 문파로 돌아가게 생겼는데 말입니다."

"그건 직접 검을 맞대 봐야 아는 거 아닙니까?"

"세상에는 재 보지 않아도 알 수 있는 것이 있지요. 당신과 나의 수준 차이처럼 말입니다."

남궁온의 말대로 대녹이라는 자의 수준은 일류이다.

무림대연회의 친선비무의 참가자격에 제한은 없으니 저렇게 일류 정도 되는 자도 참가하는 것.

절정 미만의 무인들이 참가했다가 중상을 입고 사망하는 경우가 많으니 절정 이상의 무인들이 참가하는 것으로 관례가 된 거다.

하지만 관례는 관례일 뿐.

여전히 원칙적으로 참가자격에 그 어떤 제한도 없다.

둥-!

북이 울렸고, 그들의 비무가 시작되었다.

남궁온은 기수식도 제대로 취하지 않은 채 비웃음 가득한 표정을 지었다.

"흐아압!"

대녹 무사는 남궁온을 향해 검을 휘둘렀다.

제법 빠르군.

하지만 저 정도로는 부족할 텐데.

퍼억!

예상대로 남궁온은 그 검을 가볍게 피하며 발을 뻗었고, 대녹 무사는 그에 얻어맞으며 비무대 위를 굴렀다.

그리고 가슴에 달고 있던 표식 하나가 파괴되었다.

"크윽!"

그는 신음을 토하며 자리에서 일어났고, 그런 그를 향해 남궁온이 비아냥거렸다.

"어라? 일어났네. 못 일어날 줄 알았는데요."

"나는 그렇게, 약하지 않습니다!"

그리고 다시 검을 부여잡았고, 남궁온을 향해 몸을 날리며 검을 휘둘렀다.

서걱!

그런 그를 향해 그어지는 검.

그 검은 그의 어깨 쪽의 패를 베었고, 그와 동시에 살짝 그어진 어깨에서는 피가 튀었다.

"크윽!"

모두의 예상대로 비무는 일방적으로 흘러갔다.

남궁온은 시종일관 상대를 농락했고, 대녹이라는 자는 점점 피투성이가 되어 갔다.

표식을 지키기 위해 다른 부분이 다치는 것을 감수했기 때문이다.

그 처절함에 사람들은 점점 숙연해지기 시작했고, 대녹 무사를 가지고 노는 남궁온의 처사에 비난의 목소리가 나오기 시작했다.

"대녹아! 이제 되었다! 그만 항복해라!"

어디선가 들려오는 목소리.

그럼에도 대녹은 포기하지 않았다.

상대와의 격차는 현격하지만, 그렇다고 포기하고 싶지는 않은 거겠지.

제대로 서 있기도 힘들 정도였지만, 어떻게든 저자에게 한 방 먹이고 싶은 마음일 거다.

"이제 표식이 하나 남았지요?"

반면, 남궁온은 아주 쌩쌩했다.

"그럼 이제 슬슬 끝내죠. 그쪽이랑 노는 것도 지루해지던 참이거든요."

그리고 검기를 검에 둘렀다.

이를 본 무림맹의 중진들도 탐탁잖은 표정이었지만, 이를 금지하는 규정은 없었기에 그냥 지켜보기만 했다.

"이 남궁온의 섬전십삼검뢰에 패하는 것을 자랑스러워해도 좋소! 하하하하!"

그는 번개가 번쩍이는 듯한 검기를 두른 검을 들고 대녹 무사의 하나 남은 표식을 향해 몸을 날렸다.

슥!

대녹 무사는 그대로 검을 피하며 바닥을 굴렀다.

"어딜!"

남궁온은 짜증스러운 얼굴로 방향을 바꾸려 했다.

하지만 바닥에 흥건한 대녹 무사의 피 때문에 미끄러지며 균형을 잃고 말았다.

"······!"

그리고 대녹 무사는 그 기회를 놓치지 않았다.

"으아아아악!"

그는 기합을 지르며 바닥에 누운 채 남궁온의 다리를 걷어찼고, 남궁온은 비무대에서 떨어지고 말았다.

순식간에 벌어진 일.

예상치 못했던 일이기에 모두가 놀라 두 눈을 깜박일 뿐이었다.

비무대에서 떨어진 장본인인 남궁온도 놀라 두 눈을 깜박였다.

"후욱, 후욱, 후욱."

대녹 무사는 몸을 일으켰다.

침착하게 비무를 지켜보고 있던 금연화 대주가 나서서 선언했다.

"첫 번째 비무 결과, 남궁온의 장외로 연결문의 제자 대녹의 승리입니다!"

이에 대녹은 허공을 향해 두 팔을 번쩍 들며 괴성을 질렀다.

"으아아아아!"

그건 승리의 괴성이다.

그리고, 그대로 뒤로 넘어갔다.

털썩.

기절해 버린 것.

그럴 만하지. 온 몸이 피투성이가 될 정도였으니.

관람객들은 현격한 실력 차이에도 굽히지 않고 치열하게 싸워 승리를 거머쥔 대녹 무사에게 아낌없는 박수를 보내 주었다.

짝짝짝짝!

나 역시 박수를 보냈다.

근성이 정말 대단한 사람이네.

무림맹의 무사들이 급히 달려 나와 대녹 무사를 들것에 실어 갔고, 남궁온은 망연자실한 표정으로 주저앉아 있었다.

그도 그럴 것이 자신이 질 거라고는 전혀 예상하지 못했을 테니까.

그가 최선을 다했다면 무난히 승리했을 거다.

하지만 그는 상대방을 무시하고 방심했다.

무림에서는 다섯 살 아이와 검을 섞을 때도 방심하지 말라는 격언이 있는데 말이지.

"이건 말도 안 돼! 내가, 내가 졌다고? 절정 무사인 내가 일류 무사에게 졌다고? 아니야! 이건 무효야! 무효라고!"

그는 비무대 위로 뛰어 올라갔고, 금연화 대주에게 항의했다.

"뭔가 잘못되었어! 심판 제대로 본 거 맞습니까?"

"당신은 비무대 위에서 떨어졌고, 대녹 무사는 마지막까지 남았습니다. 여기에 뭔가 틀린 것이라도 있습니까?"

"아니야! 아니야! 나는 지지 않았다고!"

"경고합니다. 그만 퇴장하십시오."
"나는 지지 않았다고…… 커헉!"
털썩.
순간 그는 그대로 금연화 대주 앞에 무릎을 꿇었다.
다른 이들의 눈에는 남궁온이 스스로 그녀 앞에 무릎을 꿇은 것처럼 보였지만, 아니다.
금연화 대주의 주먹이 남궁온의 배를 후려친 것이다.
"규정에 의해, 이틀간 뇌옥에 가두겠습니다. 끌고 가세요!"
"네!"
곧 무림맹의 무사들이 달려와 남궁온을 끌고 갔다.
무림대연회 비무의 규정상, 비무대에서 난동을 부리거나 결과에 불복하면 뇌옥에 이틀 동안 갇히게 되지.
남궁온의 추태에 남궁세가의 가주는 고개를 절레절레 흔들었다.
그 모습이 고소하기 짝이 없었다.
비무는 계속해서 이어졌고, 점심을 먹을 때가 되어서야 겨우 세 번째 경기가 끝났다.
한 시진 동안의 점심시간이 주어졌다.
"점심 먹고 오죠."
"알겠습니다."
아버지와 어머니는 다른 상단 분들과 식사를 하기로 했고, 진호 형은 외총관과 어디론가 향했다.
그러니까 나는 내 일행들과 점심을 먹어야지.

"객잔으로 가죠."

지금 다른 반점은 아마 꽉 차서 자리 잡기도 어려울 거다.

아버지와 어머니는 예약을 잡아 놓은 주루로 가시는 것 같지만.

나도 좋은 주루나 반점을 예약할까 하다가 그만두었다.

가볍게 식사를 마치고 임시 상점에 가 봐야 하니까.

그때 한 사내가 누군가의 부축을 받으며 걸어가는 것이 보였다.

첫 번째 비무 참가자인 대녹 무사다.

기절했었는데 깨어났나 보네.

나는 그에게 다가갔다.

"몸은 괜찮으십…… 괜찮지 않아 보이는군요."

"이 정도는 침 바르면 낫습니다."

대녹 무사는 나를 알아보지 못한 듯했지만, 그를 부축하고 있던 자는 나를 알아본 듯했다.

"혹시 선협미랑 대협 아니십니까?"

"맞습니다."

내 대답에 그는 깜짝 놀랐다.

"이런! 예를 갖추어야 하지만 이 녀석을 부축하고 있어서…… 죄송합니다."

"괜찮습니다."

나는 손을 내젓고는 작은 단지 하나를 내밀었다.

"첫 번째 비무는 감명 깊게 봤습니다. 이건 효과가 좋은 금창약인데, 도움이 될 겁니다."

대녹 무사가 그랬지. 침 바르면 낫는다고.

그 말대로다.

이 금창약은 금령의 침이 살짝 섞인 금창약이니까.

하지만 그들은 내가 내민 금창약을 바로 받지 않았다.

"이걸 왜?"

의심 가득한 눈빛.

쯧, 지금까지 살아온 세월이 그다지 순탄하지는 않았나 보군.

"그냥 호의입니다."

"뭔가 저희에게 바라는 것이 있으신 것은 아닙니까?"

이럴 땐 그냥 직설적으로 대답하는 것이 좋다.

"제가 바라는 것을 가지고 계십니까?"

"……."

"그러니 그런 눈빛은 거둬 주시죠."

"험, 험험. 죄송합니다."

"죄송했습니다."

나는 고개를 끄덕이며 사과를 받았다.

"오늘 비무가 참으로 인상 깊었습니다. 마지막까지 포기하지 않는 근성에는 찬사를 보낼 수밖에 없었습니다."

"가, 감사합니다."

"그래서 이 금창약을 드리는 겁니다."

솔직히 그것도 있지만, 남궁온을 장외패 시킨 것에 대한 감사를 표하고 싶은 마음이 더 컸다.

덕분에 속이 아주 시원했거든.

남궁세가 일원들의 일그러진 표정도 마음에 들고.

하지만 단지 그것 때문에 금창약을 주는 건 아니다.

아까 그에게 진 남궁온이라는 자는 딱 봐도 속이 좁은 자였다.

그러니 대녹 무사에게 진 것에 대해 분풀이를 할 가능성이 크다.

가뜩이나 실력 차이도 나는데 몸이 멀쩡하지 않으면 큰 사달이 날 수 있다.

최소한 버티거나 도망칠 수 있는 수준은 되어야지.

잠깐.

아니지. 아니지.

방금 좋은 생각이 났다.

"그런데 지금 어디에 머물고 계십니까?"

"장씨객잔에 머물고 있습니다. 외곽의 허름한 객잔 중 하나라 잘 모르실 겁니다."

예상대로군.

그곳은 남궁온이 분풀이를 하더라도 막아 줄 사람이 없다.

"본선에 진출하셨으니 다음 대결까지 몸 상태도 회복하셔야 하고, 연락을 받기도 편하게 가까운 객잔에 머무시는 게 낫지 않겠습니까?"

"그건 그렇습니다만……."

"제가 머무는 객잔에 방이 남습니다. 그곳으로 오시지요."

두 사람은 머뭇거리다가 입을 열었다.

"대협이시라면 좋은 객잔에서 머물고 계실 텐데, 저희는 그런 곳에서 머물 만큼의 돈이 없습니다."

"제가 객잔을 옮길 것을 권했는데, 설마 객잔비를 알아서 내라고 하겠습니까?"

"……."

"정 부담스러우시면 비무 본선에 진출한 무사에 대한 상인의 후원이라고 생각하십시오."

"아까는 저희가 대협이 바라는 것을 가지고 있지 않다고 하지 않으셨습니까?"

"뭔가 오해하시고 계시는군요. 저는 분명 '제가 바라는 것을 가지고 계십니까?'라고 물었는데 그게 어떻게 그런 뜻이 되는지 모르겠군요. 저는 본인의 가치를 알아서 증명하라는 의미였는데 말입니다."

사실 그가 말한 것이 맞지만, 원래 말이라는 것이 해석하기 나름이잖아?

나는 재빨리 둘러대었고 두 사람은 멋쩍은 듯 헛기침을 했다.

"큼, 험험."

나는 말을 이었다.

"그렇게 중상을 입은 상태에서 몸조리를 잘못하면 골병듭니다. 여기서 무인으로서의 인생을 끝내실 게 아니라면 제 말대로 하시죠."

두 사람은 못 이긴 척 내 제안을 승낙했다.

무림대연회 〈317〉

나는 그들을 데리고 연풍객잔으로 가서 방 하나를 내주었다.

어차피 객잔 전체를 전세 냈기에 방은 여유가 있었으니까.

우리와 함께 온 의원에게 대녹 무사의 상세를 살펴달라고 했다.

그러곤 대녹 무사를 부축해 온 그의 사형이라는 사람과 함께 점심을 먹기로 했다.

곧 만두와 국수가 나왔고, 우리는 맛있게 음식을 먹었다.

그리고 차를 마시며 그와 이야기를 주고받았다.

"연결문은 어디에 있는 곳입니까?"

"섬서성에 있습니다."

"두 분이서만 오신 겁니까?"

"네. 여럿이 같이 올 형편이 아니라서……."

그는 멋쩍게 웃으며 말했다.

섬서가 그리 먼 편이 아니지만, 중소 문파에서는 부담이 되겠지.

"그러고 보니 대협의 이름을 듣지 못했군요."

내 말에 그는 손사래를 쳤다.

"대협이라니요. 제게 너무 과한 경칭입니다. 저는 수암이라고 합니다."

그리고 그는 연결문에 대해 설명해 주었다.

연결문은 섬서성의 작은 문파로 총 인원이 스무 명 남

짓한 곳이라고 했다.

"사실, 제자라고는 하지만 엄밀히 말하면 사부님께서 거두신 고아들입니다. 저와 대녹이도 마찬가지고요."

"그럼 문파 운영은 어떻게 하십니까?"

"문파에 딸린 땅이 있어서 농사를 짓고 있습니다. 하지만 넉넉지는 않고 근근이 먹고살 정도입니다."

"그런데 왜 갑자기 무림대연회 친선비무에 출전하시게 된 겁니까? 대녹 무사의 실력으로는 위험할 수 있다는 것을 모르지는 않을 텐데요."

내 말에 그의 표정이 어두워졌다.

"그게…… 사정이 있습니다. 원래 저희가 농사를 짓는 것 말고도 후원해 주시던 장주님이 계셨는데, 그 후원을 끊겠다고 통보했습니다. 가뭄으로 인해 사정이 어렵다고 하더군요."

꽤나 타격이 크겠군.

그의 말이 이어졌다.

"그래서 후원을 유지해 달라고 찾아갔는데, 한 가지 조건을 거셨습니다. 무림에서 그럴듯한 명호를 얻으라는 조건이었습니다. 그래야 자신도 무리해서라도 후원을 이어 갈 명분이 있지 않겠냐고요."

"그래서 그 명호를 얻기 위해서 무림대연회 친선비무에 출전하셨다는 거군요."

"그렇습니다."

그는 말을 이었다.

"저희 문파에서 사부님과 큰 사형을 제외하고 대녹이 가장 강했기에 그 녀석이 출전하게 된 겁니다."

"그 노력이 헛되지는 않아서 다행입니다. 본선에 진출했으니 서른두 명의 신진고수 중 하나로 이름을 얻을 수 있을 테니 말입니다."

"천운이 따랐지요."

"무림에는 그런 말이 있습니다. 운도 실력이라는."

그리고 그 운은 노력하고 준비한 자에게 다가와 행운이 되는 법이지.

"마지막까지 대녹 무사는 포기하지 않았습니다. 그 결과가 바로 예선전 통과입니다."

나는 씨익 웃었다.

"축하드립니다."

.

.

.

잠시 후.

우리는 다시 비무장으로 향했다.

대녹 무사와 수암 무사에게 객잔에서 쉴 것을 권했지만, 그들은 꼭 관전하기를 원해서 같이 나섰다.

"그런데 저들이 가진 건 나무패라서 서서 보기 힘들 텐데 말입니다요. 게다가 새끼손가락보다 작게 보이고 말입니다요."

팔갑의 말에 나는 고개를 저었다.

"그건 아니야."
"네?"
"저들은 모르는 것 같지만, 사실 본선 진출자에게는 특전이 있거든."
그 특전이란, 을석에서 관람할 수 있는 은패를 받는 것이다.
보통 본선에 진출할 정도의 무인들은 금패나 은패를 가지고 있기에 별로 쓰일 일이 없는 특전이지만 말이지.
게다가 한 사람을 동반하는 것이 가능하기에 두 무사는 함께 을석에서 관람이 가능하다.
나는 두 무사를 데리고 무림대연회 운영본부로 향했고, 은패를 받아 주었다.
두 무사는 무척이나 고마워했다.
"이런 특전이 있는 건 전혀 몰랐습니다."
"보통은 모르지요. 그래서 정보가 중요한 겁니다."
그렇게 우리는 오후의 비무를 관람하기 위해 자리로 이동했다.

오후의 비무에는 제갈유아 소가주가 출전했고, 그녀는 침착하게 상대를 꺾고 본선에 진출했다.
"와아아아!"
"백랴냉검! 백랴냉검!"
사람들은 그녀의 명호를 부르며 환호했다.
인기 많네.

어느덧 날이 저물었고, 남은 비무 일정은 자연히 내일로 미루어졌다.

객잔으로 돌아가는 길에 대녹 무사와 수암 무사가 말했다.
"저희는 장씨객잔에 들러서 짐을 가지고 연풍객잔으로 가겠습니다."
"그렇게 하세요."
그렇게 그들을 보내고 발을 돌렸을 때 서향 소저가 나에게 말했다.
"저분들과 함께 가야 할 것 같아요."
"……."
그녀가 갑자기 저런 말을 한다는 건 미래를 봤다는 의미다.
나는 얼른 몸을 돌려 그들을 불렀다.
"잠시만요!"
"네?"
"저희와 함께 가죠."
"저희만 가도 됩니다만."
"아닙니다. 이왕 후원하기로 한 거 철저하게 하라는 것이 저희 상단의 철칙입니다."
그렇게 우리는 두 무사를 따라 장씨객잔으로 향했다.
그런데 그 길이 제법 멀었다.
나는 서향 소저에게 물었다.

"괜찮으십니까?"

"네. 수련도 되고 좋네요. 뭐, 길이 먼 것을 예상 못 한 것도 아니고요. 제가 필요한 곳이면 따라가야죠."

즉, 본인이 필요할 것을 알기에 따라왔다는 거다.

살짝 감동이네.

"이제 일각 정도만 더 가면 됩니다."

그들의 말을 듣던 중, 나는 기분 좋지 않은 기운을 느꼈다.

"멈추세요."

"……!"

내 말에 모두가 발을 멈추었다.

"저 앞에 누군가 있습니다. 뭔가 느낌이 좋지 않군요."

나는 내 호위무사들에게 말했다.

"진유 무사님, 여웅암 무사님."

"네!"

"저들의 뒤를 잡으세요."

"알겠습니다."

"그리고 이필 무사님께서는 순찰대를 불러 이쪽으로 와 주십시오."

곧 명을 받은 그들은 우리의 시야에서 사라졌다.

"그럼 갑시다."

"네."

나는 대녹 무사와 수암 무사를 먼저 보냈고, 우리는 조금 뒤에서 따라가기로 했다.

그들이 객잔에 도착하기 바로 직전, 한 무리의 이들과 마주했다.

뭔가 껄렁해 보이는 이들.

딱 봐도 더러운 짓을 대신해 주는 이들이군.

그런데 흑도가 여기까지 어떻게 들어왔지?

"대녹이라는 자가 누구지?"

그 물음에 대녹 무사가 대답했다.

"제가 대녹입니다. 무슨 일로 그러십니까?"

그 물음에 그들은 씨익 웃었다.

"그렇군."

그들은 다짜고짜 달려들어 대녹 무사를 향해 주먹을 휘둘렀다.

이에 대녹 무사는 반격했지만, 워낙 상대 쪽의 수가 많았기에 속수무책이었다.

퍽! 퍽!

"이게 무슨 짓입니……."

수암 무사가 항의했지만, 그들은 수암 무사 역시 공격했다.

"딱히 너희에게 감정은 없거든. 그러니까 괜히 반항하지 말고 순순히 맞고 누워 있어. 그편이 덜 아플 테니까. 흐흐흐."

"누굽니까? 대체 누가 이런 짓을!"

대녹 무사의 항의에 그들이 대답했다.

"네놈에게 원한이 있는 자 아니겠냐?"

"생각을 좀 해라. 흐흐."
그리고 두 무사를 향해 검집을 휘둘렀다.
검로를 보니 그 목적은 팔을 부러트리려는 듯했다.
깡!
까앙!
하지만 그들의 공격은 두 무사에게 닿지 못했다.
그들의 뒤로 접근한 진유 무사와 여응암 무사가 그들의 공격을 다 쳐낸 것이다.
휘릭-! 퍽!
그리고 몸을 돌려 발로 차 넘어트렸다.
다른 무사들도 곧바로 달려나갔고, 대녹 무사와 수암 무사를 핍박했던 흑도들은 순식간에 바닥에 나뒹구는 신세가 되었다.
"으윽……."
"윽……."
"아이고……."
나는 그들을 싸늘한 눈으로 내려다보며 말했다.
"그대들을 보낸 자가 누굽니까?"
"마, 말할 수 없다!"
"분명 돈을 받고 이런 짓거리를 한 것 같은데, 그래서 정확하게 뭐라고 의뢰했습니까?"
"마, 말할 수 없…… 끄아아악!"
진유 무사의 검이 사정없이 그자의 손등에 박혔다.
"괜히 반항하지 말고 그냥 불어야, 덜 다치지 않을까

요? 칼밥 먹고 사시는 분이 그러다가 검 못 잡으면 어떻게 먹고사시려고요?"

나는 이죽거렸다.

"동료라는 자들이 먹여 살려 줄 것 같지는 않은데 말입니다."

내 말에 그들의 눈동자가 흔들렸고, 한 명이 덜덜 떨며 말했다.

"제, 제가 말하겠습니다! 그러니까…… 대녹이라는 자가 다음 비무에 나오지 못할 정도로 손을 봐 주라고 했습니다."

"의뢰인은요?"

"누군지는 모르겠고, 턱 아래에 사마귀가 있고 눈매가 날카로운 자였습니다. 은자 열 냥을 주면서 일을 의뢰해서……."

"음……."

하긴, 지금 남궁온은 뇌옥에 갇혀 있을 테니까.

자신의 수하를 시켜서 이런 짓을 했겠지.

"죄송합니다! 정말 죄송합니다! 앞으로 착하게 살겠습니다!"

"그렇게 하세요. 그러니까 무림맹으로 함께 가시죠."

삑! 삐익!

그때 들려오는 호각 소리와 가까워지는 무사들의 기운.

이필 무사가 불러온 무림맹의 순찰대의 조원들이다.

그 조를 이끄는 자는 원업 조장.

제때 왔군.
"선협미랑 대협!"
"또 뵙는군요. 원 조장님. 수고 많으십니다."
"허허, 아닙니다."
그는 바닥에 나뒹구는 이들을 보며 물었다.
"이자들입니까?"
"네. 이자들이 오늘 예선을 통과한 대녹 무사를 습격한 이들입니다."
이에 대녹 무사가 말했다.
"선협미랑 대협 덕분에 화를 면할 수 있었습니다."
"역시 선협미랑 대협이십니다."
원 조장이 감탄한 얼굴로 포권했다.
"별 것 아닙니다. 부디 이들을 잘 처리해 주십시오."
"걱정하지 마십시오."
"아, 그런데 남궁옥 공자는 아직 뇌옥에 있습니까?"
"아닙니다."
그는 고개를 저었다.
"뇌옥에 갇히기 직전, 남궁세가에서 이틀 동안 저택에 가두겠다고 말하고는 데리고 갔다고 합니다."
"……."
뭔가 씁쓸하네.
원 조장도 마찬가지로 씁쓸한 표정이다.
하지만 그가 뭘 할 수 있겠는가.
"그럼, 부탁드립니다."

그렇게 원 조장은 그들을 생선을 엮듯 호승줄로 엮어서 무림맹으로 데리고 갔다.

나는 고개를 돌려 대녹 무사와 수암 무사에게 물었다.

"괜찮으십니까?"

"아, 네. 괜찮습니다."

"아까 저들에게 맞을 때 막지 않아서 죄송합니다. 확실하게 하기 위함이었습니다."

"이해합니다."

대녹 무사가 분통을 터트렸다.

"대체 어떤 자들이 이런 일을 사주한 것입니까?"

"누구겠습니까?"

"네?"

"잘 생각해 보시면 답이 나올 겁니다."

잠시 생각하던 그는 입술을 깨물었다. 누가 이런 짓을 했는지 알아차린 것이다.

수암 무사가 말했다.

"이런 일이 있을까 봐 저희들에게 객잔을 옮기라고 하고 또 이렇게 동행해 주신 거군요."

"맞습니다."

"후, 감사의 인사를 드려야겠군요."

그들은 나에게 포권하여 정중하게 감사를 표했다.

"감사합니다."

"정말 감사합니다."

"뭘요. 그냥 재능 있으신 분을 보게 되어, 기쁜 마음에 도운 것뿐입니다."

나는 객잔을 가리키며 말했다.

"그럼 짐을 챙겨서 나오십시오."

"알겠습니다."

혹시 몰라 서우 무사를 함께 보냈다.

나는 시선을 옮겨 하늘을 보았다.

역시나 내 생각이 맞았다.

남궁온이라는 자가 분풀이를 사주한 이번 일에 대해 남궁세가에서는 신경도 쓰지 않고 그냥 넘어갈 가능성이 크다.

하지만 이대로 끝낼 수는 없지.

신경 쓰지 않을 수 없게 만들어 주마.

.

.

.

잠시 후, 그들은 각자 짐을 챙겨서 나왔다.

짐이라고 해 봤자, 봇짐 하나뿐이었기에 생각보다 빨리 객잔을 나왔다.

대녹 무사의 얼굴은 여전히 시뻘게진 채였다.

아무리 생각해도 분이 풀리지 않는 거겠지.

팔다리가 부러지는 건 둘째 치고 하마터면 이대로 무사 생활을 접어야 했을 테니까.

"으아아악!"

그는 옆의 나무를 향해 주먹을 휘둘렀다.

쿵!

그렇게 해서라도 분이 풀린다면 다행이지…… 어?

쿠! 쿠쿵! 쿵!

그 주먹 한 방에 대여섯 그루의 나무들이 쓰러졌다.

어라? 저건 일류 무사의 힘으로 만들 수 있는 게 아닌데?

나는 대녹 무사에게 말했다.

"대녹 무사님. 실례지만 잠시 맥을 짚어 봐도 되겠습니까?"

"네?"

"뭔가 확인할 것이 있어서 그렇습니다."

내 말에 그는 머뭇거리다가 이내 고개를 끄덕였다. 여기까지 도와준 것이 있으니 믿는다는 거겠지.

그는 손목을 내밀었고, 나는 그의 손목을 잡고 맥을 짚어 보았다.

이게 무슨…… 어처구니가 없네.

분명 조금 전까지 일류무사의 수준이었는데, 지금 그는 절정무사 초입 수준이었기 때문이다.

이거 혹시…….

나는 그의 맥을 잡은 채 그에게 말했다.

"심호흡을 하시고 마음을 진정해 보십시오."

"후우……."

"제일 좋아하는 음식이 무엇입니까?"

"저, 저는…… 당호로를 제일 좋아합니다."

"그럼 당호로를 먹고 있다고 상상해 보십시오."

내 말에 그는 눈을 감았고, 빠르게 뛰던 맥이 진정되기 시작했다.

동시에 신기한 일이 생겼다.

분노가 가라앉자, 다시 일류무사의 수준이 되었으니까.

그럼, 다시 한번 시험해 볼까?

"그런데 그 당호로를 남궁호가 뺏어서 짓밟았다고 생각해 봅시다."

"으득!"

그가 이를 가는 소리가 들리며, 그의 경지가 다시 절정 초입이 되었다.

확실하군.

나는 고개를 주억이며 손을 그의 손목에서 뗐다.

그렇다면 이건 개인의 특성일까? 아니면 무공의 특성일까?

나는 수암 무사에게 말했다.

"잠시 맥을 짚어 봐도 되겠습니까?"

그는 선뜻 나에게 손목을 내밀었고, 그의 내공을 확인했다.

그리고 대녹 무사처럼 동일하게 시험해 보았다.

비슷한 결과가 나왔고, 나는 손목에서 손을 떼며 물었다.

"혹시, 연결문의 무공은 분노했을 때 위력이 더 강해지는 특성이 있습니까?"

내 물음에 그들은 고개를 저었다.

"그건 저도 잘 모르겠습니다."

"사부님께 그에 대해 들은 바는 없습니다."

사부, 그러니까 연결문의 문주는 이에 대해 정말 몰라서 말하지 않은 걸까?

아니면 정말 모르고 있었을까?

그들의 무공은 분노했을 때 급격히 강해진다.

하지만 뭐든 대가가 없는 건 없지.

그 반대급부가 있을 텐데…….

꼬르륵.

꼬륵.

저거로군.

힘이 강해지는 대신 급속도로 기력을 소모하는 모양이다.

오던 길에 반점에 들러 식사를 했다. 하여 나는 전혀 배가 고프지 않은데 벌써 저 정도니 말이지.

그나저나 분노해서 빠르게 기력을 소모하면 식량을 허비하게 되니 일부러 이에 대해 말하지 않은 건가?

연결문의 사정은 그리 좋은 편은 아니니까.

설마…….

나는 상념을 지웠다.

"제가 살펴보니, 두 분이 익힌 무공은 분노했을 때 힘이 훨씬 강해지는 특성이 있습니다."

"분노했을 때 말입니까?"

"그렇습니다. 그러니 이를 잘 활용하면 본선에서도 좋

은 성과를 낼 수 있을 겁니다."
"그럼 복수도 할 수 있는 겁니까?"
나는 그에게 물었다.
"그 복수라는 건, 남궁온 공자에 대한 것입니까?"
그는 내 물음에 대답하지 않았지만, 그것만으로도 대답은 충분했다.
나는 그에게 조언을 건넸다.
"내가 맞은 만큼 때려 주는 건 하수입니다. 진정한 고수의 복수는 상대방이 다시는 나를 건드리지 못하게 하는 것입니다."
"이해가 되지 않습니다."
"복수를 하더라도 상대가 나중에 주변 사람들을 건드리게 되면, 그건 복수를 안 하느니만 못하게 됩니다."
"아……."
그들은 이해했다는 듯 고개를 끄덕였다.
대녹 무사가 주먹을 꽉 쥐며 물었다.
"그럼, 저희 같은 약자는 아무것도 못 하고 그냥 참고 살아야 하는 겁니까?"
"그건 아닙니다."
나는 고개를 저었다.
"사람이란 누구나 마음속에 불안감을 가지고 살고 있습니다. 그 불안감이 극대화되었을 때 사람은 가장 고통스러운 법이죠."
나는 말을 이었다.

"내가 때린 상대방이 나에게 복수할 수 있는 위치에 있는데 자신을 건드리지 않을 때, 대체 무엇을 위해 그러는지 알 수 없으니 하루하루 피가 마르는 심정일 겁니다."

"열심히 노력해서 더 올라가라는 건데…… 저희 연결문은 아는 사람도 별로 없는 작은 문파입니다. 저희가 노력한다고 해서 남궁세가와 견줄 수는……."

"세상에 안 되는 게 어디 있습니까?"

나는 그의 말을 끊고는 확신을 담아 말했다.

"세상에 안 되는 건 없습니다. 그저 방법을 모르고, 알더라도 실행을 주저할 뿐입니다."

나는 씨익 웃었다.

"물론 그건 나중의 일이고, 지금 당장 한 대 패고 싶은 마음이 가득하겠죠."

"맞습니다."

"패지는 못하지만 그에 준하는 복수는 어떠십니까? 그거라도 괜찮다면 제가 도와드리지요."

"어째서입니까? 어째서 이렇게까지 저희에게 은혜를 베푸시는 겁니까?"

"은혜라니요? 저는 대가 없는 도움은 주지 않습니다."

"그럼 저희에게 원하는 것이 있으시다는 건데?"

"제가 도움을 드리는 대신, 훗날 저희 은해상단의 힘이 되어 주십시오."

"그거면 됩니까?"

"충분합니다. 그래서 어찌하시겠습니까? 선택은 여러

분의 몫입니다. 다만, 각오는 하셔야 할 겁니다."
두 사람은 서로 눈빛을 교환하더니 나를 향해 정중히 포권했다.
척!
"부탁드립니다."
그들의 눈은 이글이글 타오르고 있었다.
좋은 눈빛이네.
"곽 부관님. 계약서 작성합시다."

.

.

.

우리는 연풍객잔으로 돌아왔다.
대녹 무사와 수암 무사에게는 식사를 하라고 하고, 나는 부모님을 뵙고 자초지종을 말씀드렸다.
"허! 그런 일이 있었다니!"
당연히 부모님은 분노하셨다.
"이 자리에 진호가 없어서 다행이구나."
"네. 그래서 형이 없을 때 이야기하는 겁니다."
아버지는 피식 웃으셨다.
"그래. 네게 무언가 생각이 있는 듯하니 잘해 보거라."
"감사합니다."
나는 고개를 숙이고는 화제를 돌렸다.
"그런데 제가 무림대연회의 친선비무에 출전하게 되었는데, 이에 대해 왜 아무 말씀도 없으십니까?"

이번에는 어머니께서 웃으며 말씀하셨다.
"너라면 어련히 알아서 잘할 텐데 내가 말해서 뭘 하겠니?"
"응원하마."
"하하하하."
역시 두 분 다 나를 너무 잘 아신다.
"그건 그렇고 진호가 걱정이구나."
어머니가 한숨을 내쉬었다.
"괜히 오기를 부려서 크게 다치기라도 하면 어쩌나 싶어서 말이지."
"아……."
나는 멋쩍게 웃으며 허공을 보았다.
진호 형. 거봐…….
이미 부모님은 알고 계신다고.
이 일은 형이 알아서 해.
나는 모르는 일이니까.

.

.

.

나는 곧바로 행동에 나섰다.
친선비무의 진행 속도를 봐서는 닷새 정도면 남은 예선이 모두 끝날 것이다.
그리고 그 시간 동안 대녹 무사의 실력을 끌어 올려야 한다는 의미지.

나는 그를 데리고 연풍객잔의 뒷마당으로 왔다.

우리 은해상단이 연풍객잔을 전세 내곤 하는 이유가 바로 이 뒷마당 때문이다.

제법 넓어서 훈련하기에 꽤 좋거든.

"그럼, 지금부터 특별 훈련을 시작하겠습니다."

"네!"

"성심을 다하겠습니다."

내 말에 대녹 무사와 수암 무사가 포권하며 대답했다.

"우선, 기초체력을 확인하죠."

나는 옆에 만들어 놓은 철 구조물을 가리켰다.

기둥과 기둥을 연결한 시렁이, 내 가슴 높이에 가로질러 있는 경(冂)자 모양의 구조물.

백염상단에 내 훈련을 위해서라는 명목으로 부탁한 것인데, 이걸 가져오느라 호위무사들이 제법 수고했지.

내가 맹주의 추천을 받아 비무에 나서게 된 것은 모두가 아는 사실이니까.

"제가 먼저 시범을 보이겠습니다. 이렇게 기둥과 기둥을 연결한 시렁에 다리를 걸치고, 두 손은 가슴에 모은 후 몸을 굽혔다가 펴면 됩니다."

"쉽군요."

"저희도 수련할 때 많이 하던 겁니다."

"해 봤던 거라니 다행이군요. 할 수 있을 때까지 해 보십시오."

"알겠습니다."

그들은 구조물에 다리를 걸친 채 윗몸일으키기를 시작했다.

"아! 중요한 걸 말하는 것을 잊었군요. 내공은 쓰지 않습니다."

"네?"

"기초체력을 확인하는 것인데, 내공을 쓰면 제대로 확인이 안 되지 않습니까?"

"그렇군요. 알겠습니다."

옆에서 여응암 무사와 이필 무사가 숫자를 세어 주었다.

음, 몇 번이나 하려나?

내공을 사용하지 않더라도 그간 수련해 왔다고 했으니 백 번 정도는 거뜬하겠지…… 는 개뿔.

"예순둘."

"헉, 허헉, 헉, 더, 더 이상은……."

"힘을 내십시오! 한 번만 더!"

"끄아아아압!"

"예순셋."

나는 혀를 차며 고개를 저었다.

"고작 예순세 번을 하고 지치면 어떻게 합니까?"

"……."

말할 힘도 없나 보네.

옆에서 같이 수련을 하던 서우 무사가 난감한 표정으로 말했다.

"이거, 생각보다 갈 길이 멀군요."

"후, 괜찮습니다. 되게 만들면 됩니다."
그때 명종 무사와 창운 무사가 다가왔다.
"주군, 폐가 아니라면 부탁드리고 싶은 것이 있습니다."
"무엇입니까?"
"저희도 특별 훈련을 받고 싶습니다."
"두 분도 말입니까?"
"예. 이대로는 안 되겠다는 생각이 들었습니다. 더 치열하게 나아가지 않으면 도태될 뿐입니다."
간절함 가득한 두 사람의 눈빛.
하지만 나는 단호하게 거절했다.
"안 됩니다."
"하지만……."
"지금 이 수련을 같이 해서 두 분이 얻을 수 있는 건 없습니다. 시간 낭비입니다."
나는 그들에게 전음을 보냈다.
- 제가 볼 때 두 분의 기초 체력은 이미 충분합니다. 이미 지금도 열심히 수련 중인데, 이런 기초 체력 훈련을 더 하겠다니! 그건 과유불급입니다.
"……."
- 전에 말씀드렸듯이, 두 분에게 중요한 건 깨달음과 계기입니다.
그럼에도 두 사람은 납득하지 못한 표정이다.
나는 이필 무사를 향해 고개를 돌렸다.
그 역시 무공을 수련하고 경지를 올리는 데 진심인 사

람이다.

처음에는 그저 하루하루 되는 대로 산다는 느낌이었지만, 언제부터인가 바뀌었거든.

"이필 무사님."

"네."

"왜 무사님께서는 두 무사님처럼 저에게 함께 특별 훈련을 하겠다고 요청하지 않는 겁니까?"

이필 무사의 답변은 간결했다.

"그야…… 주군을 믿으니까요."

나는 미소 지었다.

"주군께서는 본인의 안전을 가장 신경 쓰시는 분입니다. 그러니까 본인이 위험해지지 않기 위해서라도 저희 호위무사들의 전력 강화를 고민하시는 분입니다."

어…… 욕 아니지?

"그런 분께서 저희에게 함께 하라고 권유하지 않으시면 답은 하나입니다. 저희가 할 필요가 없다는 것. 그 누구보다 효율을 중시하시는 분 아닙니까?"

"맞습니다."

나는 명종 무사와 창운 무사를 보았다.

"혹시 두 분은 저를 믿지 않으시는 겁니까?"

"아, 아닙니다!"

"절대 아닙니다."

"압니다. 농담이었습니다."

나는 가볍게 웃으며 분위기를 풀고는 말을 이었다.

"조급함은 일을 그르치는 가장 큰 걸림돌입니다. 조급함으로 인해 주화입마에 든다면 지금까지의 모든 수고는 헛된 것이 됩니다."

"……."

"여러분들에게 필요한 건, 재차 말하지만 깨달음과 계기입니다. 그러니까 저를 한 번만 믿어 주시면 안 되겠습니까?"

내 부드러운 어조에 그들은 무릎을 꿇으며 사죄했다.

"죄송합니다. 저희가 너무 조급했습니다."

"성급한 저희를 꾸짖어 주십시오."

"그만 일어나세요. 그렇게까지 하실 필요는 없습니다. 그러다가 무릎 나가면 고생합니다."

내 말에도 그들은 일어나지 않았다.

하여간 대문파 출신이라 그런지 고지식하다니까.

"그럼 저도 무릎을 꿇으면……."

"아, 아닙니다! 일어나겠습니다!"

그들은 벌떡 일어났다. 진작에 그럴 것이지.

"제가 믿음이 가지 않으면, 상인으로서의 저를 믿으십시오. 이필 무사가 말했듯이, 저는 밑지는 장사는 안 합니다."

나는 고개를 돌리며 말했다.

"그러니까, 대녹 무사님. 수암 무사님."

두 무사는 아직도 바닥에 누워 숨을 헐떡이고 있었다.

"남은 닷새는 두 분에게 있어 잊지 못할 추억이 될 겁

니다."

 나는 그들에게 기본 검식을 만 번씩 하라고 시킨 후 팔갑에게 부탁하여 약재를 구해 왔다.

 "여기, 약재를 구해 오긴 했는데 이걸로 뭘 하시려고 그러십니까요?"

 "뭐 하긴. 두 무사를 위한 약을 지으려는 거지. 이건 내가 우연히 알게 된 거야."

 그러니까 내 이전 삶에서 말이지.

 "호웅원체탕(虎熊元體湯)이라고 하는데 강제로 체력을 올려 주는 탕약이지."

 "그럼 이걸 마시면 체력이 올라가는 겁니까요?"

 "응."

 "그런데…… 이걸 도련님께서 마시지 않으신 것을 보니 이유가 있는 것 같습니다요."

 역시 팔갑, 눈치가 빠르군.

 "맞아."

 내가 이걸 마시지 않은 것은 몇 가지 이유 때문이다.

 "우선, 끔찍한 근육통에 시달리게 되거든."

 "그럼 쉬면 되는…… 아니군요."

 나는 고개를 끄덕였다.

 "그래도 계속해서 움직여야지. 그래야 효과가 배가 되고 또 고통도 덜하거든."

 "또 뭐가 있습니까요?"

 "아, 이거…… 맛이 더럽게 없어. 쓸개를 씹어 먹는 것이 나을 정도로?"

"허…… 그 정도입니까요?"

"응. 게다가 사흘 동안 삼시 세끼 탕약만 마셔야 해. 그 외의 다른 건 일절 입에 대서는 안 돼. 그러면 석 달 정도 훈련한 것 같은 효과를 볼 수 있어."

"아픈 것과 맛없는 거. 전부 도련님이 싫어하시는 거군요."

그래서 내가 이걸 안 마시는 거다.

차라리 매일 수련하고 말지.

하지만 지금은 시간이 부족하기에 궁여지책으로 쓰는 거다.

누군가는 공정하지 않다고 하겠지만, 어릴 때부터 몸에 좋다는 영약을 먹으며 성장해 온 세가의 자제들이다.

그러니 이 정도는 해야 공정한 거 아니겠어?

"나는 이미 경고했어."

각오는 하셔야 할 겁니다라고.

"도망갈 수도 있습니다요."

"도망? 가능할 것 같아?"

"꾸이!"

만약 도망가면 네가 잡아 오겠다고?

그래. 기대할게.

(은해상단 막내아들 26권에서 계속)

환상이 숨쉬는 공간 파피루스 blog.naver.com/gnpd17

서생, 제갈현몽은 꿈을 꾸었다
무와 협이 아닌, 마법과 모험이 공존하는 신세계를!

『무림 속 마법사로 사는 법』

제갈세가 방계 중의 방계로서
표국의 문사로 일하던 제갈현몽

꿈에서 깸과 동시에 마법을 깨우치고
비범한 활약을 통해 명성을 떨치며
감당하기 힘든 별호를 얻게 되는데

"무후재림께서 오셨다! 무후재림 만세!"
"아⋯⋯ 아이⋯⋯."

세상은 영웅을 원하고, 출사표는 던져졌다
고금제일의 마법사, 제갈현몽의 행보를 주목하라!

무림속 마법사로
사는 법

김형규 신무협 장편소설